CW00956540

Más allá del Bosque

Tess Carroll

Copyright © 2020 Tess Carroll
Todos los derechos reservados.
ISBN-13: 9798671651294

Dedicado a mi inmensa y maravillosa familia, que siguen apoyándome para seguir imaginando todas mis aventuras.

Capítulo 1.
Zia.

Esta vez era la definitiva.

Aunque también era cierto que Zia había pensado eso en más de una ocasión. Sin embargo, hoy creía tenerlas todas con ella. Había salido de la cabaña al amanecer y había tenido la suerte de no despertar a Dru, su compañero de litera, así que… Eso solo podía considerarse como un buen presagio. A veces, Zia se había enredado entre las sábanas mientras dormía, y aquel simple movimiento había despertado a Dru, el cual había golpeado el colchón de Zia desde abajo para indicarle que se estuviera quieta de una vez.

Todo marchaba según su plan. Aunque, verdaderamente, no era un plan muy estudiado. Zia no solía meditar mucho lo que hacía o dejaba de hacer. Cuando quería lograr algo, una idea loca se le aparecía en la cabeza y acto seguido, la llevaba a cabo. Quizás por eso tenía alguna que otra magulladura en las rodillas y más de un doloroso chichón en la cabeza. Sin embargo, ¿qué niña de nueve años no había actuado sin pensar alguna vez? No era distinta al resto, al menos no en eso.

Lo que diferenciaba a Zia del resto, no era la marca de la equis que tenía en su mejilla, a fin de cuentas todos los que habían nacido para ser Vigilantes del Bosque la tenían. Tampoco se distinguía de los demás por los reflejos azules que iluminaban su pelo negro, de hecho, Zoé aún lo tenía más azul. Tampoco era más tonta o más lista que los demás, obviamente había futuros Vigilantes del Bosque más listos que ella, pero Zia también era más inteligente que otros. Desde los cinco años, había aprendido a diferenciar las setas que crecían en el límite que daba acceso al Bosque, distinguiendo las que tenían poder curativo y las que podían fulminarte con tal solo acercártelas a nariz, e incluso las que provocaban erupciones en la piel; esas las había aprendido a detectar después de estar rascándose unas cuantas noches. Sin embargo, gracias a esas pequeñas equivocaciones, había aprendido que si machacabas las hojas de las xipneas y las extendías en el sitio donde tenías la erupción, desaparecía a los cinco minutos. A partir de ese descubrimiento, Zia siempre llevaba xipneas en el bolsillo de su pantalón, e incluso había adornado una de las barras de la litera con ellas, ya que además de ser curativa, el color lila de esa flor le resultaba maravilloso. No obstante, esos conocimientos que le habían ayudado en más de una ocasión, tampoco la hacían diferente a los demás. Ni tan siquiera el hecho de ser huérfana la distinguía, al fin y al cabo, Dru también lo era, y Zoé había perdido a su padre cuando era muy pequeña, aunque no fuera lo mismo.

La cuestión era que en el pequeño pueblo de Desha no era fácil destacar, pero Zia lo había conseguido, en el buen y mal sentido al mismo tiempo.

Desha y los otros tres pueblos colindantes al Bosque, Noreva, Finerio y Retemu, estaban divididos en cuatro zonas bastante simples. Si comenzábamos la ruta a partir de la entrada al pueblo nos encontrábamos con el Bazar. Comerciantes que habitaban en Desha y otros que provenían de los pueblos vecinos, y a veces hasta de las grandes ciudades del Norte, ocupaban distintas casetas destinadas a la venta de manjares de todo tipo de lugares; armas para protegerse en los caminos; ropa muy cara o muy barata, según el comerciante que encontraras; bisutería y joyas, supuestamente elaboradas con las piedras preciosas y gemas valiosas que se hallaban en las famosas minas de la región del Oeste; e incluso animales, como caballos, para que pudieras marcharte de allí de viaje, o vacas, que te ayudaran a seguir adelante vendiendo su leche, e incluso habían aparecido vendedores de cerdos, aunque lo que más le sorprendió a Zia fue el vendedor de loros. ¿Qué podía proporcionarte un loro para seguir adelante en un pueblo minúsculo? «Una buena conversación.» Esa fue la contestación que aquel vendedor le había regalado a Zia junto a una sonrisa que mostraba su dentadura mellada.

Cuando salías del Bazar, llegabas a la parte residencial

6

de Desha. Las casas eran bastante humildes, el mayor lujo que podían permitirse algunas de las familias, era el de pintar la puerta con algún color chillón que llamara la atención de los aldeanos. La gran mayoría de las casas tenían dos plantas y las que no, tenían un precioso tejado a dos aguas, que le había servido como tobogán a Zia en más de una carrera contra Dru. Quizás en una de esas escandalosas carreras, fue cuando empezó a llamar la atención de los habitantes de Desha. Pero, ¿qué niño no hacía travesuras de vez en cuando? Además, ni Zia ni Dru habían llegado a romper nada en una de sus carreras... Al menos no de valor. Siempre habían procurado no jugar cerca de la gigantesca escultura que adornaba el centro del pueblo y daba paso a las dos zonas restantes. Zia nunca había sido muy buena midiendo con tan solo usar los ojos, pero siempre que quería ver el punto más alto de aquel monumento, tenía que echar la cabeza muy hacia atrás. Después de nueve años viviendo en Desha, aún no comprendía por qué todos admiraban a un pino fabricado con piedra y que en la base tenía una placa con el nombre del pueblo. ¿Acaso no tenían bastantes árboles reales con el Bosque que había al final del pueblo? Zia pensaba que lo verdaderamente bonito y admirable de los árboles eran sus tonalidades verdes, y también las anaranjadas cuando caía el otoño, e incluso cuando se quedaban sin hojas en los fríos inviernos, aunque raro era el árbol que se quedaba desnudo en su Bosque. Se había quedado adormecida por contemplar como el viento acariciaba sus hojas y las mecía con dulzura junto al dulce sonido de los pájaros, así que… ¿Qué sentido tenía un árbol falso hecho con piedra? Era una de las pocas cosas que no entendía, y más aún, cuando se enteró de que en Noreva, Finerio y Retemu había exactamente el mismo monumento. Pero, en fin, Zia sabía que no todo en esta vida tenía sentido y se había terminado por acostumbrar a aquel esperpento grisáceo que quería ser un árbol.

Tras atravesar la plaza de la estatua, se encontraba la zona de los Vigilantes del Bosque. Eran unas cinco cabañas, del mismo estilo que las casas del pueblo, quizás un poco más austeras, pero igual de simples. Ninguno de los que vivían allí se habían preguntado por qué vivían en zonas distintas si todo era prácticamente igual porque la respuesta era bien sencilla. Los Vigilantes siempre debían estar cerca del Bosque. Aquella era su misión. Por eso, ocupaban una hilera de pequeñas casas que separaban al pueblo del Bosque. Solo había una cabaña que destacaba más que el resto, aunque no se podía apreciar a simple vista, había que entrar para comprobarlo. Dos de las cuatro paredes estaban inundadas de libros que estaban colocados alfabéticamente en las estanterías. En otra había una enorme pizarra que siempre había estado limpia. Cuando Zia empezó a ir a esa cabaña con cinco años, odiaba todo lo que había allí. Quizás, el hecho de que hubiera sido la que más había tardado en leer, había incrementado su frustración frente a ese lugar. Sin embargo, en cuanto había prestado atención en clase y se había dejado ayudar por Zoé, había empezado a leer con fluidez, y aunque seguía sin gustarle acudir a clase, sí que disfrutaba cuando se escapaba de allí con algún libro entre las manos. No le importaba el tema del que tratara el libro, consideraba leer como una actividad física más. Si al correr movía las piernas y los pies, leer era otro deporte, puesto que sus ojos se movían sin descanso. Además, Zia había llegado a una importante conclusión: leyendo se iba más lejos que corriendo.

No obstante, no todo era leer y corretear por las calles con Dru. Aún quedaba lo más importante de Desha, el Bosque. Desha, Noreva, Finerio y Retemu eran conocidos por ser los pueblos que daban paso al Bosque más extenso del mundo. Por todos era sabido que el Bosque causaba cierta agitación a todo el que lo observaba. También era verdad que el Bosque no era un lugar común, sino que albergaba misterios por doquier. Por este motivo, eran necesarios los Vigilantes. El Bosque estaba considerado como un lugar sagrado y no todos podían acceder a éste. Solo aquellos que sintieran la llamada eran dignos para entrar en él y los Vigilantes tenían la capacidad de distinguir a quienes habían sido llamados. Los niños empezaban con las prácticas para ser Vigilantes con la edad de diez años. A partir de ese momento, los Vigilantes debían permanecer para siempre en el acceso al Bosque para asegurarse de que entraban los transeúntes adecuados y para defenderlo de posibles curiosos.

Zia no comprendía muy bien por qué era tan importante proteger el Bosque, aunque les tenía mucho respeto a los Vigilantes por su labor. A fin de cuentas, perder toda su vida defendiendo un Bosque desconocido era un acto muy valiente. Muy a su pesar, sabía que había nacido para ello, por algo tenía una equis en su mejilla izquierda. Sin embargo, aún sabiendo cual era su destino, Zia no lo compartía.

Eso era lo que la diferenciaba de los demás.

Por eso estaba por sexta vez en la misma situación. Intentando escapar de Desha. Tenía claro que en algún momento, volvería y cumpliría encantada con su misión de proteger el Bosque, pero todavía no estaba preparada. Había leído lo suficiente como para saber que había un inmenso mundo allá fuera que debía descubrir. La lectura había sido un arma de doble filo, cuanto más sabía, más curiosidad sentía, y era cada vez más complicado saciar aquella curiosidad si seguía encerrada en Desha. Así que, ahí estaba, escondida debajo de un enorme montón de alfombras en el carro de un mercader que no había tenido muchas ventas aquella semana. Cuando lo vio aparecer por el Bazar, supo al instante que su carro sería idóneo para salir de una vez por todas de Desha. Echaría de menos a sus amigos, incluso las largas clases en la cabaña, puede que hasta le extrañara no ver el pino de piedra que había en mitad del pueblo, pero quería cambiar el rumbo de su destino. Quería viajar a otros lugares. Necesitaba comprobar por sí misma si todo lo que había leído en sus libros era real. Estaba cansada de leer historias, de investigar mapas y de contemplar dibujos que ilustraban cómo eran el resto de las ciudades que había lejos de Desha.

A pesar de ser su sexto intento de huida, estaba igual de nerviosa que la primera vez. Quiso asomarse un par de veces para ver por dónde iban, pero se mantuvo bien oculta para evitar que volvieran a pillarla. Sin embargo, después de tanto trote, terminó por asomarse ligeramente a través de la alfombra. Sonrió ampliamente, era la primera vez que había llegado tan lejos. Contuvo el aliento cuando se acercaron a la encrucijada que separaba a Desha, Noreva, Finerio y Retemu. Sintió que los ojos se le iban a salir disparados de las cuencas cuando vio el cartel que anunciaba el camino hacia las tierras del Norte. De verdad estaba pasando. Por fin sería libre. Le entraron ganas de sacar la mano para despedirse alegremente de Desha, pero algo la frenó en seco. La marca de la mejilla empezó a quemarle, como si su piel se estuviera desgarrando. Inconscientemente, llevó su mano a la equis que tanto la caracterizaba, y procuró no soltar ningún quejido que alarmara al mercader. Sin embargo, no pudo resistir mucho tiempo antes de comenzar a retorcerse de dolor. Vislumbró por última vez el cartel que anunciaba la salida de la encrucijada y cerró los ojos con fuerza.

— Sabes que no puedes escapar del Bosque.— Zia odiaba la voz de Dru cuando trataba de ser un sabelotodo. Abrió los ojos mientras resoplaba, tumbada en el acceso al Bosque.

— He estado tan cerca… — Susurró con desasosiego, dándose cuenta de que no estaban solos.— Maestra Daira… — Lejos de soltarle una bronca como las que ya había recibido, ladeó la cabeza con una pequeña sonrisa, tendiéndole la mano.

— ¿Cuántas veces van ya, Zia? — Agarró su mano, tomando impulso para levantarse y a pesar de la derrota, también sonrió. En lugar de contestar, le indicó con los dedos el número seis.— Creo que deberíamos hablar…

— ¿Crees que le va a caer una buena bronca? — Le preguntó Zoé a Dru al acercarse al lugar para cotillear. Dru se encogió de hombros.

— Sabes que luego nos lo contará.

La maestra Daira y Zia se alejaron del resto de los

Vigilantes en absoluto silencio. Al ser la sexta vez que había intentado escaparse de allí, se sabía el discurso de memoria. Ya ni tan siquiera le hacían sentir mal sus palabras, solo la cansaban. Sin embargo, no pensaba marcharse de allí y faltarle al respeto a la maestra Daira. Ella era la persona que más admiraba de toda Desha. No la consideraba exactamente como su madre, pero era lo más parecido que había tenido allí. Para Zia, Daira lo tenía todo. Era guapa, alegre, inteligente, fuerte y valiente. Siendo aún más pequeña, cuando le preguntaban a Zia qué iba a ser de mayor, en lugar de contestar que Vigilante, respondía que sería Daira. Solo había dos cosas que no compartía con ella: su peinado y su vocación. Zia consideraba que el pelo de Daira era precioso, de tonos rojizos con algún que otro escurridizo mechón de color rosa, por lo tanto no comprendía por qué lo llevaba tan sumamente corto. Ella se negaba en rotundo a cortarse su pelo azulado y tampoco imaginaba a Zoé cortándoselo. Lo de que no compartía su vocación era algo claro para toda Desha. Admiraba su buen talante y su buen hacer, pero a pesar de su corta edad, Zia seguía manteniendo sus planes de viajar lejos de allí.

Cuando Zia volvió a la realidad, se dio cuenta de que estaban bastante alejadas de las casas de los Vigilantes y frunció el ceño. Daira le indicó el camino con la cabeza y ambas se adentraron en la parte más externa del Bosque.

Aquella era la única zona del Bosque en la que los Vigilantes podían acceder. Era un límite fácil de apreciar, ya que una hilera de gigantescas setas hacían de barrera para prohibir el acceso más allá. El año pasado, la maestra Daira la castigó por haberla encontrado saltando de seta en seta, después de que el pelota de Akil se chivara. «Nadie podía adentrarse en el Bosque y saltar como una cabra entre las setas ya que podía ser peligroso.» Le había hecho escribir esa oración unas cincuenta veces en la pizarra. Lo normal hubiera sido que aprendiera la lección, pero la aprendió a su manera. «No saltar de seta en seta con gente delante. Y mucho menos de Akil.»

— ¿A qué edad empiezas a actuar como una Vigilante? — La pregunta la pilló desprevenida, pero Zia contestó lo más rápido que su cerebro le permitió.

— Con diez años, ¿no? — Daira asintió con la cabeza y se giró para mirarla.

— Si no me equivoco… Solo falta una estación para que tú cumplas diez años.— Daira tenía razón. Cuando las primeras hojas de los árboles se volvieran naranjas, Zia cumpliría diez años. Este era el principal motivo por el que había intentado salir de Desha a toda prisa, antes de que su vida quedara marcada para siempre.— Zia, ¿tú quieres ser una Vigilante del Bosque?

— Ya sabes mi respuesta… — Murmuró, desviando la mirada. No tenía sentido mentirle, nadie la conocía como ella.— Quiero serlo, pero no ahora. Necesito irme, viajar y…

— Nadie puede escapar del Bosque, Zia, y lo sabes.— Recordó el dolor que había sentido en la mejilla y, en un acto reflejo, se llevó la mano a su equis.— ¿Aún te duele? — Zia negó con la cabeza.— El Bosque siempre te traerá de vuelta cuando te alejes. Sé que cuesta asumir nuestro cometido, pero nacimos por una razón: proteger al Bosque.

— Eso ya lo sé… – Resopló mientras se cruzaba de brazos, viendo de reojo como Daira sonreía.

— Yo era igual que tú con tu edad.— Por un instante, el corazón de Zia dio un brinco. ¿De verdad Daira y ella se parecían? ¿Ella también había intentado escapar? ¿Tampoco quería ser Vigilante? — Siempre cuestionaba a los demás Vigilantes, quería viajar, quería ser modista, vivir en la gran ciudad del Norte… Hasta que entendí la importancia del Bosque.— Zia puso los ojos en blanco. La historia iba por buen camino hasta que mencionó de nuevo al maldito Bosque.

— ¿Y por qué no lo protegen los demás habitantes de Desha? ¿Por qué tenemos que proteger un Bosque al que ni tan siquiera podemos entrar? — Había guardado esas preguntas en el fondo de su corazón desde que tenía memoria, y aunque se las había formulado a Dru y Zoé, jamás se había atrevido a decirlas delante de Daira. Creyó que se enfadaría con ella, que la castigaría o, peor aún, que la decepcionaría. No obstante, se tranquilizó en el momento que Daira colocó la mano en su hombro.

— El Bosque es un lugar sagrado…

— Sí, lo sé, no todos son dignos de entrar en él. Esa parte me la sé, maestra Daira.— Apretó su hombro con cariño, mirándola a los ojos.

— Es mucho más complicado que eso, Zia.— Daira suspiró, echándole un vistazo rápido al Bosque.— Todos seremos dignos para entrar en él en algún momento de nuestra vida, pero todo a su debido tiempo.— Zia frunció el ceño, sin entender a qué se refería.

— ¿Todos entraremos en el Bosque a nuestro debido tiempo? ¿Qué quieres decir? — Daira se sentó en el suelo, apoyando su espalda en una de las setas y palmeó el suelo para que Zia se sentara a su lado.

— Deja que te cuente una historia.

Capítulo 2.
El Bosque.

«Hace ya miles y miles de años, la Diosa de la Vida y el Dios de la Muerte, convivían entre nosotros. Se hablaba muchísimo de la belleza y dulzura que desprendía la Diosa de la Vida, ni siquiera se sabría decir si todas las virtudes de las que se hablaban eran ciertas o si con el paso del tiempo, se fueron exagerando. Se decía que las flores crecían a su paso, que su voz amansaba a los animales más agresivos e incluso que su canto animaba al mar para provocar las olas. Niños, mujeres y hombres contemplaban maravillados su presencia, la alababan, la adoraban… Su solo paso llenaba de gozo a todas las aldeas. Todo era felicidad cuando la gente la avistaba.

Por otro lado, estaba el Dios de la Muerte, tan odiado y temido, como necesario. A pesar del miedo y el desprecio que las personas sentían ante el Dios de la Muerte, su presencia era imprescindible. Si la vida era el comienzo, la muerte era el final, y hasta las mejores historias tenían su punto y final. Muchos acontecimientos necesitan terminar para dar paso a otros distintos. Ni mejores ni peores, pero los cambios eran necesarios, y el Dios de la Muerte era el encargado de la tarea. Sin embargo, su manera de actuar no siempre era la más acertada. Todos los aldeanos se encerraban en sus casas cuando lo veían aparecer, justo lo contrario a lo que ocurría cuando la Diosa de la Vida llegaba a sus caminos. A fin de cuentas, cuando el Dios de la Muerte aparecía, solo podía significar que alguien los dejaba para siempre. Cada vez empleaban mejores estrategias para esconderse, intentando a toda costa, burlar a la muerte, pero nadie podía engañar al Dios de la Muerte. Él siempre acababa encontrando a las personas a las que, desgraciadamente, les había llegado su hora.

Tras multitud de ruegos a la Diosa de la Vida, se cuenta que ambas deidades se reunieron para hacer un pacto. El Dios de la Muerte continuaría con su labor, pero actuaría de manera distinta. Dejaría de aparecer en los pueblos para no generar tanto terror y llamaría a los humanos cuando les hubiera llegado la hora. Ellos serían los que acudirían por su propio pie a su destino y morirían, como el ciclo de la vida había establecido. Aunque el Dios de la Muerte estuviera de acuerdo con el pacto de la Diosa, había un punto que no le acababa de convencer. ¿Qué humano sería capaz de aceptar que su vida había llegado a su fin y acudiría a él cuando lo llamara? La Diosa, que se esperaba esa respuesta, le explicó que a partir de ese momento, toda vida que surgiera, nacería con obediencia plena a la llamada de la Muerte, solo cuando fuera el momento justo. Nadie podría negarse a acudir su llamada, puesto que la muerte era una fase más de la propia vida, y por lo tanto, necesaria. Finalmente, antes de sellar su pacto, el Dios de la Muerte, le formuló una última pregunta a la Diosa de la Vida. ¿Cómo llegarían las personas a las puertas del Más allá para encontrarse con él? Después de una sonrisa de la Diosa, la cual parecía haber esperado también esa pregunta, chasqueó los dedos, creando tras ellos un inmenso bosque. Para asegurar que no hubiera ninguna equivocación en cuanto a quién entraba al Bosque, la Diosa de la Vida bendeciría a distintas personas con el don de detectar la llamada. Y así el Dios de la Muerte consiguió su puerta al Más allá, a sus Vigilantes y el pacto fue zanjado.»

— ¿Lo entiendes ahora, Zia? No tienen que ser dignos para entrar en el Bosque, deben haber escuchado la llamada del Dios de la Muerte, deben estar preparados para morir. El Bosque es el final del camino. Los Vigilantes somos los elegidos para conocer si realmente han escuchado la llamada y por lo tanto, si deben morir.

Tras aquella conversación, Zia no quiso escapar de nuevo. No es que sus ganas de viajar se hubieran esfumado, ni había sido iluminada por la vocación de ser Vigilante. Simplemente, ahora tenía muchas cosas en las que pensar. No estaba segura de si sus amigos eran conscientes de cual era realmente su misión y no se atrevió a preguntarles. Sin embargo, el otoño llegó. Zia era la última en cumplir años, así que todos tenían ya la misma edad. La maestra Daira los reunió a todos en la cabaña donde daban clases y ella ya sospechaba lo que iba a contarles. Tal y como siempre hacían, se dividieron en dos grupos de cuatro, ocupando las dos mesas redondas que reinaban la enorme sala diáfana que era la cabaña. Zia siempre se sentaba junto a Dru, Zoé y Akil. No se llevaba mal con el resto de los futuros Vigilantes, de hecho, era más bien sociable, y su fama por intentar fugarse, la había convertido en alguien realmente popular. Aún así, Ava, Yue, Uli y Elián eran divertidos y había pasado buenos ratos con ellos. No obstante, compartir cabaña con sus otros tres amigos, los había vuelto inseparables, a pesar de sus muchas peleas a puñetazo limpio contra Akil.

Tal y como Zia creía, Daira volvió a contar la historia de las deidades de la Vida y la Muerte. Por el rostro de Yue, se dio cuenta de que tanto ella como Elián, eran los únicos que no conocían toda aquella historia. Sin embargo, no pareció afectarles de sobremanera y todos lo aceptaron sin más, como si en el fondo, supieran cual era su labor en aquel lugar. Después de esa charla, todo cambió.

Las clases dejaron de tratar sobre materias generales acerca del día a día. El único tema del que aprendían era acerca del Bosque. Zia no tenía ni idea de que el Bosque tuviera tanto que ocultar, ni que la maestra Daira tuviera tantos libros escondidos de su vista. Sin embargo, lejos de quedarse sorprendida, Zia estudió y leyó como nunca antes lo había hecho. Resultó que con que el paso de los años, se contaba que el Dios de la Muerte, había abandonado el plano terrenal, y que en su lugar, un misterioso Guardián custodiaba la zona interior del Bosque. El Guardián se encargaba de proteger el Bosque, de mantener a raya a las criaturas que habitaban el lugar y de comprobar que el Bosque cambiaba de forma cada noche. Desafortunadamente, no había mucha información acerca de las criaturas que vivían dentro del Bosque, a fin de cuentas, nadie podía salir de allí con vida para contarlo. Aún así, la maestra Daira insistió en que lo más importante era recordar siempre las tres normas básicas de todo Vigilante.

La primera: *Reconocer la llamada de la muerte.* Esta era la más fácil, ya que era algo innato en todos los Vigilantes. Era sencillo averiguar quién debía entrar al Bosque y quien no. La equis que tenían en su mejilla les ardía de una manera especial cuando una persona que estaba destinada a entrar se les acercaba para preguntar si podían pasar. Aún así, empezaron a acompañar a los Vigilantes a sus turnos para sentir el quemazón en la mejilla y entrenarse para reconocer a los Dignos, que así los llamaban entre ellos, con tan solo verlos de lejos. En ocasiones, resultaba duro ver como alguien del pueblo que conocías desde que tenías uso de razón, se acercaba al

Bosque con un destino fijado, pero se encargaron de grabarles a fuego una verdad irrefutable. Nadie puede engañar a la muerte. A Zia le pareció espeluznante el aspecto con el que se presentaban a las puertas del Bosque. No es que vinieran a morir, es que parecían estar muertos antes de entrar allí. Su cuerpo comenzaba a volverse casi transparente a medida que se aproximaban a ellos para pedir adentrarse en el Bosque y parecían no ser conscientes de lo que ocurría a su alrededor. Sin embargo, por muy duro que resultara, era una situación a la que te acababas acostumbrando. Quizás eso era lo más terrorífico de todo.

La segunda: *No salvar a nadie que cruce el límite.* Su misión consistía en darles paso a aquellos que hubieran recibido la llamada del Dios de la Muerte, solo a ellos. No obstante, el Bosque siempre había levantando suspicacia y curiosidad a muchas personas, que sentían la angustiosa necesidad de comprobar qué había allí dentro. Muchos años atrás, la gente intentaba colarse y los Vigilantes debían echarlos para que no se enfrentaran a algo para lo que no estaban preparados. Los protegían para que no murieran antes de tiempo. Sin embargo, si no conseguían detenerlos después de haber cruzado la hilera de setas que rodeaba el Bosque, no debían entrar a salvarlos, puesto que ellos mismos habían firmado su sentencia de muerte sin ni tan siquiera saberlo.

Afortunadamente, cada vez eran menos las personas curiosas que querían entrar allí, pero los Vigilantes estaban muy entrenados para frenarlos si se presentaba la ocasión. Tenían el deber de enfrentarse a ellos, pero sin llegar a matarlos durante la pelea, porque sino, todo aquello perdía su sentido. Por lo tanto, a pesar de disponer de armas, solo las utilizaban para herirlos o aturdirlos. Gracias a sus extensos conocimientos en herbología, rociaban sus flechas y barnizaban sus espadas con ungüentos elaborados con plantas que provocaban parálisis o un efecto de somnolencia. Cuando comenzaron a practicar, Dru y Zia se volvieron muy competitivos el uno con el otro, pero ambos eran mejor que el otro en cosas distintas. Zia había aprendido a manejar la espada con una agilidad fuera de todo límite. Parecía que no pesaba entre sus manos y podía correr con ella con una velocidad pasmosa. Por otro lado, Dru era admirable con el arco. Su puntería era incuestionable y la rapidez con la recargaba las flechas, dejaba a sus contrincantes sin opción de atacarle. Aún así, mantenían la esperanza de no tener que luchar contra nadie que quisiera entrar en el Bosque algún día. Una cosa era entrenar y otra muy distinta que tuvieran que pelear contra alguien.

La tercera: *Mantener el secreto.* El pacto realizado por la Diosa de la Vida y el Dios de la Muerte había sido realizado por un solo motivo. Procurar que la gente no tuviera miedo de que la Muerte se presentara ante ellos y el pánico siguiera cundiendo por las calles. Si eran ellos los que acudían a las puertas del Más allá, no se infundiría tanto terror, puesto que todos estaban obligados a acudir a la llamada. Nadie hacía preguntas, nadie se cuestionaba por qué la gente desaparecía. Una vez que alguien llegaba al Bosque, todos asumían que esa persona había fallecido sin ni tan siquiera saber que era allí a donde se dirigían. Un sentimiento se despertaba en su interior y se daban cuenta de que esa persona no volvería jamás. Muchas personas ni tan siquiera sabían que sus seres queridos se habían marchado al Bosque, simplemente, al día siguiente eran conscientes de que se habían ido y asumían que habían fallecido. Si se enteraran de que el Bosque eran las puertas hacia el Más allá, podría surgir una ola de altercados sin remedio. En el pasado, algunos Vigilantes habían terminado por confesar la verdad a sus amigos y familiares, provocando que una masa de personas intentara incendiar el Bosque para así, burlarse de la muerte. Si no había puertas... ¿Quién podría acceder al Más allá? Sin embargo, siempre que el secreto había sido revelado, el Dios de la Muerte había vuelto para ocuparse personalmente del asunto y solo había inundado el mundo de desgracias. Por lo tanto, aunque fuera la última regla, no era menos importante que las demás.

Y así pasó el tiempo. Zia había aprendido a acatar las

tres normas básicas y, poco a poco, asumió que su misión era más importante que satisfacer su curiosidad.

Capítulo 3.
Taron.

La Capital era la mejor ciudad de todas las tierras del Norte. Todo el mundo sabía que si querías tener la oportunidad de ser alguien en la vida, antes debías pisar la Capital. Ya fuera simplemente para estudiar o para vivir allí. Quien pasaba por la Capital, mejoraba su situación, pasara lo que pasara. Era la tierra de las oportunidades. La Capital no era famosa solo porque vivieran los Reyes allí, aunque obviamente, que ellos tuvieran allí su castillo, implicaba la creación de muchos puestos de trabajo. De hecho, cada vez llegaban más personas buscando trabajo y no era fácil encontrarlo desde que la ciudad se fue agrandando. Las casas no eran las típicas de los pueblos, quizás sí que te encontrabas casas más humildes a medida que uno que se alejaba del centro, pero alrededor del castillo, algunos edificios llegaban a tener hasta tres plantas de altura, aunque seguían viéndose ridículas si las comparabas con el impresionante castillo. A Taron le despistaba mucho la diferencia de alturas que uno se encontraba en el centro de la capital, ya que entre el castillo, los lujosos edificios y los destartalados tenderetes con distintos colores, no causaban un paisaje muy equitativo. Ese era uno de los motivos por los que Taron prefería caminar entre las callejuelas paralelas a las grandes avenidas. El otro era que evitaba adentrarse en la muchedumbre que recorría las avenidas, se libraba de los gritos de los vendedores al anunciar sus ofertas, y también era menos probable que una mano de algún ladronzuelo le quitase los cuartos del bolsillo. Por suerte, Taron no tenía que acudir con demasiada asiduidad al centro, ya que vivía más alejado, casi a la entrada de la Capital, en una de las posadas más concurridas. Llevaba una vida sencilla y relajada, en la que se limitaba a ayudar a su padre dentro de la cocina para después seguir con su legado cuando él estuviera demasiado mayor como para seguir trabajando. Su padre se encargaba de repetirle todos los días la suerte que tenían por vivir en la Capital, y justo por eso Taron sabía que si su padre se enteraba de que se había marchado de allí sin ni tan siquiera avisarlo, lo mataría. Aún así, tenía completamente claro que regresaría cuando volviera su propósito y estaría maravillado de continuar cocinando junto a él en la posada y sustituirlo cuando llegara el momento oportuno, pero aún quedaba demasiado tiempo para que eso sucediera.

No obstante, Taron ya era un adulto. Había cumplido veinte años el pasado Invierno así que no necesitaba el consentimiento de su padre para nada. Si había permanecido durante tanto tiempo a su lado había sido porque le había costado demasiado superar la pérdida de su mujer y sabía que debía ser su punto de apoyo hasta que consiguiera seguir adelante. Sin embargo, ya había pasado mucho tiempo y no tenía ganas de aplazar sus intenciones más años aún. Ahora le tocaba pensar en él. Quizás había sido un poco desconsiderado al no despedirse, pero ni tan siquiera lo había hecho del amor de su vida, Suyai. Bueno, había podido llamarla novia hasta el mes pasado, cuando su intenso romance se esfumó por culpa de Perth, el hijo del carpintero. A pesar de haber visto como ambos se besaban apasionadamente a escondidas de ojos curiosos y haber terminado de mala manera su relación, Taron aún la extrañaba. Sin embargo, y aunque odiara admitirlo, todo lo que había pasado, le había ayudado a dar el paso para irse. Ya había pospuesto demasiado su viaje.

Aún no se creía que hubiera conseguido obtener el dinero suficiente como para acompañar a Einar en su travesía. Se había ofrecido a trabajar para él durante su recorrido, ayudándole a vender su tinajas de vino, pero además de eso, había tenido que pagar para poder viajar en su carro. Si hubiese sido cualquier otra persona, Taron hubiese creído que estaban intentando timarlo, pero conocía a Einar desde que era pequeño, e incluso lo consideraba como parte de su familia.

Terminaron de cargar el carro con las pesadas tinajas y ambos se sentaron en la caja delantera. A pesar de que Taron insistió en llevar las riendas de los caballos, Einar quiso dirigirlos y era mejor empezar el viaje sin discusiones. Taron parecía un niño pequeño cuando salieron a las carreteras principales. Contemplaba los árboles, los carteles y a los demás carruajes con unos ojos que eran capaces de iluminar una habitación oscura del brillo que transmitían. Era consciente de que Einar lo miraba de reojo cada dos por tres y se reía, aunque no tenía muy claro si de él o con él, pero no le daba importancia. Estaba demasiado ilusionado como para avergonzarse de qué miradas ponía. Taron no había llevado una mala vida, todo lo contrario. Había podido disfrutar de la compañía de una familia feliz en la que ambos disponían de buenos trabajos, ya que además de la labor de su padre, su madre era profesora en una de las escuelas de la capital. Gracias a ella, le había picado el gusanillo de la curiosidad por conocer nuevos lugares. Al fallecer, había leído todos sus libros y unas cuantas investigaciones que estaba llevando a cabo acerca de un misterioso Bosque que abarcaba los pueblos de Noreva, Finerio, Retemu y Desha. Su madre no había podido escribir mucho del lugar, simplemente que era un sitio sagrado protegido por los Vigilantes. Ella tenía planeado viajar a esos pueblos a documentarse, pero había fallecido antes de que pudiera ir allí. Ese era el verdadero motivo por el que Taron estaba en ese carro con Einar.

La primera noche que pasó fuera de casa, Taron no había podido dejar de pensar en su padre. Ya no era que lo echara de menos, sino que creía que estaría preocupado por él y eso le afectaba aún más. La segunda noche, había pensado en pedirle uno de los caballos a Einar para volver a casa, pero no llegó a decirle nada. Si se había convencido a sí mismo de que ya era un adulto, no podía volverse a casa corriendo por si su padre lo echaba de menos. Si se consideraba un adulto, tenía que actuar como tal. Además, tras seis noches fuera de casa, empezó a acostumbrarse. Habían parado en pequeñas aldeas y, a pesar de que Taron creía que no venderían gran cosa, sí que cayeron unas cuantas botellas de vino. Incluso Einar se había encargado de reservarle una botella a Taron para cuando sus caminos se separaran. Probablemente, eso era lo que más preocupado le tenía a Taron aquella noche. Si nada más salir de casa y separarse de su padre, había querido volver… ¿Qué pasaría cuando se encontrara solo de verdad? Einar debía partir a las lejanas tierras del Este, mientras que él debía continuar hacia el sur para poder conocer los pueblos colindantes al Bosque. Esa separación no le pillaba de nuevas, era un tema que habían hablado mucho antes de partir, cuando se reunían a escondidas de su padre, y aunque Taron le había quitado importancia… Ahora no lo tenía tan claro.

Tan nervioso estaba, que aunque pasar la noche en Curmia lo apartaba un poco del camino a tomar, decidió pasar la noche allí con Einar. Tampoco sucedería nada por llegar a

Desha con un par de días de retraso. Además, era mejor hacerse con provisiones antes de partir. Con Einar había podido dormir en el carruaje, pero al marchar solo, quizás tuviera que pasar más de una noche al raso antes de hallar algún pueblo. Lo complicado para llegar a Desha no era la distancia, sino que los pocos asentamientos que había hasta llegar allí, eran nómadas. A veces, se instalaban algunos nómadas en el camino que podían ofrecerle cobijo y alimento a los viajeros, pero en otras ocasiones, no hallabas ni un alma durante todo el trayecto. Taron no había tenido mala suerte en la vida, pero barajaba la idea de que era muy posible que pasara varios días completamente solo en los caminos. Aunque mejor solo que en compañía de algún ladrón. En la Capital siempre se rumoreaba que los caminos hacia los pueblos del Bosque estaban llenos de bandidos, ya que los mercaderes iban bien cargados de artículos, dinero y provisiones.

— ¿En qué piensas, muchacho? — Taron miró como Einar mojaba un buen trozo de pan en el puré de verduras que les habían servido en la posada de Curmia para cenar. Taron se encogió de hombros.

— El puré que hace mi padre está aún mejor.— Comentó mientras hundía la cuchara en el puré, llevándoselo después a la boca. Pestañeó, ligeramente sorprendido. Ahora se arrepentía de haber soltado aquel comentario. El de su padre tenía un toque especial, pero la verdad es que no podía tener queja del plato que estaba catando.— Retiro lo dicho.

— Esta posada es bien conocida, más de una vez me la he encontrado repleta de clientes y no he podido pasar la noche aquí, pero siempre entraba por lo menos a cenar.— Le dio un largo trago a su vaso de agua y le dedicó una sonrisa cariñosa a Taron.— Pero tranquilo, eh, la comida de tu viejo es de la que no hay.

— Y ahora incluso mejor, desde que yo le echo una mano.— Einar soltó una carcajada y Taron lo acompañó con una sonrisa fanfarrona.— Sabes que es verdad.

— Pensaba que lo tuyo eran los libros y el saber, como tu madre.— Bien cierto era que Taron se había criado entre fogones, ayudando a su padre y aprendiendo a cocinar. Sin embargo, cuando falleció su madre, se encerró en la lectura de los libros que tenía en la escuela, y también los pocos que tenía en casa. Había repasado mil veces sus cuadernos y había aprendido a realizar la misma caligrafía que ella empleaba. Al principio le había costado horrores escribir, ya que sin saber cómo ni por qué, conseguía siempre derramar la tinta cuando iba a mojar la pluma en éste. Sin embargo, si por algo se caracterizaba Taron era por su insistencia. Si se proponía cumplir un objetivo, no dejaba de intentarlo hasta que lo conseguía.

— Supongo… Que soy una mezcla perfecta de los dos.— Einar volvió a reírse, aunque Taron sonrió con cierta nostalgia. Le gustaba recordar a su madre, pero una tristeza también aparecía en su interior cuando lo hacía.

— ¿De verdad que no prefieres venirte conmigo a las tierras de Este, Taron? — Le dio una suave palmadita en la nuca, haciendo que tosiera levemente.

— Sabes que tengo que conocer esos pueblos, no me quedaré tranquilo si no lo hago.— Einar refunfuñó pero asintió a duras penas con la cabeza.

— Entiendo que quieras marcharte allí porque tu madre tenía curiosidad, pero en los pueblos del Bosque… No hay nada.— Taron se zampó otra cucharada bien cargada de puré de verduras antes de contestar.

— ¿Y el Bosque, qué? — Einar puso los ojos en blanco, resoplando.— Vamos, es un Bosque del que no hay nada escrito, que es un enigma para todos, acaso… ¿No sientes curiosidad? — Einar se limpió los labios con una servilleta que estaba ligeramente roída.

— El Bosque es un lugar sagrado que hay que respetar, eso es lo que hay que saber.— Taron no comprendía por qué

Einar era tan poco curioso, ni por qué tenía tan poco interés en aprender, pero sabía que insistir era una perdida de tiempo.— Oye. No quiero que te metas en problemas, ¿de acuerdo?

— No tenía pensado hacerlo… Hasta que me lo has dicho.

Capítulo 4.
Visitante.

Siempre que tenían turno por las noches, Dru y Zia hacían lo mismo por las mañanas. Se suponía que debían descansar en las cabañas, pero entonces los días serían demasiado aburridos. Dormir, comer, situarse delante del Bosque, dormir y comer. ¿Qué clase de vida tan monótona era esa si no buscaban algún tipo de entretenimiento? Zoé y Akil solían cubrirlos en sus tontas aventuras de adolescentes, como ellos las llamaban, aunque al final siempre les echaban la bronca, explicándoles que ya no tenían edad para escaquearse de sus labores. «Ya no tenéis quince años, madurad.» Esa era la frase favorita de Akil. Dru bromeaba con la posibilidad de que la llevara tatuada en la espalda, y Zoé había sido tan ingenua, que había intentado verle la espalda en más de una ocasión para comprobarlo. La verdad es, que observando el comportamiento de los cuatro amigos, era increíble pensar que tenían veintiún años. Sin embargo, a pesar de algún que otro comportamiento infantil, los cuatro cumplían a raja tabla con su función. Ningún Vigilante con más años en el puesto les había reprochado ninguna falta. Cuando acudían a proteger el Bosque, su comportamiento se volvía serio y no había nada que los distrajera de su misión. No habían tenido ningún tipo de problema al identificar a las personas que acudían allí por la llamada, saber quién era Digno o no, era bastante fácil. Cierto era que habían pasado por algún que otro mal trago. A Zia aún le dolía en lo más profundo de su corazón que muchos niños hubieran querido entrar en el Bosque a lo largo de los años, no eran niños curiosos que quisieran divertirse en el Bosque, ojalá lo hubieran sido. Aquellos pequeños eran Dignos y ellos habían tenido que dejarlos entrar. Zia había tenido que reprimir las lágrimas cuando tuvo que apartarse para dejarlos pasar. Sabía que nadie podía negarse a la llamada, pero a veces le resultaba tremendamente injusto que a tan corta edad, tuvieran que abandonar el mundo. El hecho de haber perdido a Daira también había sido bastante duro para ellos, pero en especial para Zia. Haber tenido que despedirse de ella había sido uno de los momentos más dolorosos de su vida. Zia había congelado ese instante para siempre en su memoria. Al principio había creído que el haber tenido turno de vigilancia aquella noche había sido una auténtica desgracia, pero con el paso del tiempo, se había dado cuenta de que no podía haber tenido más suerte. Había sido una situación triste, pero había podido despedirse de ella como debía.

— Daira, te prometo que seré como tú, quiero que aunque ya no estés aquí… Estés orgullosa de mí.— A pesar de que la mirada de Daira estaba un poco perdida, sonrió al escuchar las palabras de Zia.

— Nunca serás como yo, cielo... Serás mejor, estoy segura.— Ambas se habían fundido en un breve abrazo antes de que sus amigos la apartaran lentamente de ella para cederle el paso hacia lo más profundo del Bosque.

Siempre que lo recordaba, se le escapaba una lágrima y después sonreía levemente. Justo cuando se estaba limpiando la mejilla con el envés de sus dedos, una voz familiar la distrajo de sus pensamientos. Se deslizó cuidadosamente por el tejado donde estaba sentada y cayó de pie justo en el lateral de la casa. Golpeó suavemente el cristal de la ventana con los nudillos, haciendo un código que Dru y ella compartían. La ventana se abrió de par en par y Dru se asomó a ella mientras metía la cabeza en el cuello de la camiseta. Zia resopló, desviando la mirada y le tendió la mano para ayudarlo a salir con discreción. Cuando por fin había puesto ambos pies fuera de la casa, Mel se asomó a la ventana para darle un rápido beso de despedida en los labios.

— ¡Hola padre! — La escucharon decir a medida que se alejaban de la casa del panadero del pueblo. Zia y Dru caminaron deprisa por detrás de las casas mientras éste se adecentaba.

— Hoy casi nos pillan, ya te vale Zia, podrías estar más

atenta.— Comentó mientras observaba su reflejo en un charco de agua para poder peinarse su alborotado pelo castaño.

— Oye, ni se te ocurra reñirme cuando te estoy haciendo un favor.— Le espetó ella, dándole un suave rodillazo en el trasero para que se apartara del charco.——Encima de que te cubro las espaldas con Mel…

— Pero es porque eres la mejor amiga que se puede tener en el mundo.— Contestó con su enorme sonrisa, abrazándola con fuerza.

— No me seas pelota, Dru.— Se dejó estrechar entre sus brazos, resoplando después y se agachó para salir de su agarre.— No entiendo por qué lo lleváis en secreto, quizás su padre lo acepte.

— Sabes de sobra que su padre no me soporta y la verdad es que aún no sé por qué.— Zia soltó una carcajada, mirándolo con incredulidad pero Dru estaba aún más desconcertado.

— De pequeño le robabas las barras de pan recién hechas para utilizarlas como espadas y acababan metidas en charcos de barro.

— ¡Pero tú también lo hacías!

— Sí, pero yo no mordisqueaba las tartas que colocaba

fuera para que se enfriaran y me iba de allí corriendo.— Dru abrió la boca para decir algo, pero terminó riéndose.

— Aún así… Eso son cosas de niños, ya podría haberme perdonado.— Zia volvió a echarse a reír, negando una y otra vez con la cabeza.— ¿Qué?

— No hace mucho te reíste de él por la rapidez con la que estaba perdiendo el pelo…

— En mi defensa, diré que no sabía que me estaba escuchando.— Zia se encogió de hombros, aún manteniendo una divertida sonrisa.

— Eso no le quita hierro al asunto.— Dru se rascó la nuca, dándole después un leve empujón.

— Pues ya ves, tú misma te has explicado por qué seguimos llevándolo en secreto.— Pasó su brazo por encima de los hombros de Zia mientras caminaban.— Además, cuento con una amiga excepcional que vigila…

— Sí, adoro mi vida. Cuando no vigilo que nadie entre en el Bosque, me toca vigilar como mi mejor amigo puede acostarse con su novia sin que el padre de ella lo pille.— Dru soltó una risotada.

— Oye, que si tú tuvieras novio, yo haría lo mismo.— Zia suspiró, mirándolo de reojo. El único novio que había tenido había sido el propio Dru, y ni tan siquiera lo había sido realmente. Desha entera los había emparejado desde pequeños por todo el tiempo que pasaban juntos, porque ambos hacían las mismas tonterías y porque se habían defendido el uno al otro desde que los dos eran unos críos. Sin embargo, para Dru, Zia siempre había sido como una hermana pequeña, a pesar de tener la misma edad, y Zia jamás se había planteado que estuviera enamorada de él. Además, se había alegrado al enterarse de que Dru y Mel estaban juntos. Mel era un par de años más pequeña que ellos, pero parecía mucho más madura que Dru, tanto física como mentalmente. Mel era una chica guapísima, su piel de color caramelo siempre llamaba la atención, pero si además tenías en cuenta su pelo rubio platino, el contraste era maravilloso. Dru le había dicho millones de veces a Zia que estaba seguro de que sus largas pestañas podían provocar ráfagas de aire. También le había dicho que en el mejor sitio para verse reflejado era en sus ojos castaños, y aunque a Zia le había parecido un comentario demasiado empalagoso, le gustaba que Dru tratara con tanta dulzura a Mel.

— Sabes que eso es en lo último que pienso…

— Entonces no te quejes de que tu vida es aburrida.— Zia puso los ojos en blanco mientras negaba una y otra vez con la cabeza.— ¿Qué?

— No necesito un novio para que mi vida sea entretenida.— Dru pasó la mano por el pelo de Zia, despeinándola por completo mientras ella intentaba evitarlo a toda costa.— ¡Para de una vez! — Dru se rió burlonamente y la fue liberando poco a poco.

— Estoy seguro de que la diversión llega cuando menos te lo esperas.— Zia resopló, reprimiendo las ganas de darle una colleja.

Por mucho que Dru defendiera aquel argumento, no parecía que nada fuera a cambiar en la vida de Zia. Aquella tarde custodiaron el Bosque tal y como les tocaba a los cuatro amigos. En esta ocasión, a Zia le tocaba vigilar la parte más alejada de Desha, y aquello la reconfortaba. Cuando se aseguraba de que no venía nadie, disfrutaba mirando el horizonte, lejos del pueblo y se dedicaba a crear otros lugares en su imaginación. Aunque Zia se esforzara mucho en su labor como Vigilante, la verdad era que en alguna que otra ocasión, se internaba en el Bosque, por supuesto sin saltarse el límite. Siempre se aseguraba de que estaba sola antes de entrar, ya que no quería que alguien tuviera la posibilidad de colarse allí, pero era el único sitio en el que podía distraerse. Aún así, le encantaba saltar de seta en seta. Se balanceaba de un sombrero de la seta a otro como si fuera una cama elástica y a veces, hasta caía de culo, riéndose ella misma como una niña pequeña.

Cuando estaba allí, recordaba a Daira con más claridad aún. Era como volver a escuchar sus riñas con cada soplo de aire fresco que acariciaba su nuca cuando saltaba. Zia podía haber crecido mucho, y más aún con la perdida de Daira, pero se seguía comportando de una manera muy infantil cuando estaba sola, y a veces con Dru.

Volvió a asomarse a los caminos para comprobar que seguía sola, suspiró y se adentró de nuevo en el límite del Bosque. Pegó un pequeño salto, lo suficientemente alto como para alcanzar el sombrero de una gigantesca seta y se tumbó plácidamente sobre ella. Observó con detenimiento las nubes, cogiendo una gran cantidad de aire por la nariz y después, echó la cabeza aún más hacia atrás, divisando los enormes y oscuros árboles del Bosque. Tras enterarse de lo que era aquel lugar, había empezado a mirarlo de otra manera. Al principio con mucho temor, después con respeto y con el paso del tiempo… Con resignación. Atrás se habían quedado los momentos en los que había sentido curiosidad por perderse entre los árboles y descubrir los secretos que se ocultaban entre éstos, y aunque comprendía su responsabilidad, cada vez eran más fuertes los deseos para marcharse de allí. Sin embargo, sabía que su vida empezaba y acababa en el Bosque. Nada ni nadie podría cambiar aquello.

Se estiró mientras bostezaba, aquel día era tranquilo por

aquella zona, y después de haber pensado tanto en Daira, lo agradeció intensamente. Quizás hubiese sido capaz de emocionarse demasiado y aunque había comprobado que las personas que eran Dignas no eran conscientes de nada de lo que sucedía a su alrededor, no quería que ninguna lágrima se escapara delante de ellos. Ese no era el trabajo de los Vigilantes. Una suave pero intensa ráfaga de aire, terminó de espabilarla y más aún, cuando escuchó el crujido de unas hojas. Se incorporó de inmediato, quedándose sentada. ¿Se habría colado alguien y no había sido consciente? Se levantó del todo, quedándose de pie en el suelo y recorrió toda la zona sin encontrarse a nadie. Sin embargo, aquel sonido de alguien pisando hojas caídas, volvió a molestar al silencio que allí reinaba. Se giró sobre sus pies, centrando su atención en el interior del Bosque. Cuando volvió a escucharlo, tuvo la absoluta certeza de que provenían de allí, pero también de que ningún humano había traspasado las fronteras, ya que sino se hubiera dado la voz de alarma. Tragó saliva, le habían explicado infinidad de veces que dentro del Bosque habitaban criaturas de las que no se tenía conocimiento alguno. Muchos Vigilantes compartían la teoría de que muchas de las leyendas y cuentos que se les contaban a los niños sobre monstruos o hadas, eran los que inundaban el Bosque, pero a Zia le costaba asimilar el simple hecho de que allí pudiera existir algo más que árboles y el Guardián que protegía la parte interna del

Bosque. No era la primera vez que escuchaba ruidos que provenían de dentro, pero jamás los había escuchado tan cercanos. Nunca tan próximos al límite del Bosque. A pesar de que el ritmo de su corazón se había acelerado como si hubiese corrido una larga carrera, tragó saliva y se subió de nuevo a una de las setas, quedándose de rodillas en ésta. Apoyó ambas manos sobre la seta y clavó su mirada entre los árboles. Si de verdad había algo ahí dentro, con esa postura debería ser capaz de avistarlo. Una punzada en el pecho le indicó que algo o alguien se acercaba e inconscientemente se llevó la mano a su espada. No es que tuviera en mente usarla, pero así se sintió más segura. Esperó que fuera algún pajarillo que se hubiera colado entre las hojas y que eso fuera lo que se escuchaba, pero para su sorpresa, no se trataba de eso. Dio un respingo, pero mantuvo el equilibrio al encontrarse con unos gigantescos ojos de color verde, casi translúcidos. No podía apreciar si se trataba de un humano, puesto que su contorno era difícil de definir. Se mezclaba entre los troncos de los árboles y solo sabía que tenía rostro por esos enormes agujeros en los que brillaba aquel color verde tan extraño. No podía ver nada más, pero tenía sumamente claro que la estaba observando. No pestañeaba, ni se movía nada en absoluto, como si ni tan siquiera respirara. A pesar del miedo que Zia sintió, fue incapaz de moverse, aunque tampoco se quedó con los brazos cruzados.

— ¿Hola? — No estaba segura de que lo hubiera dicho lo suficientemente alto como para que lo escuchara, pero no podía emitir su saludo con más volumen que ese. Los ojos del desconocido se movieron, formando una línea diagonal, como si hubiera ladeado lo que se suponía que era su cabeza. Zia reprimió un pequeño grito de terror para no espantarlo de allí.— ¿Puedes... Puedes entenderme? — Aquel extraño ser extendió un brazo hacia fuera. Era más largo que un brazo normal y parecía estar empapado de un pringoso líquido negro. Era extremadamente fino, como si realmente fuera la rama de un árbol en lugar de una extremidad humana. Sus huesudos dedos, si es que de verdad se trataba de eso, quisieron rozar el rostro de Zia, pero había la distancia justa como para que eso no ocurriera. Sin embargo, tras permanecer unas milésimas de segundo fuera del Bosque, de pronto, el brazo desapareció y para cuando Zia quiso darse cuenta, los ojos también. Ya no se apreciaba nada entre los árboles, pero si el susto dentro de su cuerpo. Le costó recuperar las fuerzas en sus piernas después de la parálisis que el miedo le había infundado, pero logró poner los pies en el suelo y, por primera vez, salió del límite del Bosque andando de espaldas.

Aún estando rodeada de sus amigos en la única taberna que había en Desha, no lograba quitarse la imagen de aquel monstruoso ser de la cabeza. A Zia le gustaba vigilar por las noches, pero esta vez sintió un tremendo alivio cuando vinieron a sustituirla. Sabía que no podía sentir ese miedo porque debía volver al día siguiente, pero al menos esa noche, podría descansar y recuperarse. No había querido contarle nada a los demás. Sabía que Zoé se hubiera reído ella, Akil le hubiera reñido y le hubiera explicado que al estar subida encima de las setas, habría inhalado algún perfume que le habría hecho desvariar y Dru... Se fijó en que estaba mirando de reojo a Mel con una sonrisa de tonto en la cara y suspiró… Dru quizás no la hubiera escuchado.

— Aquí tenéis, unos ricos boniatos y el mejor licor de avellana de toda la región del Sur.— Dru posó la bandeja sobre la mesa redonda en la que se encontraban y se sentó junto a Zia.

— Hubieses sido un buen tabernero si no tuvieras esa equis.— Comentó mientras señalaba con el dedo índice su mejilla izquierda. Dru le dedicó una sonrisa en la que mostró sus alineados dientes blancos y le tendió un vaso hasta arriba de licor.

— Hubiese emborrachado a todos sus clientes.— Murmuró Akil al ver la cantidad de alcohol que había en el vaso. Dru se rió a carcajadas, encogiéndose después de hombros.

— Es una técnica tan buena como otra para vender.—
Respondió alegremente.

— ¡Brindo por ello! — Exclamó Zoé, alzando su vaso
con cuidado para que no se desperdiciara ni una gota. Los
cuatro chocaron sus vasos y le dieron un largo trago a la
bebida.— Hoy estás mucho más callada de lo normal, Zia.

— Sí, ¿algún libro te tiene absorbida? — Zia resopló
ante el comentario de Akil. Ya se había releído todos los libros
que había en Desha, y aunque no le había importado mucho
repetir aquellas lecturas, ya era complicado que volviera a
engancharse con la misma facilidad que antes.

— ¿O es el nuevo visitante? — Frunció el ceño por la
pregunta de Dru, viendo como se llevaba un trozo del boniato a
la boca.— ¿Acaso no lo has visto?

— No sé a qué te refieres.

— Menuda Vigilante estás hecha, Zia… — Se limpió la
boca con una servilleta para quitar los rastros de boniato de los
labios y le señaló a un chico que había sentado al final de la
barra de la taberna.— ¿No lo has visto bajar antes por las
escaleras? — Negó con la cabeza.

— ¿Se hospeda aquí? — Zia era consciente de que en la
planta superior de la taberna había unas cuantas habitaciones

que servían a los comerciantes para pasar la noche, pero la gran mayoría se iban cuando acababa la mañana. Nunca había gran cosa que hacer en los pueblos del Sur.— ¿Qué vende?

— Nada, al menos que yo sepa.— Intervino Akil tras dar otro sorbo a su licor de avellanas.— Escuché como le decía a la tabernera que solo venía de paso.

— ¿De paso? ¿Por Desha? — Preguntó Zoé incrédula, resoplando después.— Me temo que será un curioso.— Zia asintió con la cabeza y volvió a desviar la mirada hacia el misterioso visitante. No parecía un hombre desaliñado. Por lo poco que podía ver desde su mesa, llevaba un fino abrigo marrón, que aunque necesitara algún que otro lavado, no parecía tener ninguna rotura. Una camiseta azul oscura resaltaba por debajo de éste y tampoco parecía estar descosida. Tenía el pelo corto, aunque más por lados que por la parte de arriba, la cual permanecía ligeramente en punta, y a Zia le gustó que su piel blanca contrastara con el color oscuro de su pelo. Una incipiente barba adornaba su cara, pero no le daba el aspecto sucio de mucho de los mercaderes que pasaban por allí. Se sobresaltó cuando sus miradas se cruzaron, y a pesar de la distancia, contempló sus ojos azules. Zia sabía que sería absurdo dejar de mirarlo como si la hubieran pillado robando un caramelo, así que mantuvo su mirada mientras le daba un trago al licor de avellanas.

— No tiene pinta de ser por aquí cerca.— Comentó Zia, volviendo a centrarse en la gente que la acompañaba.

— Siempre puedes ir a preguntarle... — Zia puso los ojos en blanco, pero ¿por qué tenía Dru la manía de emparejarla con todo el mundo? Quiso contestarle de manera tajante, pero cuando le dio un suave codazo mientras alzaba las cejas y sonreía, se olvidó de usar sus malos modos contra él. Ese era el problema cuando Dru le sonreía.

— ¿Qué tal si me dejas comerme mi boniato tranquilamente? — Espetó ella con una sonrisa, zampándose el boniato mientras los demás hablaban. Era curioso como haciendo lo mismo cada día, siempre tuvieran algo que contarse, cualquier anécdota de la que reírse o cualquier cosa sobre la que reflexionar.

— Solo digo que si al hidromiel se le añadieran unas cuantas gotas de limón, estaría mucho mejor.— Era la enésima vez que Akil hablaba sobre la importancia de innovar el sabor del hidromiel.

— Siempre dices lo mismo, pero nunca te he visto probarlo.— Dijo Zoé tras acabarse el licor de avellana.

— Eso es lo de menos.— Contestó Akil.

— Limón no sé, pero en la Capital lo que se le añade es

zumo de manzana.— Akil, Zoé y Dru levantaron la vista al escuchar una voz que no conocían.— Siento haberme unido a la conversación sin ser invitado.— Zia se perdió en sus ojos azules cuando lo miró, ya que fue la última en levantar la cabeza.— Me llamo Taron.

Capítulo 5.
Chocolate.

— Es raro encontrarse con alguien de la Capital por aquí, ¿no te parece? — Le preguntó Dru a Zia tras terminar de hacer la ronda, tratando de iniciar una conversación, pero obteniendo únicamente un asentimiento con la cabeza.

No es que no tuviera ganas de hablar con Dru. Zia siempre había sido partidaria de las buenas conversaciones, y más si era con un amigo, pero le había ocurrido algo que no le ocurría desde que tenía nueve años. Tenía muchas cosas en las que pensar. Aunque no es que fueran realmente muchas, tan solo tres. A pesar de haber estado distraída la noche de antes, le había costado aguardar en la entrada del Bosque tras lo ocurrido con esa criatura. Le había dado mil vueltas por la noche mientras rodaba por el colchón de su litera, incluso se había llegado a creer la posible explicación que Akil le hubiera dado si se lo hubiera contado. Tal vez, aquella seta en la que había estado sentada, poseía algún polen alucinógeno que le hubiera pasado factura. Sin embargo, por mucho que le aliviara aquella idea, ya había estado en esa seta antes, incluso la había zarandeado y saltado sobre ella en incontables ocasiones, y jamás le había pasado nada así. Además, cuando conseguía alejar todas esas teorías de su mente, aquellos espeluznantes ojos aparecían en sus pesadillas y se estremecía al imaginar que aquellos escuchimizados y alargados dedos le hubieran tocado la cara.

Por eso, aquella mañana de patrulla, había sido más dura de lo normal. Había tenido que cederle el paso a unos cuantos Dignos, pero por primera vez desde que era Vigilante, se había dado la vuelta para ver cómo entraban y se había preguntado cómo sería su camino hacia las puertas del Más Allá. Siempre se había imaginado que era un camino sencillo, que los árboles los arropaban hasta llegar a su destino final, y que aunque se encontraran con algún peligro, no sería nada realmente siniestro. Sin embargo, ahora ya no lo tenía tan claro.

Debía reconocer que otra de las cosas en las que no podía dejar de pensar era en el chico de la Capital, ese tal Taron. ¿Qué hacía alguien de la Capital en Desha? ¿Qué se le había perdido a él allí? Supuso que sería otro lunático que sentía curiosidad por el Bosque, pero no se había acercado a la entrada en ningún momento. Lo había pillado mirándolos de lejos, pero era un comportamiento normal para un forastero. Los Vigilantes solo habitan en los pueblos del Bosque y es obvio que despertaran la curiosidad de los recién llegados. Esperó que, en algún momento, anduviera hacia ellos para hacerle mil preguntas acerca de su labor y, por supuesto, acerca del Bosque, pero nada de eso ocurrió. Además, la noche anterior habría sido un buen momento para hacer aquellas preguntas y no formuló ninguna. Solo hablaron de bebidas y comidas de la Capital. A Zia le había gustado escucharlo, pero hubiera preferido conocer otro tipo de cosas y no solo sobre la gastronomía. Sin embargo, sentía tanta curiosidad por la Capital que tampoco hubiera sabido muy bien por dónde empezar a preguntar. Quizás, la gastronomía no había sido un mal punto de partida después de todo. Ya había constatado que allí comían con lujos de los que en Desha carecían, aunque tampoco hacía falta ser muy inteligente para darse cuenta de aquello. En la Capital se movían cantidades ingentes de dinero y en Desha no nadaban en la abundancia. Sin embargo, eso no era lo que a Zia le llamaba la atención. Quería conocer qué forma tenía la Capital, de qué manera estaban dispuestos los edificios, si era verdad que había extensas avenidas y estrechas callejuelas, quería saber si los comerciantes disponían de una auténtica casa y no de tenderetes como los que había allí, quería saber qué tipo de ropa llevaban las gentes del lugar, quería saber si era cierto que allí había varias escuelas y que los niños debían asistir a clase obligatoriamente y quería comprobar si de verdad existían lo que se denominaban bibliotecas, e incluso sentía curiosidad por el Castillo de los Reyes. Quería constatar todas y cada una de las diferencias con respecto a Desha, a riesgo de detestar un poco más su pueblo.

La última de las tres cosas en las que no podía dejar de pensar Zia, estaba de nuevo relacionado con Taron. Sin embargo, no por la curiosidad que le despertaba que fuera de la Capital, sino en él en sí. Había estado pendiente de él durante toda la mañana porque pensaba que iba a pedirles dejarle entrar en el Bosque, pero al verlo parado a lo lejos, sin acercarse en ningún momento, tal y como ella esperaba, había sentido cierta... ¿Decepción? ¿Enfado? Eso era lo que no dejaba de pensar, el por qué se sentía mal porque él no se hubiera acercado. La noche de antes no habían intercambiado muchas palabras, la verdad es que habían sido Akil y él quienes más habían hablado, pero le hubiera gustado que al menos la saludara, y no que la hubiera mirado como un bicho raro desde la lejanía.

— ¿Me acompañas o no? — Dru pasó su mano por delante de su cara para sacarla de su ensimismamiento y Zia parpadeó.— No me has escuchado, ¿verdad? — Zia sonrió inocente, rascándose la nuca.— Te preguntaba si me harías de Vigilante en casa de Mel.

— Pensaba que hoy podrías ir tú solo porque su padre se había marchado a Noreva…

— Y así es, pero no estamos seguros de cuando volverá y si tú pudieras vigilar… Nos harías un gran favor.— Zia suspiró. La verdad es que tenía ganas de estar sola, y aunque no era su plan de ensueño, mientras estuviera sentada en el tejado de la casa de Mel, cumpliría con su objetivo y con su deseo de estar sola. Mataba dos pájaros de un tiro.

— Está bien… — Caminaron por las calles paralelas a la plaza.— Pero creo que después de todo este tiempo, el hecho de que la gente me vea sentada encima del tejado de Mel… Va a empezar a levantar sospechas.

— Ya cambiaremos de estrategia.— Zia negó con la cabeza, alejándose de Dru para subir al tejado, pero éste la frenó.— Espera, la puerta de su casa está abierta, puede que su padre haya llegado ya… ¿Te asomas tú?

— Claro, sin problemas.— A pesar de todos los líos en los que se había metido Zia de pequeña, la verdad era que se llevaba bien con la gran mayoría de habitantes del pueblo, y eso incluía al padre de Mel. Aún así, en lugar de asomarse como una espía, llamó a la puerta con suma educación y tras escuchar la voz de Mel, empujó la puerta para abrirla aún más.— ¿Taron?

— ¿Taron? — Repitió Dru detrás de ella, el cual seguía fuera, sin ver lo que pasaba. El chico de la Capital cortaba una tarta que había sobre la mesa de madera mientras que Mel pasaba su dedo índice por la capa superior, relamiéndose después el dedo.

— Oh, por la Diosa, ¡esto está delicioso! — Taron sonrió orgulloso.

— Te lo dije, con esta cobertura de crema queda aún más completo el bizcocho.— Mel asintió con la cabeza, anotando mentalmente las indicaciones culinarias que continuó haciéndole Taron.

— Dru, tienes que probar esto.— Zia ni tan siquiera había sido consciente de que Dru había entrado en la casa, pero al cerciorarse, cerró la puerta con el talón, acercándose a los demás.

— ¿Lo has hecho tú? — Preguntó a Taron, relamiéndose los labios con una sonrisa.

— Bueno, Mel me ayudó.— Se encogió de hombros, quitándose mérito.

— Él lo hizo casi todo, no le hagas caso.— Partió otro trozo de tarta y se lo ofreció a Zia.– ¿Te apetece?

— Gracias.— Se sentó en una de las sillas vacías que había alrededor de la mesa.

— Te pondré también un vaso de leche.— Aunque Zia fuera a contestarle que no era necesario, se quedó tan prendada del sabor de la tarta, que fue incapaz de contestar. Era uno de los mejores platos que había probado en su vida.

— He conocido a Taron en el mercado y al decirle que trabajo en la panadería nos hemos puesto a hablar de recetas como un par de locos.— Les explicó mientras servía los vasos de leche caliente.

— Pues espero que te enseñe unas cuantas más, porque esto está riquísimo.— Dijo Dru al terminarse su trozo.— No tanto como tú, pero casi a tu nivel.— Mel se sonrojó ante su comentario, riéndose mientras lo abrazaba.

— Te has manchado comiendo, patoso…— Y con esa excusa tan poco trabajada, ambos subieron al piso de arriba, dejando solos a Taron y Zia. Sin embargo, lejos de preocuparse por estar en compañía de un extraño, disfrutó de su ración de tarta, sin ni tan siquiera mirarlo.

— Puedes beberte la leche, no tienes por qué esperarlos.— A Taron le sorprendió la honestidad de Zia y sonrió levemente, acercándose la taza. Zia se fijó en que sacó de su bolsillo un pequeño saquito y lo abrió, vertiendo unos extraños polvos sobre la leche. Taron fue consciente de que lo miraba con extrañeza.

— Oh… Claro, qué maleducado, toma.— Zia tapó su taza con la mano antes de que pudiera echarle nada y frunció el ceño, examinando el saquito de lejos.— No es nada raro, es cacao.— Zia apartó poco a poco la mano, aunque aún con cierta desconfianza.

— ¿Chocolate? — Taron se sorprendió. El cacao y el chocolate se comercializaba en la Capital por los vendedores que venían de las regiones del Este, pero no sabía que había llegado a los pueblos del Sur.— No lo he probado nunca, pero he leído sobre él.

— Pues deberías probarlo.— Zia se mordió el labio inferior, dudosa.— Tranquila, no tenía pensado envenenarte.— Aunque consiguió sacarle una sonrisa, Zia lo contemplaba aún con sus enormes ojos grises como si quisiera leerle el pensamiento.

— Tampoco tendrías motivos para hacerlo, no me conoces de nada.— Finalmente, le tendió la taza y Taron le echó cacao. Contempló curiosidad como lo probaba y sonrió al ver como sus ojos se le iluminaban y se relamía los labios al apartar la taza de su boca.

— ¿De tu agrado? — Ella asintió con la cabeza.— Eras… Zia, ¿verdad? — Volvió a asentir en silencio, degustando lo que le quedaba de tarta.— ¿Has vivido aquí siempre?

— Desde que tengo uso de memoria, sí.— Aquella

pregunta la pilló desprevenida y Taron fue consciente de aquello.— ¿Por qué lo dices?

— Por nada, es solo que… Da igual, pensarás que estoy loco.— Tras darle un sorbo a su leche con cacao, Zia frunció sus labios.

— Prueba, a ver qué pienso.— Taron le dedicó una media sonrisa, mirándola a los ojos.

— Es solo que me resultas familiar, supongo que me recuerdas a alguien, pero no sé a quién.

— ¿Y por eso iba a pensar que estás loco? — Se terminó su bebida, levantándose después para limpiar la taza.— Es solo una bonita manera de decir que tengo una cara común. Solo me puede diferenciar esto.— Comentó mientras apuntaba la equis que tenía en la mejilla con el dedo. Tras aquello, ambos se quedaron un instante en silencio, escuchando ruidos provenientes de la planta superior.

— Creo que deberíamos marcharnos… — Zia asintió, saliendo tras él de la casa de Mel para darles intimidad.— Supongo que ya nos veremos.

— ¿Vas a permanecer aquí mucho tiempo? — Zia no lo había preguntado con mala intención, pero solo se dio cuenta de lo borde que podía sonar cuando ya lo había soltado.

— ¿Te molesta mi presencia? — Taron se rió suavemente, quitándole hierro a la situación y Zia lo imitó, negando con la cabeza.

— No, es que no entiendo qué quieres hacer en Desha.— Confesó, imaginándose todas las opciones que podía tener en la Capital.

— La verdad es que yo tampoco lo sé.— Taron se encogió de hombros.— Pero lo descubriré pronto.— Zia no supo como interpretar su respuesta, pero movió la mano a modo de despedida cuando echó a caminar, hasta que Taron volvió a girarse sobre sus pies para mirarla por última vez.— No creo que tu equis sea lo único que te diferencie de los demás.— A eso sí que no supo qué contestar.

¿Por qué le había dicho que no sabía qué estaba haciendo en Desha? La verdad es que Taron no era capaz de contestar a esa pregunta. Sabía perfectamente el motivo por el que se estaba hospedando en una taberna de Desha: el diario de su madre. En él había escrito muchos datos sobre Desha, aunque para ser honestos, muchos no era la palabra adecuada, ya que Desha no tenía mucho que ofrecer. Sin embargo, lo que más le interesaba de allí era el Bosque. Como cualquier visitante que viajaba a los pueblos del Sur. Había pasado toda la mañana observando el trabajo de Zia y aún no llegaba a comprender su manera de actuar. Unos cuantos viajeros se habían acercado a la entrada del Bosque, pero solo algunos habían sido lo bastante afortunados como para entrar. No sabía qué criterios utilizaban para ceder o no el paso, y eso que había intentado escuchar sus conversaciones, pero la gran mayoría de las veces, ni tan siquiera intercambiaban palabras, ¿cómo sabían entonces quién debía pasar? ¿Existiría algún código secreto entre los afortunados y los Vigilantes? Cuanto más los había estado observando, más dudas le surgían. No obstante, era consciente de que no podía bombardear a preguntas a desconocidos, y mucho menos si se trataban de pueblerinos del Sur. Se decía que eran personas muy cerradas, no mentalmente, sino en el sentido de que eran muy huraños y desconfiados. No eran personas maleducadas, y las pocas con las que Taron había tenido trato al llegar, lo habían recibido con una amplia sonrisa, pero no le gustaban los curiosos. Lo cual tenía sentido, vivir en un pequeño pueblo, alejado de todo, no es que les conceda la oportunidad de conocer a mucha gente y supuso que eso les hace ser algo desconfiados con los nuevos que llegan.

Allí todos se conocían y no era de su agrado que alguien a quien no habían visto nunca, tuviera mil y una preguntas acerca de su lugar sagrado. Taron sabía que todas sus preguntas los incomodarían, a nadie en la Capital se le ocurriría acercarse a una de las Iglesias de la Diosa para preguntar qué se hacía allí dentro, ni observaba la labor de los monjes con aire sospechoso, así que debía actuar de la misma manera en Desha. Sin embargo, todo lo que había visto hoy, quitando lo extraño del acceso al Bosque, no había sido nada comparado con el comportamiento de Zia. Todos los demás Vigilantes habían actuado de un modo respetuoso y atento con aquellos que les pedían entrar, y salvo a un par de personas a las que les habían negado el acceso, no habían hecho nada destacable, pero Zia… Algo en su mirada la diferenciaba de los demás. A Taron le había parecido que estaba preocupada por algo, o… ¿Asustada? Le había resultado raro que solo ella se hubiera girado para ver cómo aquellos afortunados entraban en el Bosque, ¿por qué los demás no lo hacían? O más bien, ¿por qué lo hacía ella? ¿Acaso sabía más que los demás? Había estado pendiente de los demás Vigilantes cuando había rodeado el pueblo, pero al final, había acabado en el mismo sitio que al principio para poder ver a Zia. A Taron le costó reconocer que no había empezado a estudiarla a ella al azar, sino que desde la noche anterior cuando sus miradas se cruzaron, no se pudo sacar sus ojos grises de la cabeza. Ese era el verdadero motivo por el que había comenzado su ronda en la parte del Bosque que vigilaba ella, aunque luego hubiera vuelto por otras razones. Lo de haberse encontrado en casa de Mel sí que había sido una bonita casualidad, pero le había servido para darse cuenta de algo. Si quería obtener información sobre el Bosque, tener de amiga a una Vigilante era una gran idea.

Capítulo 6.
Leyendas.

Había algo en Desha que sí entretenía mucho a Zia. De tanto leer historias en los libros cuando era pequeña, había llegado a un punto en el que las había memorizado con una audacia impresionante. Ya no era el hecho de que las supiera desde el principio hasta el final sin saltarse ningún tipo de detalle, sino que las contaba de tal manera que parecía que ella misma las había vivido de alguna manera. Justo por eso, los niños del pueblo se dedicaban a reunirse alrededor de ella para escucharla cuando se sentaba en uno de los bancos que había frente al monumento que adornaba la plaza. Cuando Zia se sentaba allí y algún niño la veía, salía corriendo para avisar a los demás. Era el momento del cuento. Aquel día, Zia necesitaba distraerse de alguna manera. Por suerte, le había vuelto a tocar el turno de mañana, así que no estaría tan asustada al tener que vigilar el Bosque por la noche. Para colmo, tanto el monstruo que había visto como la breve conversación con Taron en casa de Mel, la tenían con la cabeza en las nubes. Era curioso que la aparición de un monstruo la pusiera igual de nerviosa que hablar con un extraño. Obviamente no eran los mismos nervios, uno la asustaba y le hacía plantearse demasiadas preguntas, y los otros nervios... Quizás no eran tan desagradables, pero jamás los había sentido antes.

Al dirigirse hacia el banco para contar una de sus historias, se sorprendió al ver que ya había un montón de niños sentados alrededor de donde ella se solía sentar. No es que estuvieran mirando a la nada, sino que otro orador los estaba deleitando con una nueva historia. De hecho, Zia pensaba que se las sabía todas hasta que escuchó a Taron hablar. A riesgo de parecer una niña pequeña, Zia se cruzó de piernas, sentándose y se mezcló entre los niños para oírlo hablar, y se sorprendió cuando se dio cuenta de que Dru estaba sentado a su lado.

— Me ha resultado raro no verte ahí sentada, así que he venido a ver qué contaba.— Le susurró Dru al oído, mirando en todo momento hacia Taron.

— ¿Conocéis la historia de la princesa invencible? — Todos, incluida Zia, negaron con la cabeza. Taron se aclaró la garganta y comenzó a relatar el antiguo cuento.— «Érase una vez, hace miles de años, una pequeña e indefensa princesa vivía dentro de una torre tan… tan… tan… alta, que ni tan siquiera podía verse la cúspide de ésta. Se decía que una Bruja la mantenía encerrada en ese inhóspito y peligroso lugar porque en un futuro, sería completamente incapaz de proteger y gobernar el Reino. Su hermano pequeño era el sucesor adecuado, y por eso, lo mejor era mantenerla cautiva para que él pudiera gobernar sin problemas. Nadie la conocía, y por lo tanto, nadie podía salvarla. Solo ella podía salvarse. Y creedme, lo intentó. La princesa no era tan descerebrada como se creía. En una ocasión, consiguió entrelazar las sábanas, las fundas de la almohada e incluso las telas que caían del dosel de su cama para hacer una larga cuerda con la que poder deslizarse por la ventana… No obstante, la malvada Bruja, la pilló mientras se descolgaba por ella y la llevó de nuevo a su habitación. ¿Y por qué no lo volvió a intentar? Me preguntaréis… Pues porque la Bruja maldijo a las sábanas con un conjuro, por el cual, se convertían en harapos cuando se intentaba formar con ellas una cuerda. Sin embargo, se le ocurrió un plan distinto para huir, usar las sábanas de tal manera que al sujetarlas cuando cayera, pudiera controlar el viento y caer con cuidado sobre el suelo. A pesar de ser arriesgado, lo intentó… Con tal mala suerte de que cayó encima de los brazos de la Bruja, la cual, la regresó de nuevo a su prisión. La princesa estaba desesperada. Todas las disparatadas ideas que se le pasaban por la cabeza, fallaban en su ejecución y la Bruja volvía a encerrarla. Ella ni tan siquiera tenía en mente la idea de gobernar el Reino, lo único que quería era ser libre. Hablar con desconocidos, vivir aventuras, ser ella la protagonista en lugar de estar encerrada en un Castillo. Sin embargo, tanto tiempo en cautiverio acabaron con sus ganas de soñar, dejó de pensar en ideas, dejó de leer para no fantasear con algo que no sucedería, ya no se asomaba a la ventana para no envidiar a los pájaros... Simplemente, se rindió. Había asumido que jamás sería libre.»

— ¿Y así acaba? ¿La princesa... Murió allí dentro? — Preguntó uno de los niños, sacándole a Taron una sonrisa. Éste, dio un brinco y se puso de pie en el banco de piedra, mientras lo demás lo contemplaban anonadados.

— ¡Por supuesto que no! ¿Quién no ha sentido alguna vez que debía rendirse? ¿Quién ha pensado que no podría solucionar sus problemas? Tiró la toalla, sí, pero creedme, la recogió del suelo y siguió con sus ansias de escapar.— Los niños se miraron entusiasmados los unos a los otros y Taron siguió con su historia.— «La princesa comenzó a pensar que la solución a su aislamiento no estaba fuera como ella pensaba. Quizás el truco estaba dentro. Examinó cada recoveco de su redonda habitación, incluso empujó los ladrillos para ver si cedían, pero no obtuvo resultado. Saltó con todas sus fuerzas para ver si alguna loseta del suelo se rompía, pero como era de esperar, tampoco funcionó. Le desesperaba que la única vía de salida fuera la pequeña ventana por la que había intentado escapar tantas veces, ya que ni tan siquiera había una mísera puerta para acceder a su habitación. La malvada Bruja aparecía en su habitación por arte de magia, y por lo tanto, no eran necesarias las puertas, además... La única que había allí era una totalmente decorativa. Un diminuto semicírculo por el que ni los ratoncillos cabían. La princesa la había observado miles de veces, deseando ser lo suficientemente minúscula como para girar el enanísimo pomo que le ponía el cierre a la puerta decorativa. Los días eran aburridos, todos iguales, repetitivos y monótonos, tanto que hasta llegó un momento en el que se tiró al suelo, delante de la minúscula puerta e intentó girar el pomo. Sin embargo, sus dedos eran demasiados grandes y se le escapaba entre ellos cuando lo intentaba. No obstante, una cualidad destacable de la princesa era su cabezonería. A pesar de que comenzaron a dolerle los dedos, siguió intentándolo una y otra vez. Cualquiera que la hubiera visto, hubiera dicho que se había dejado llevar por la locura, que era una absoluta testaruda, que era una inconsciente, pero lo que la princesa se consideraba era invencible. Cuando fue consciente de que era imposible abrirla usando sus dedos, se le ocurrió una de sus muchas ideas. Usó todo lo que se encontraba en su habitación para astillar una de las patas de madera de su cama hasta conseguir dos pequeñas piezas de madera. Las limó como buenamente pudo y se hizo con dos finos trozos de madera a modo de palillo y los utilizó para girar el pomo. Se hizo mucho daño, ya que la madera se clavó en las yemas de sus dedos, pero dejó de molestarle en el mismo momento en el que se escuchó un suave clic. Lo había logrado, ya solo tenía que empujar la puerta con la punta del dedo para abrir la puerta. Sin embargo, tal y como ella había pensado desde el principio, detrás solo había más y más ladrillos. Ninguna de las otras veces que había intentado escapar había llorado, ni tan siquiera cuando la Bruja la tiraba contra el suelo, ni tan siquiera cuando sentía que se había rendido, y esta ocasión no iba a ser diferente. Se dice que fue la primera persona en sonreír con tristeza mientras acariciaba los ladrillos con la yema del dedo índice. Sin embargo, su sonrisa se esfumó en el momento que una luz cegadora comenzó a resquebrajar los ladrillos que había tras la puerta. Ésta, empezó a hacerse más y más grande, tanto que podía pasar perfectamente tras ella. A pesar de que la luz que venía de fuera, la asustara, empujó la pared con todas fuerzas, y los ladrillos fueron golpeando el suelo. Cogió aire y sin pensárselo dos veces, cruzó la puerta. Se encontró en mitad de una extensa pradera verde y echó a correr, riéndose por las cosquillas que le producía la hierba en las plantas de sus desnudos pies. La Bruja le gritó, le ordenó que volviera, pero ni tan siquiera su terrible magia fue capaz de alcanzarla. La princesa era libre en un mundo completamente nuevo para ella y jamás se dejaría atrapar. Y la Bruja Destino lo sabía.» — Los niños miraban a Taron boquiabiertos con una enorme sonrisa y comenzaron a aplaudir como locos.— Y esa es la lección de la historia, niños. Todos podemos escapar de nuestro destino si nos sentimos invencibles.— Las miradas de Zia y de Taron se encontraron por un instante, y aunque Zia era consciente de que Taron no tenía ni idea de cómo era su vida, sentía que el corazón se le iba a salir por la boca. No porque se hubiese emocionado al encontrarse con sus ojos, sino porque la historia le había calado demasiado hondo. Sin embargo, a pesar de ser bonita y tener una buena moraleja... No tenía nada que ver con como era la realidad. Cuando todos los niños se alejaron, Dru y Zia se acercaron para saludar a Taron.

— Cuentas las historias casi igual de bien que Zia.— Comentó Dru con una divertida sonrisa, mirando a Zia de reojo.

— No sabía que tú conocías historias también.— Zia se cruzó de brazos.

— ¿Por qué no iba a saberlas? Aquí también hay libros, no solo en la Capital.— A pesar de ser algo tajante, Taron sonrió.

— No lo pongo en duda.— Aclaró de inmediato.

— Pero... Esa historia no la conocía, eso sí que es cierto.— Susurró más suavemente, bajando poco a poco sus brazos.

— ¿Y te ha gustado? — Zia asintió con la cabeza, mostrando una leve sonrisa.

— Ya te digo yo que sí.— Intervino Dru con ese aire tan burlón que él desprendía.— Le brillaban los ojos cuando te escuchaba.— Taron se rió, pero Zia aprovechó para darle un codazo a Dru y hacerlo callar.

— He traído algunos libros conmigo, si estás interesada… — Antes de que Taron pudiera terminar de hablar, Zia se adelantó.

— ¿Dejarías que me los leyera? — Preguntó entusiasmada. Esa sí que sería una buena forma de desconectar.

— Ya no podría decirte que no.— Zia sonrió ampliamente ante su respuesta.

— Entonces, esta noche podríamos coincidir en la taberna, por ejemplo.— Dru pareció hablar por ambos, dándoles a los dos una ligera palmadita en la espalda.

A pesar de haber maldecido a Dru una y otra vez cuando se separaron de Taron, en el fondo, Zia estaba contenta. Aunque realmente no sabía qué la tenía más contenta, si el hecho de volver a ver a Taron o que tuviera la oportunidad de leer nuevas historias. Iba a tener entre sus manos libros que provenían de la Capital. Se sentía como una niña pequeña otra vez. El día se le pasó extremadamente largo hasta que llegó la hora de acudir a la taberna. Le dio vergüenza admitir, aunque fuera para sí misma, que buscó con la mirada a Taron nada más llegar allí y le molestó bastante no encontrarlo entre las personas que había sentadas a la mesa. Por suerte, Dru no comentó nada al respecto, supongo que tampoco era plato de buen gusto recordarle a su amiga que le habían dado plantón. Sin embargo, dejó de pensar en Taron a medida que la noche avanzaba y las risas resonaban en la mesa gracias a sus amigos.

— Como lo sirven en la Capital.— Zia parpadeó al ver a Taron con una bandeja y cinco vasos, y todos lo miraron con cierta extrañeza.— Es hidromiel con un poco de zumo de manzana.

— Veamos como sabe ese brebaje.— Se adelantó a decir Akil, haciéndose con uno de los vasos. Todos lo miraron con curiosidad, expectantes por ver qué opinaba su reputado paladar. Se relamió los labios con una pequeña sonrisa, asintiendo con la cabeza.— Únete a nosotros.— Taron sonrió orgulloso, dedicándole una breve mirada a Zia a modo de disculpa por su tardanza.

— Espero que también les guste a los demás.— Cada uno cogió su respectivo vaso y le dio un largo trago para ver qué solían beber en la Capital. Chocaron los vasos tras probarlo, incluido Taron y degustaron la bebida con ganas.

— No vivís mal por allí… — Comentó Dru tras relamerse los labios con la punta de la lengua, saboreando el suave toque de manzana.

— Aquí se respira más tranquilidad.— Contestó Taron

mientras miraba el hidromiel, suspirando después.— Eso es algo envidiable en la Capital, créeme.

— Oh, sí, en tranquilidad somos expertos, eso es innegable.— Dijo Zoé con una sonrisa en su rostro, terminándose después la bebida.— Los viajeros suelen criticar nuestras tierras pero si realmente quieres desconectar de todo, los pueblos del Sur son la mejor opción. Nadie te molesta, nadie te juzga… Y no hay bullicios que te provoquen dolor de cabeza.

— Bueno, bullicios habrá dentro de unos cuantos días… — Murmuró Zia por lo bajo, pero captando aún así la atención de Taron.

— ¿A qué te refieres? — A pesar de que Zia abrió la boca para contestar, Akil se adelantó a ella.

— En breves se celebra el Festival del Árbol, una gran comilona alrededor del monumento que preside la plaza, y lleno de actos que sirven como ofrenda a la Diosa de la Vida.— Taron asintió con la cabeza, siguiendo su explicación.— No es gran cosa, pero se forma una buena fiesta… Ya sabes, música, bebida, bailes… Eso es mucho ruido por aquí.

— En el que yo me sumergiré de lleno porque mi mejor amiga Zia va a sustituirme.— Comentó Dru mientras pasaba su brazo por encima de los hombros de Zia mientras ella resoplaba.

— Tranquilo, no lo he olvidado.— Se zafó de su agarre con los ojos en blanco, logrando hacer reír a Dru.

— Me dijiste que no te importaba sustituirme porque no te gustaba el Festival del Árbol, ahora no te eches atrás… — Zia se bebió de un golpe lo que le quedaba de hidromiel y negó con la cabeza.

— No dejes que se aproveche así de ti, Zia.— Espetó Zoé, la cual siempre salía en su defensa.— A lo mejor ella sí que quiere ir al Festival, Dru, deberías tener en cuenta lo que quiere.

— Eh, si ella quiere ir es libre de hacerlo y no hay problema, pero ella se ofreció.— Respondió Dru mientras levantaba ambos brazos para declararse inocente. Zia se fijó en que Taron sonreía animado ante la pequeña disputa.

— ¿Tienes pensado estar aquí para el Festival, Taron? — Pestañeó sorprendido y, por un instante, dudó hasta que acabó asintiendo con la cabeza.

— No tengo nada mejor que hacer.— Se levantó repentinamente de la mesa, pillando desprevenidos a los amigos.— Se me había olvidado enseñarte los libros, enseguida vengo.

— ¿Libros? — Preguntó Zoé enarcando una ceja cuando Taron subía corriendo las escaleras, mirando a Zia con detenimiento.— Creo que ya es hora de irme a la cama.— Zia le dedicó una leve sonrisa. Era consciente de que a ninguno de ellos le gustaban los libros.

— Te acompaño.— Dijo Akil mientras se levantaba de la silla, recogiendo al mismo tiempo todos los vasos de la mesa, depositándolos sobre la bandeja.

— Y yo iré a robarle un beso de buenas noches a mi querida Mel.— Añadió Dru levantándose.— Pásalo bien… — Le dio un rápido y sonoro beso en la frente a Zia, acercándose después a su oreja.— Averigua qué más gusta allí en la Capital.— Zia se sonrojó por el tono jocoso que había usado y aprovechó para darle un pisotón bajo la mesa antes de que se marchara. Justo cuando estaban saliendo por la puerta, Taron apareció con un libro algo desgastado entre sus manos.

— Vaya, ¿se han marchado ya? ¿Tanto he tardado? — Preguntó asombrado, sentándose al lado de Zia. Ésta pasó una servilleta de tela para limpiar ligeramente la mesa y que el libro no se ensuciara.

— La lectura es un entretenimiento exclusivamente mío.— Taron sonrió.

— Entonces… Quieres decir que los he espantado yo,

¿no? — Zia ladeó la cabeza, sonriendo también.— Tampoco importa mucho, realmente había dicho de mostrártelos a ti.

— ¿Y qué libro traes? — Taron lo colocó cuidadosamente sobre la mesa, como si tuviera miedo de que se dañara en cualquier momento.

— La verdad, es que este es una recopilación de cuentos y leyendas, algunos son un poco infantiles, pero siempre he pensado que todos guardan un significado que puede ayudar a un adulto.— Zia recordó el cuento que les había contado a los niños sobre la princesa invencible y no pudo evitar darle la razón en su cabeza.— Lo bueno es que consta de un índice al principio y puedes consultar directamente la historia que más te llame la atención.— Zia se inclinó sobre la mesa para observarlo con más atención aún y recorrió el índice con la yema de su dedo índice.

— Hay muchos más de los que creía… Algunos no sabía ni que existían.— Susurró anonada, leyendo cada título desconocido en alto, haciendo que Taron sonriera.— ¿Podrías dejármelo? Te prometo que lo protegeré como un tesoro.

— Te propongo algo mejor.— Zia dejó de mirar el libro para encontrarse con sus ojos azules.— Que cada día, leamos una historia juntos en la taberna. La verdad es que no me gusta dejar en otras manos mis libros y…

— Acepto el trato.— Zia le tendió la mano a Taron, y él la estrechó con decisión.

Capítulo 7.

Esto no es vivir.

Desde que Zia y Taron habían empezado a leer juntos todos los días, los dos tenían la sensación de estar soñando despiertos. Cada uno a su manera.

Zia fantaseaba continuamente con todas las nuevas leyendas que se estaban abriendo paso en su cabeza. Tal y como Taron le había comentado, algunos de los cuentos resultaban muy infantiles, aunque si se prestaba atención a todos y cada uno de sus matices, podían llegar a ser un poco siniestros. Por ejemplo, «La casa juguetona», la cual poseía un nombre que provocaba una gran equivocación.

Un niño sin familia que se colaba en una casa abandonada para pasar la noche y resguardarse del frío, hasta ahí todo parecía más o menos normal, o al menos eso pensó Zia cuando Taron se lo relataba. Sin embargo, por la noche, los objetos parecían moverse, las paredes temblaban y el chico corrió asustado. A pesar del miedo que sintió, el chico era demasiado valiente, aunque Zia lo había denominado imprudente cuando Taron había seguido leyendo en voz alta, y volvió a adentrarse en la casa al día siguiente. Esta vez, permaneció atento a todo lo que le rodeaba y se dio cuenta de que los muebles se movían como si fueran animales. Pensó que no serían capaces de hacerle daño, ya que cuando se acercaba a ellos para examinarlos, éstos huían, mientras que otros provocaban alborotos para intentar echarlo de allí. No obstante, el chico siguió acudiendo a la casa abandonada cada noche para demostrarle a aquellos mágicos muebles que no tenían que tenerle miedo, que no les haría nada malo. Los muebles terminaron por acostumbrarse a su presencia e incluso las paredes susurraron sus respectivos nombres para presentarse a aquel intrépido niño. Lejos de asustarse cuando los objetos le hablaban, el niño comenzó a considerarlos como la familia que nunca había tenido. Ellos solo le habían impuesto una regla: *Nunca debería bajar al sótano.* Sin embargo, como todo niño, decidió que las reglas estaban para saltárselas, y durante el día, mientras la casa dormía, él aprovechó para bajar por las escaleras que conducían al sótano. Nada más llegar a la oscura planta del sótano, un grito devastador salió de su boca. Más tumbas de las que era capaz de contar se apelotonaban en aquel húmedo y destartalado sótano. Mas no fue eso lo que hizo gritara, sino los nombres que en ellas aparecían. Eran los mismos que los de los muebles que había por la casa, los mismos que las paredes les habían susurrado. A pesar de todos aquellos nombres, ese no fue el que más le aterró. Una lápida prácticamente nueva se alzaba delante de un profundo agujero, preparado para albergar un cadáver en su interior. Señaló con su dedo índice cada letra, queriendo pensar que quizás lo había leído mal, pero para su desgracia, sí que ponía Drac. Su nombre. Drac no podía creérselo, no podía ser posible. Sin embargo, se dio cuenta de que no tenía tiempo para pensar en lo que era o no posible. Echó a correr como nunca antes había corrido. Procuró no tropezar con la madera roída del suelo. Pudo comprobar como la luz de sol dejaba de alumbrar lentamente la casa y el terror se apoderó por completo de él. Quiso gritar cuando escuchó el crujido de los muebles, sabía que era la señal de que iban a despertar. Solo tenía que correr a través del vestíbulo para llegar a la puerta de entrada, solo debía acelerar sus pasos. Ni tan siquiera el miedo podía pararlo, estaban tan cerca, tan sumamente cerca… Que no creyó que la alfombra que presidía el vestíbulo frenaría sus pies, haciéndolo caer al suelo de un golpe. Quiso liberarse de ella, pero era demasiado tarde. Cuando una bestia atrapaba a su presa, no la soltaba. Su alma ya formaba parte de la casa y su cuerpo era su comida.

Zia no comprendía por qué le habían puesto ese título, pero Taron le explicó que quizás, la intención de aquel cuento era explicar que hasta lo más inofensivo, podía ser peligroso, y que incluso el título podía ser un ejemplo de ello. Zia dudaba sobre su explicación, pero Taron hablaba siempre con tanta seguridad y convicción, que le pareció absurdo debatir con él acerca del tema. No obstante, no fueron cuentos infantiles y leyendas todo lo que leyó, sino también información acerca de la Capital, la región del Este y las minas del Oeste. Sin embargo, lo que más le llamó la atención no fueron los libros, sino todos los dibujos que Taron había elaborado de la Capital. Taron además de ser un excelente narrador, era un dibujante increíble. Zia se quedaba impresionada contemplando sus dibujos, a los cuales no les faltaba ni el más mínimo detalle. Si además escuchaba con atención cada pequeña explicación que Taron decía, Zia sentía que había estado en la Capital por un instante.

— Y justo aquí se puede ver el amanecer de una manera espectacular.— Comentó un día mientras señalaba el tejado de un edificio que había dibujado.— Puede verse como el sol se cuela entre las almenas del castillo y lo ilumina de tal manera que parece casi mágico.— Zia sonrió al ver la ilusión que mostraba Taron.— Y este lugar también es increíble…

— ¿No tiene techo? — Preguntó Zia fijándose en el dibujo, frunciendo el ceño.

— Verás, la última planta de este edificio no tiene tejado, es como un patio pero en la parte superior de una casa.— Zia se frotó la barbilla, observando aún el dibujo.—

Hay pocos edificios así, pero yo tuve la suerte de estar en uno de ellos.

— ¿Te colabas en ellos o qué? — Taron soltó una carcajada, negando con la cabeza.— Yo lo hubiera hecho.

— Te conozco poco... Pero sí, creo que te hubieses colado.— Taron suspiró mientras miraba el dibujo y sonrió levemente.— Mi madre decía que en las noches de verano, tenía que subirme siempre ahí para hacerme dormir... De hecho, a medida que crecía, le di más de un susto cuando no me veía en la cama, porque estaba durmiendo arriba con una manta tirado en el suelo.

— ¿A tu madre le pareció bien que dejaras la Capital para venir aquí? — Taron guardó el dibujo entre las páginas de los libros, sin volver a mirar a Zia.

— Mi madre falleció hace tiempo.— Zia tragó saliva, preguntándose si la habría visto cruzar el Bosque cuando ella hacía guardia, o si había acabado en uno de los otros pueblos del Sur.

— Lo siento.— Taron sonrió amargamente, encogiéndose de hombros.

— Tú no tuviste la culpa.— Sin embargo, Zia se sentía atada a la muerte de una manera que jamás le podría explicar.

El plan de Taron estaba resultando más fácil de lo que había esperado. Había llegado a la conclusión de que la mejor manera de acercarse al Bosque era haciéndose amigo de una Vigilante y no podía haber elegido a nadie mejor que a Zia. Cuando se había atrevido a hablarle a aquel grupo de Vigilantes la primera noche que había pasado allí, había considerado a Akil como el Vigilante al que debía acercarse, pero después de cruzar unas cuantas palabras con Zia, se dio cuenta de que ella era su mejor opción. Compartían la misma afición por la lectura, y después de haber compartido un par de noches con ella leyendo diversos relatos e informándola sobre cómo era la Capital, se había dado cuenta de que ambos eran igual de curiosos, y eso sin duda alguna, era un punto a su favor.

En varias ocasiones había estado tentado de preguntar acerca del Bosque, pero sabía que si empezaba a interrogarla sobre aquel lugar, ella se volvería distante, e incluso podría molestarla, así que tenía que preparar mejor el terreno. Sin embargo, una fugaz idea pasó por su mente después de haberle hablado tan sinceramente sobre sus recuerdos en la Capital, le había contado los miles de paseos que había dado entre las callejuelas de la Capital, y pensó que proponerle dar una vuelta por Desha no sería mala idea, así podría intentar convencerla de que parte del camino fuera cerca del Bosque, o hasta acabar dentro de él si realmente se preparaba bien la ruta a seguir. Solo debía resultarle convincente, no tenía por qué darse cuenta de sus verdaderas intenciones si el día empezaba con un paseo inocente. Siempre que se veían era en la taberna o en la plaza del pueblo, podía ponerle de excusa el simple hecho de cambiar de aires. Tuvo que relajarse lo mejor que pudo, no sabía muy bien por qué, pero le preocupaba mucho que Zia se enfadara con él, así que para eso debía mantenerse tranquilo. Tal y como había hecho durante estos días atrás. Caminó con decisión hacia la parte donde se encontraban las cabañas de los Vigilantes. Sabía que se podía acceder a esa zona sin problemas, que eran unas calles como cualquier otra en Desha, pero le causaba un gran respeto acercarse allí. Quizás era la presencia del Bosque tan cerca de él la que se lo provocaba. No estaba seguro de qué cabaña ocupaba Zia, pero sabía que podía preguntarle a cualquier Vigilante por ella. La verdad es que aún no sabía la razón de la popularidad de Zia, pero toda Desha la conocía. Esa sería una buena pregunta para realizarle durante el paseo. Sin embargo, todas sus posibles preguntas y todas las intenciones que tenía, se esfumaron cuando escuchó el alboroto que había en la entrada al Bosque. Aceleró el ritmo para descubrir qué estaba sucediendo. Unos cuantos pueblerinos le impedían ver qué ocurría, pero logró hacerse un hueco entre ellos para ver qué sucedía. Un grupo de personas discutía a plena voz con los Vigilantes que tenían turno en el Bosque.

Taron se fijó que era Zoé la que llevaba la voz cantante en aquella bronca.

— Dejadnos entrar en el Bosque.— Taron no tardó en identificar al que hablaba. Su inconfundible voz ronca, su cuerpo corpulento y su larga melena enredada rubia le indicaba que, sin lugar a dudas, aquel hombre provenía de la Región del Oeste. Una pequeña parte de la Región del Oeste estaba gobernada por bárbaros que procuraban no socializar con ninguno de los pueblos colindantes, aunque más bien era lo contrario. Los demás pueblos no querían establecer ningún tipo de relación con ellos, ya que cualquier contacto, acababa en guerra. Y si por algo se caracterizaban los bárbaros del Oeste era por su crueldad y brutalidad en las batallas.

— No.— La repuesta de Zoé fue escueta pero contestó con una frialdad que consiguió erizar la piel de Taron. Siempre la había visto riéndose con Akil, o gastando alguna broma con Zia, y verla tan sumamente seria le resultaba extraño.

— Estoy cansado de preguntar, te estoy diciendo que queremos entrar y es lo que vamos a hacer.— Los cuatro bárbaros dieron un paso hacia adelante, pero Zoé se mantuvo firme. Taron se preguntó si Zoé era conocedora de la fuerza de los bárbaros o si realmente era una verdadera inconsciente.

— Y ella os está diciendo que no podéis entrar.—

Añadió Dru con gesto serio, permaneciendo unos pasos más atrás que Zoé. No obstante, los bárbaros se rieron incrédulos, volviendo a dar un paseo hacia delante.

— ¿No tenéis orejas o simplemente sois estúpidos? — La pregunta de Zia tomó por sorpresa a Taron, pero no fue el único en mostrar asombro. El bárbaro que capitaneaba a los demás, mostró una maliciosa sonrisa, recorriendo con su mirada el cuerpo de Zia.— No deis ni un solo paso más.— Advirtió.

— Cállate, peliazul, podría romperte como una ramita con un solo movimiento de muñeca.— Antes de que el bárbaro pudiera avanzar de nuevo, una daga giró por los aires hasta llegar a su pie derecho, clavándose en su bota. Soltó un pequeño alarido y, para cuando quiso arrancársela de ahí, una flecha atravesó la mano con la que pretendía hacerlo, gimiendo de nuevo. Gritó unos cuantos improperios en un idioma que a Taron le costó entender, pero lo que más le sorprendió fue la pasmosa rapidez en la que Zia había aparecido delante de él, sacándole la daga con decisión y colocándola bajo su cuello. A pesar de sacarle dos cabezas, Zia parecía mucho más amenazante que él.

— El Bosque es un lugar sagrado. No podéis entrar.— Escupió las palabras con una frialdad alarmante que asustó incluso a Taron. Era la primera vez que la vio actuar tan severa. Se podía apreciar la ira contenida en los ojos del bárbaro, pero Zia no se apartó ni un milímetro de él, hasta que finalmente, él fue quién dio un paso atrás.

— Ojalá el fuego arrase vuestro maldito Bosque.— Contestó con asco, mirándola fijamente a los ojos. Zia bajó la daga poco a poco y acarició la hoja de ésta con el mitón que llevaba puesto en sus manos mientras se daba la vuelta para volver con sus compañeros. No obstante, Taron se cercioró de que el bárbaro llevaba la mano a la empuñadura de la espada que llevaba colgada en su cinturón.

— ¡Zia! — No fue únicamente el grito de Taron lo que la avisó del peligro, sino el reflejo que observó a través de la daga que llevaba en la mano. Zia contempló como el bárbaro levantaba su espada con fiereza para asestarle un golpe con ella, pero ella fue mucho más rápida que él. Dio un veloz giro mientras se agachaba para esquivar el ataque y clavó la daga en su antebrazo hasta llegar a su muñeca, marcándolo con una gigantesca raja que comenzó a gotear sangre. No parecía ser una herida profunda, ni mucho menos que pudiera significar el fin de una pelea, pero el bárbaro se desplomó en el suelo como si se la hubiera clavado en el corazón. Los bárbaros se abalanzaron sobre su líder para socorrerlo pero éste permaneció con los ojos cerrados, sin mover los músculos.

— ¡¿Qué le has hecho?! — Zia resopló, mientras limpiaba su daga, frotándola contra su pantalón, sin responder a la pregunta.

— Despertará en un par de horas.— Aclaró Dru.— Así que, lo mejor será que lo subáis al carro en el que habéis venido y que os marchéis si no queréis más problemas.— Se miraron los unos a los otros. Parecía que habían perdido la poca capacidad para pensar al tener dormido a su líder. Lo levantaron del suelo sin hacer mucho esfuerzo y sin mediar palabra, se marcharon de allí.

— Gracias por proteger nuestro lugar sagrado.— Gritó uno de los habitantes del pueblo que había presenciado la escena. Los demás aplaudieron y vitorearon a los Vigilantes, y aunque todos les dedicaron una pequeña sonrisa, Zia agachó la cabeza, dirigiéndose a una de las cabañas.

— Así que... Eso es lo que ocurre cuando alguien intenta entrar...— Murmuró Taron para sí mismo, sintiendo como un escalofrío recorría su espalda.

Zia limpió sus mitones con cuidado. Daira le había explicado un pequeño truco para cuando tuviera que atacar. Llevar siempre impregnada esencia de zapsi en los mitones. Solo tenías que frotar la daga con ellos para que con una simple herida superficial, dejaras a tu oponente dormido. Sabía que haberle amenazado poniéndole la daga en el cuello no había sido suficiente como para espantarlo de allí, y que más que ahuyentarlo, lo que había conseguido era enfadarlo aún más. Justo por ese motivo, había pasado la mano por la hoja de la daga. Estaba segura de que la atacaría y quería estar lista para cuando eso sucediera. También ese había sido el motivo por el que se había dado la vuelta, no había enemigo más fácil que aquel que se sentía confiado. La había infravalorado por ser más menuda que él y sabía que se sentiría tentado de atacarla en cuanto viera que había bajado la guardia, pero había una cosa que ese bárbaro no sabía. Un Vigilante jamás bajaba la guardia. Recordó el grito de preocupación de Taron e inconscientemente, sonrió. Si no hubiera estado atenta, Taron le habría servido de ayuda, eso sin duda. Aunque había agradecido que estuviera allí, no le había gustado que la viera en esa situación. A pesar de haber sido tímida con él cuando lo conoció, después habían estado hablando de una manera animada y amistosa, en la que ambos habían aprendido mucho el uno del otro, pero también habían compartido bastantes bromas entre ellos. Sin embargo, la actitud de Zia cambiaba radicalmente cuando ejercía como Vigilante, y le preocupaba que Taron le tuviera miedo. Nadie tenía nada en contra de los Vigilantes, pero no hacía falta ser muy inteligente para darse cuenta de que todos los pueblerinos les tenían mucho respeto.

Trató de alejar sus dudas mientras limpiaba con un paño mojado la mancha de sangre de su pantalón y resopló. La curiosidad era una cualidad innata en el ser humano, y ella más que nadie pecaba de ésta, pero no comprendía aquella obsesión que padecían algunas personas por aquel Bosque. Cuando había aprendido la realidad acerca del Bosque, sabía que tenía que defender la entrada de la gente que aún no estaba preparada para morir, pero ahora... Ahora algo dentro de ella había cambiado. Desde que vio a aquel extraño ser en el límite del Bosque, no le preocupaba otra cosa que lo que se encontraría la gente que se adentrara en éste. Lo que le hubiera gustado decirle al bárbaro sería que si hubiera visto lo que ella había visto, no querría saciar su curiosidad, pero estaba prohibido hablar del Bosque. Aún recordaba sus escalofriantes ojos y como sus alargadas zarpas habían intentando rozarla. La puerta de la cabaña se abrió de par en par e, instintivamente, Zia dio un salto para defenderse, pero solo se encontró con Akil acompañado de cuatro niños. Procuró relajarse y adoptó una postura inofensiva, pero ellos ya se habían quedado anonadados por su reacción.

— ¿Todo bien, Zia? – Asintió con la cabeza, dejando el trapo dentro de un cubo lleno de ropa sucia.— Me han contado lo sucedido con los bárbaros.

— No tiene importancia.— Dijo ella, mirando de reojo a

los niños. Todos tenían la maldita equis en la mejilla.

— ¡Eres increíble, Zia! — Gritó una niña emocionada.

— ¡Sí! ¡Yo también quiero proteger el Bosque tan bien como lo haces tú! — El brillo de sus ojos no animó en absoluto a Zia, sino todo lo contrario.

— Yo no protejo al Bosque.— Recordó de nuevo a la monstruosa criatura y sintió cierta repulsión hacia sí misma por pensar que la gente creía que defendía a los seres que había allí dentro.— Protejo a las personas que están fuera de él.

— Pero el Bosque es sagrado y hay que defenderlo de la gente mala. — Empezó a decir un niño. Zia puso los ojos en blanco, y aunque sabía que Akil la reprendería, cortó la explicación del niño.

— Así que… ¿Vas a ser un Vigilante? — El niño asintió entusiasmado.— ¿Por qué?

— Porque tengo esto.— Dijo orgulloso mientras recorría la equis con su dedo índice.

— ¿Y si no la tuvieras? ¿Querrías serlo? — El niño frunció el ceño.

— Zia.— Akil pronunció su nombre, enfadado.

— Vais a ser Vigilantes porque tenéis que ser Vigilantes,

no porque queráis serlo. ¿De verdad os sentís privilegiados por tener esa equis en la mejilla? — Akil volvió a repetir su nombre en un tono más alto, pero Zia lo ignoró.— En menos de un año, dejaréis de ser niños como los demás, viviréis un entrenamiento duro y os mudaréis aquí.

— ¿No estaremos en casa con nuestros papás? — Preguntó una niña a media voz. Zia negó con la cabeza.

— Cuando cumpláis diez años, vuestros padres darán igual, vuestra única misión será dedicaros por completo al Bosque. Dejarán de preguntar por ti porque sabrán que lo más importante para vosotros será ejercer vuestra labor.— Le dio un pequeño manotazo a la litera mientras los miraba.— Vuestros amigos serán vuestra nueva familia, os consolaréis los unos a los otros después de haber pasado noches sin dormir para entrenaros por la noche en el Bosque y os acostumbraréis a no gritar de miedo cuando escuchéis algún ruido extraño dentro de él.

— Zia.— No fue que Akil pronunciara su nombre por quinta vez la que logró que cerrara la boca durante un par de segundos, sino la cara de miedo y angustia que reflejaban los niños.— Niños, no le hagáis caso. Escuchadme.— Se dieron la vuelta para mirarlo y Zia se cruzó de brazos.— Las noches sin dormir no son importantes porque luego dormiréis por las mañanas. Vuestros padres seguirán en Desha y podréis verlos siempre que queráis, y sí que es verdad que vuestros amigos se convertirán en vuestra familia, y os prometo que pasaréis momentos increíbles junto a ellos. El entrenamiento será como un juego para vosotros porque nacisteis preparados para todo esto. Vosotros sois especiales.— Akil le dirigió una rápida mirada a Zia.— Todos tenemos momentos más o menos difíciles en nuestra vida, ningún trabajo es sencillo. La nuestra es una vida como otra cualquiera.— Zia puso los ojos en blanco y se separó del grupo de niños, no sin antes acercarse a Akil.

— Esto no es vivir.— Murmuró de tal manera que no la escucharan los niños, saliendo después de la cabaña.

Capítulo 8.

Trato.

Taron había estado buscando a Zia después de lo sucedido con los bárbaros, pero le había sido imposible encontrarla. Le había intrigado que fuera la única vigilante que no les sonriera a los demás y que encima se marchara de allí con cierta aura de tristeza. Quiso acercarse a Dru para preguntarle por ella, pero sabía que no era el mejor momento para ir a la entrada del Bosque, y lo último que pretendía era causar algún tipo de problema. No le quedó otra que resignarse y esperar a encontrarse con ella en la taberna por la noche. Sabía que por muy desanimada que estuviera, no se privaría de leer alguna leyenda o de hablar acerca de las otras regiones. Al menos eso quería pensar. Sin embargo, esa noche Zia no quería tener compañía.

A pesar de no tener turno de noche, se incorporó a la patrulla para estar un buen rato sola. Sabía que había actuado mal delante de esos niños, que no les tendría que haber dicho nada de lo que les dijo, pero no pudo controlarse. Después de todo, el entrenamiento del que les había hablado no había sido tan duro para ella como les había dicho. De hecho, en más de una ocasión, se había divertido entrenando junto a sus amigos. Los Vigilantes se encargaban de que los entrenamientos parecieran gymkanas al tratarse de niños tan pequeños y solo se volvía algo tedioso a medida que crecías, pero eran ejercicios a los que uno se acababa acostumbrando. Tal y como Akil les había dicho, habían nacido para aquello. Lo que le pasaba a Zia es que odiaba haber nacido para aquello y más aún después de haber conocido a Taron. Había aprendido tantas cosas de todos los lugares que había lejos de Desha que ahora le daba más rabia aún permanecer allí para siempre. Esa noche no le asustó la posibilidad de encontrarse con el famoso monstruo que protagonizaba sus pesadillas y volvió a la parte del Bosque que más le gustaba. Subió con maestría a una de las setas y saltó de una a otra como ya era rutina. Era de lo poco que podía hacer sola en el Bosque le distraía y divertía al mismo tiempo. Sin embargo, una voz la distrajo, haciéndola tropezar, aunque no llegó a caerse, y se mantuvo firme, sentándose en la seta al ver a Akil delante de ella.

— ¿Podemos hablar? — Zia desvió la mirada con resignación.— Siempre montando el espectáculo, Zia… ¿No te das cuenta de qué… — Zia lo cortó antes de que pudiera acabar su pregunta.

— ¿Qué? ¿Qué vas a decirme esta vez? ¿Acaso no ves que realmente no te voy a escuchar? — Dijo mientras se levantaba de la seta.

— Zia…

— No, en serio Akil, me encantaría ser como vosotros.— Respondió con una falsa sonrisa, quedándose de pie frente a él.— Me encantaría no cuestionarme nada. Ojalá no fuera siempre la que tiene mil preguntas en la cabeza.

— Siempre puedes cambiar… — Zia soltó una carcajada llena de incredulidad, llevándose las manos a la cabeza.

— ¿Por qué soy yo la que tiene que cambiar? — Se mordió el labio inferior, agachando la mirada durante un instante.— Yo solo quiero vivir de verdad, tomar mis propias decisiones… Ser libre.

— Zia, ser Vigilante es tu misión, es tu razón de ser y, te guste o no, lo haces bien. Eres buena.— Zia lo miró a los ojos por primera vez, y a él le sorprendió que sus ojos estuvieran ligeramente bañados en lágrimas.

— No, Akil. Nunca seré realmente buena porque no es esto lo que quiero ser.— Contestó señalándose a sí misma.— No entiendo como puedes aceptar esto sin más.

— Nuestro trabajo es imprescindible, me siento orgulloso de lo que soy y…

— ¡No! No me sueltes todo eso otra vez.— Se echó el pelo hacia atrás, sintiéndose al borde de la histeria.— Siempre me repites el mismo discurso y ya no sé si es para convencerme o para mentirte a ti mismo.— Akil desvió la mirada por un instante y Zia resopló.— No sé como no puede dolerte que vayamos a estar aquí para siempre.— Se marchó de aquella zona, siguiendo con su ronda, sin volverse para mirar a Akil ninguna vez más. Lo que ninguno de los dos sabía fue que la conversación no fue en un tono especialmente bajo y que un forastero de la Capital, había escuchado todo sin tener que acercarse mucho al Bosque.

Al día siguiente, Zia aún seguía con mal cuerpo tras la discusión con Akil y el hecho de no haber dormido apenas, no mejoraba en absoluto su situación. Quizás había sido un poco desagradable con él, pero no había podido mantenerse callada más tiempo. Aunque quizás, Zia había explotado más de una vez. A pesar de haber procurado permanecer callada, había confesado sus inquietudes en más de una ocasión y, muchas veces, no de la mejor manera posible. No obstante, tendría que haber estado callada cuando se encontró con los niños en la cabaña. No quería asustarlos, ni decirles nada fuera de lugar, pero llevaba mucho tiempo sin desahogarse como era debido. Para colmo, el único que con quién realmente podía hablar de cómo se sentía, estaba demasiado ocupado colándose bajo las faldas de Mel. Por suerte no había tenido que ser su vigilante, puesto que el padre de ella estaba haciendo negocios en Finerio para preparar el Festival del Árbol. Así que ahí estaba Zia, dando vueltas sin rumbo fijo, intentando deambular por las calles menos transitadas, aunque era muy complicado no toparse con pueblerinos preparando los decorativos para el Festival.

— ¡Zia! — Aún no se había acostumbrado a la voz de Taron, y mucho menos a su acento de la Capital.— Te estuve buscando ayer.

— ¿Por qué? — Preguntó extrañada.

— Bueno, estuve esperándote en la taberna, pensé que vendrías.— Zia se mordió el labio inferior, avergonzada.

— Lo siento, estuve de guardia.— Taron se encogió de hombros para quitarle importancia.

— ¿Y esta noche también? — Se rascó la nuca. La verdad es que le apetecía volver a leer junto a Taron, pero definitivamente no estaba de humor. Él pareció leer su mente y decidió cambiar de tema.— También quería comentarte algo sobre lo que pasó ayer.

— ¿Qué pasó? — Preguntó Zia con el ceño fruncido.

— Lo de los bárbaros.— Zia puso los ojos en blanco y desvió la mirada. Estaba cansada de escuchar los halagos por lo bien que supuestamente hacía su trabajo. No quería más elogios.— Me imaginé que estarías mal.— Zia parpadeó, ladeando la cabeza para mirarlo.

— ¿A qué te refieres?

— Bueno, no creo que a nadie le guste pelear contra nadie. No debe ser fácil defender el Bosque y menos de esa manera.— Explicó pausadamente, dejando a Zia sin saber qué contestar.— No creo que te agrade herir a nadie, aunque también... Déjame que te diga que eres alucinante.— Las mejillas de Zia se iluminaron y negó velozmente con la cabeza.

— No es para tanto, todos los Vigilantes somos iguales.— Aclaró.

— No sé cómo son los demás, solo te vi actuar a ti.— Comentó con una media sonrisa.— ¿Cómo lo hiciste?

— Ah, es fácil, simplemente la daga está cubierta con extracto de Zapsi, esa planta tiene efectos somníferos y... — Taron la interrumpió.

— No, no me refiero a eso, sino a cómo es que no tuviste miedo.— Esa pregunta le pilló por sorpresa.— Si a mí un bárbaro me hubiera dicho que me iba a partir como una ramita, hubiera salido corriendo como un crío, pero tú parecías impasible y encima, fuiste capaz de ir hacia él. ¿Cómo lo haces? — Zia dudó un instante.

— Sé de lo que soy capaz, solo eso…

— Pero aún así, tu trabajo no podría hacerlo cualquiera. No te quites mérito.— Zia le dedicó una pequeña sonrisa. A pesar de ser un elogio, no le pareció tan insoportable como los demás.

— De todas formas… A veces me gustaría tener un trabajo más sencillo, pero no hay opción para ello.— Comentó señalándose la equis.

— ¿No te gusta proteger el Bosque? — Intentó no resoplar ante su pregunta, prefiriendo morderse el labio inferior, queriendo decirle que había aprendido que protegía el exterior y no el interior.— Olvídalo.

— ¿Qué? — Por un instante, se preguntó si se habría enfadado de repente.

— Estarás harta de tanto Bosque y de que te pregunten sobre él.— Taron le regaló una media sonrisa.— Hablemos de algo distinto… He visto que están todos como locos trabajando para el Festival del Árbol, ¿viene mucha gente de fuera? — Zia se quedó gratamente sorprendida de que Taron no insistiera y le costó no dedicarle una pequeña sonrisa a modo de agradecimiento.

— Sí, la verdad es que Desha suele llenarse de visitantes

esa noche. Lo cual está bien aunque implica más trabajo en la vigilancia.— Comentó pesarosa.

— ¿Y si implica más trabajo por qué tiene Dru la noche libre? — Zia suspiró.

— Se elige a dos Vigilantes al azar para que no trabajen esa noche y disfruten del Festival, yo fui una de las elegidas, pero sabía que Dru estaba ansioso por ir con Mel al Festival... Así que me quedé con su turno.— Taron frunció los labios.— Nunca me ha apasionado mucho el Festival, todos los años es igual y...

— Te hubiera gustado ir con Dru.— Añadió él.

— Sí.— Contestó Zia sin pensar, negando rápidamente con la cabeza tras escucharse.— No, tampoco hubiera ido con Dru, es solo que ya no me divierte, hasta el Festival se ha vuelto rutinario... ¿De qué te ríes? — Aunque Taron intentó aguantar la risa, Zia lo pilló in fraganti.

— Me has recordado a mí por un instante.— Zia frunció el ceño.— Simplemente sé cómo te sientes, los celos, las inseguridades, las relaciones... Bueno, todos hemos sufrido desengaños amorosos alguna vez.— Zia abrió los ojos de par en par, soltando después una carcajada que confundió a Taron.

— Dru y yo no somos novios ni lo hemos sido jamás.

Dru es como mi hermano.— Taron alzó una ceja, contemplando sus rojas mejillas y Zia se cercioró de esto, girando la cabeza hacia un lado.

— Entiendo que no quieras admitir que sientes algo por él, sería complicado.— Antes de que Zia pudiera volver a negarle que no había esa clase de sentimientos entre ellos, Taron continuó hablando.— ¿Y te hubiese gustado ir conmigo?

— ¿Qué? — Taron le regaló una media sonrisa.

— Si hubieses tenido la noche libre, ¿me hubieras acompañado? — Zia abrió la boca para decir algo, pero finalmente, solo fue capaz de asentir con la cabeza.— Lo tendré en cuenta para el próximo Festival.

— ¡Zia! — La voz de Dru la distrajo por completo, haciendo que su rostro volviera a su color natural, ya que se había sonrojado tras las palabras de Taron.— ¿Podemos hablar? A solas.— Añadió mirando a Taron a los ojos. Zia tragó saliva, cuando Dru le hablaba tan serio sabía que ocurría algo malo, y teniendo en cuenta los últimos acontecimientos, ya podía imaginar de qué se trataba.

— Ya nos veremos.— Dijo a modo de despedida, dedicándole una pequeña sonrisa a Taron, éste agarró su mano antes de que se marchara, dándole un ligero apretón.

— Ánimo.— Zia pestañeó sorprendida. Quizás hasta él había notado que Dru estaba más serio de lo normal. Taron la vio partir con la cabeza agachada y Dru caminaba a su lado con los brazos cruzados. Recordó la discusión que Zia había mantenido con Akil y supuso que Dru querría mediar entre los dos. Sin embargo, aunque presenciar aquella disputa había sido un poco incómodo, había sacado una buena conclusión de ella: una manera de ganarse a Zia.

Zia no fue consciente del tiempo que había caminado en silencio junto a Dru. Sabía que había sido mucho porque estaban prácticamente en el límite de Desha, pegados al borde del Bosque. Se detuvieron antes de que el propio Bosque los atrajera de nuevo a Desha por alejarse demasiado, pero ninguno de los dos parecía estar dispuesto a hablar por el momento. Zia esperaba la debida bronca y Dru buscaba las palabras adecuadas. La garganta de Dru carraspeó logrando captar la atención de Zia, la cual se sorprendió al ver que éste había sacado la espada de su cinturón.

— ¿Qué haces? — Preguntó con el ceño fruncido.

— ¿Te apetece practicar? Hace tiempo que no lo hacemos.— Zia ladeó la cabeza, algo confusa.— ¿Tienes miedo de perder? Cada vez soy mejor.

— Pero no estás a mi nivel.— Contestó, sonriendo de

manera desafiante.

— Ahora lo veremos.— En un visto y no visto, Zia desenvainó su espada. Conocía perfectamente la estrategia de Dru, así que optó por esperar. Tal y como se imaginaba, no tardó ni un segundo en correr con la espada apuntando hacia ella. No le costó mucho esquivar sus ataques, apenas se movió del sitio para defenderse. Por mucha rapidez que Dru se empeñara en tener, la de Zia era mil veces mejor. Aún así, debía reconocer que Dru había mejorado durante todo el tiempo que habían estado sin luchar. Zia colocó la espada horizontalmente para protegerse del ataque de Dru y aprovechó para contraatacar. Consiguió que diera unos pasos atrás por la fuerza con la que embistió su espada contra la suya.— Ataca, no defiendas todo el rato.— Zia sonrió de oreja a oreja y ambos dieron unos cuantos pasos hacia atrás, sin quitarse el ojo de encima.

— Tú lo has querido.— Echó el pie derecho hacia delante, agarró la espada con fuerza con la mano contraria y levantó ligeramente la otra para mantener el equilibrio. Salió disparada hacia él con una velocidad alarmante, pero Dru la imitó. El sonido del acero de sus espadas chocando, avivó las emociones de ambos. A pesar de que Dru tropezaba de vez en cuando, había aprendido a defenderse bien aunque no conseguía rozarle ni un mísero pelo a Zia. Ella esquivaba todos sus embistes y se los devolvía con el doble de rapidez. Cuando Dru intentaba atacar por su izquierda, ella ya estaba en su derecha, como si fuera capaz de predecir sus movimientos. No obstante, barajó la posibilidad de despojarla de su espada con un golpe inesperado, pero para su desgracia, Zia se agachó mientras giraba rápidamente, haciéndole una zancadilla que logró hacerlo caer de culo contra suelo, soltando su espada cuando ella posó la punta de la suya en su pecho.

— Algún día te venceré.— Murmuró mientras intentaba recuperar el aire, con una diminuta sonrisa en su rostro.

— No deberías decirle eso a una persona que te está apuntando con una espada.— Comentó ella, guardándola después en su cinturón, tendiéndole la mano. Dru la agarró con decisión, levantándose del suelo, limpiándose el polvo de los pantalones.— Después de esto... Viene lo malo, ¿no? — Dru sonrió desganado.

— Akil me contó todo, sí.— Zia suspiró, agachando la mirada.— Venía dispuesto a echarte la bronca, pero ahora solo quiero preguntarte algo.— Se atrevió a mirarlo, aunque con sintiendo cierto nerviosismo en su estómago.— ¿Qué es lo que no te gusta de la vida que llevas? — Zia pensó durante un par de segundos qué contestar exactamente. Consideró como hacerle una lista de todo lo que la tenía cansada, pero de su boca solo salieron cuatro palabras.

— Esto no es vida.— Dru parpadeó, no era la respuesta que esperaba y Zia lo sabía.— Nacemos sin poder decidir.

— Vives en un buen pueblo, con un techo bajo el que dormir, rodeada de amigos, con la posibilidad de formar una familia…

— Sin libertad.— Dru resopló, pero Zia continuó hablando.— ¿Qué importa que sea un buen pueblo si no es el lugar en el que quiero estar? ¿Qué importa tener un techo si no es de la casa en la que quiero vivir? Y qué importarán los amigos si… — Calló inmediatamente.

— No, habla, ¿qué importamos tus amigos? ¿Nada? — Zia apartó la mirada.— Solo importas tú, ¿no? Tú y tus ganas de viajar, tu afición de no estar conforme con nada. Eso es lo único que importa.

— No he dicho eso, Dru… Pero, ¿qué importan mis amigos si… no tratan de entenderme? — La voz le temblaba y empezó a sentir los ojos ligeramente húmedos, pero no se permitió derramar ni una sola lágrima.

— Todos te comprendemos, Zia, el problema es que sigues hablando como una niña pequeña, y todos los demás hemos madurado.— Se acercó a ella, posando la mano sobre su hombro y lo apretó con suavidad.— Cuanto antes aceptes que esta es tu vida, antes dejarás de sentirte una incomprendida.

Taron preguntó por Zia a todos los Vigilantes con los que se encontraba, pero ninguno le supo decir exactamente dónde estaba. Intentó preguntarle a Dru, pero siempre que se topaba con él, sabía qué hacer para evitar hablar con él. Si algo tenía claro era que habían discutido. Dru siempre estaba alegre y lleno de vida, gastando bromas a todo el mundo, y ahora caminaba cabizbajo y sin entablar conversación con nadie. Taron no podía dejar de preguntarse cómo estaría Zia. Por eso, el verla sentada en una de las mesas de la Taberna, lo entusiasmó y alivió a partes iguales.

— ¡Al fin! Llevo preguntando por ti toda la tarde.— Exclamó, acercándose a su mesa. Zia se sonrojó al darse cuenta de que todo el mundo los miraba.

— Eso me han dicho…— Murmuró ella, sin comprender a qué venía tanta prisa.— ¿Ha ocurrido algo?

— ¿Cuánto tiempo llevas aquí? — Se fijó en los seis vasos de hidromiel vacíos que había sobre su mesa. Zia se limitó a encogerse de hombros y Taron resopló.— Ven.— Frunció el ceño, mirando como extendía la mano hacia ella, agarrándola para levantarse del taburete.

— ¿A dónde vamos? — Se dejó llevar por Taron en dirección a las escaleras que conducían a la planta de arriba y aunque procuró frenarlo un par de veces mientras subían los escalones, optó por no oponer resistencia. Sin embargo, soltó su mano cuando Taron abrió la puerta de su habitación. Zia permaneció bajo el marco de ésta, observando su cuarto con curiosidad. Su cama, a pesar de estar hecha, tenía las sábanas arrugadas, como si hubiese estado sentada en ella pero no hubiera aguantado quieto sobre el colchón. Había unos cuantos libros abiertos en el suelo, al igual que su saco estaba tirado en una esquina de la habitación con sus pertenencias a medio salir.

— Quiero proponerte algo.— Dijo Taron, situado en mitad de la habitación con los brazos en jarra. Zia parpadeó confusa, sin entender nada.— Vamos, siéntate.

— Está bien…— Susurró, enarcando una ceja mientras se sentaba en el taburete que Taron había colocado frente a la cama.

— ¿No estás cansada de leer tantas historias? — Zia procuró no reírse a carcajadas, pero le fue imposible no reírse con suavidad, completamente incrédula.

— Por supuesto que no.— Le aclaró.— O... ¿Te refieres a que ya te has cansado de enseñarme tus libros cuando vengo aquí? — Taron frunció el ceño, negando rápidamente con la cabeza.

— No, lo que quiero es que conozcas la realidad tras las páginas de los libros.— Explicó ilusionado.

— ¿La realidad? ¿Qué quieres decir? — Por un momento, Zia se planteó que Taron también hubiera bebido demasiado hidromiel antes de hablar con ella.

— Quiero decir que quiero mostrarte la Capital, que incluso podemos visitar las Tierras del Este... O hasta las Minas de la Región del Oeste.— Se levantó de la cama, dejando a Zia atónita.— Podría llevarte conmigo.— A pesar de que sus ojos reflejaban una alegría e ilusión contagiosa, el rostro de Zia no mostró expresión alguna. Sin embargo, por dentro su corazón le pedía llorar, reír, explicarle que no podía separarse del Bosque aunque lo deseara... Pero nadie que no fuera Vigilante podía saber aquello. Por este motivo, Zia resopló, se levantó en silencio del taburete y salió de la habitación. Volvió a ocupar la mesa en la que había estado sentada y rezó para que Taron no le insistiera o le hiciera preguntas. El sonido de un vaso posándose sobre la mesa, la sacó de su ensimismamiento.— Pensaba que mi invitación iba a impactarte de una manera distinta.

— Gracias.— Contestó ella, refiriéndose al vaso de hidromiel que le había puesto delante.— Y sobre lo otro...

— No, solo quiero que me escuches.— Zia puso los ojos en blanco y ladeó la cabeza para mirarlo.— Quiero proponerte un trato… No pongas esa cara porque sé que puedes imaginar lo que te digo.— Justo cuando Zia iba a darle un sorbo al hidromiel, Taron se las apañó para quitarle el vaso de entre las manos.— Tú y yo yéndonos en un caballo, o en un carro de mercaderes, solo tienes que venir conmigo para ser libre, Zia. Por fin podrías salir de esa rutina que te consume, podrás escapar de este pueblo que te tiene atrapada.— Zia procuró no volver a resoplar.— Te convertirás en la princesa invencible, yo seré la puerta pequeña por la que puedas huir. Solo tendrías que arriesgarte a venir conmigo.— Agarró su mano, apretándola con suavidad.— Imagínate visitando todos esos lugares de los que has leído tanto… ¿De verdad que no quieres salir y conocerlos? ¿De verdad que no quieres hacer tus sueños realidad? — Zia fue a contestarle, pero Taron continuó hablando.— Amiga mía, sé que vas a decirme que es una auténtica locura, pero si no hacemos locuras cuando estemos vivos, ¿cuándo las haremos?

— Vale, amigo mío.— Dijo ella apartando su mano de entre las suyas, con cierto tono irónico.— Pero debo decirte que todo eso que has dicho no va a pasar.— Contestó con una falsa sonrisa en su rostro, haciéndose de nuevo con su vaso.— Así que… Lo siento, pero no. Tengo cosas que hacer en este pueblo que dices que me tiene atrapada. La verdad es que te admiro por tener tantas ambiciones y… Tu discurso sonaba convincente, pero no es suficiente.— Zia sabía que si no le daba alguna explicación razonable, intentaría desarmarla, así que tomó las palabras que Dru le había soltado para defenderse.— ¿No ves que estoy bien con esa rutina que llevo? Mira, aquí en Desha tengo todo lo que necesito… Una casa, un trabajo, amigos… ¿Para qué iba a correr el riesgo de marcharme contigo a lugares que desconozco? — No sabía si verdaderamente estaba sonando creíble, pero era lo único que podía decirle.— No necesito marcharme a ningún lado. No soy la princesa invencible porque no estoy encerrada en ningún sitio, por lo tanto tú tampoco eres ninguna puerta que deba usar para huir. No tengo por qué viajar, esto se me da bien. No tengo por qué correr ningún riesgo ni hacer ninguna locura.

— Y… ¿De verdad es así como quieres pasar el resto de tu vida? ¿Haciendo guardias? — Zia fue a darle un trago a su bebida.— ¿Bebiendo hidromiel aquí cuando estés mal y también bebiéndolo cuando estés bien? — Apartó el vaso de su boca al escucharlo.— ¿Rodeándote solo de Vigilantes? ¿Es eso lo que quieres?

— Si me fuera contigo me repudiarían. No puedo dejar de ser Vigilante, no voy a ser una deshonra para ellos.— Finalmente, Zia le dio un sorbo a su bebida.

— ¿Y qué? Al fin vivirías un poco, al fin serías libre. Imagínate despertándote cada día en un sitio distinto que descubrir, conociendo nuevas historias, viviendo las tuyas propias… Imagínate darle sentido a tu vida.— Taron volvió a mirarla con esos ojos cargados de ilusión y Zia se estremeció.— Y créeme, al ser un trato, me encargaría personalmente de ello. Haría que pudieras ponerle imagen a todo lo que has leído… Maldita sea, Zia, ¡haría que vivieras!

— No puedo negarte que la idea es… Interesante.— Terminó por decir Zia, muy a su pesar.— Pero supongo que no será algo barato, ¿verdad?

— Ya te lo dije, es un simple trato.— Repitió él.

— ¿Y qué se supone que tengo que cumplir yo? — Taron sonrió. No es que Zia hubiera aceptado el trato, pero ya era la tercera vez que decía que era un trato.

— Yo voy a satisfacer tu curiosidad, así que esperaría lo mismo de ti.— Zia tragó saliva, frunciendo el ceño.— Quiero entrar al Bosque.

Capítulo 9.

Amigos.

Cualquier otro día, Zia hubiera explotado de mala manera. Se hubiera reído en su cara, lo hubiera insultado, lo hubiera empujado o hasta lo habría maldecido, pero la respuesta de Taron la dejó tan sumamente sorprendida que no tuvo ni idea de cómo reaccionar al respecto. Se quedó paralizada un par de segundos hasta que una chispa dentro de ella se encendió, reactivándola. Cogió el vaso medio lleno de hidromiel y, sin previo aviso, se lo echó a la cara, dejándolo después de nuevo sobre la mesa. Se marchó sin volver a mirarlo, aunque se imaginó la expresión de confusión y asombro que debía tener después de haberse comportado de esa manera.

El Bosque, todo siempre estaría relacionado con él, todo sería siempre culpa de él... No existía nada más importante que el maldito Bosque. No fue capaz de volver a la cabaña después de lo sucedido con Taron, ya que para colmo, no había vuelto a hablar con Dru, Akil estaba decepcionado con ella y, por supuesto, eso implicaba que Zoé estaría de su parte. A fin de cuentas, ambos eran uña y carne... Tal y como solían ser ella y Dru. Ahora más que nunca, Zia extraña a la maestra Daira a horrores. Anduvo por las calles de Desha sin rumbo alguno, acabando en el Bosque, lo suficientemente apartada del resto de los Vigilantes.

Había estado asustada durante muchos días después de ver a aquella monstruosa criatura, pero ahora mismo no le importaba lo más mínimo. Quizás hasta le agradecía que volviera a aparecer, al menos así no se sentiría tan sola como en aquel momento. A pesar de hacerse la fuerte, Zia era frágil y cuando estuvo completamente sola, se tumbó sobre el sombrero de una seta, abrazándose las rodillas, y aunque intentó relajarse, se vino abajo cuando sintió como unas cuantas lágrimas caían por sus mejillas. Se sentía engañada, sola y completamente desanimada. Sabía que le echarían otra bronca si la encontraban ahí cuando no le correspondía hacer ninguna guardia, pero ¿qué importaba una reprimenda más? Se limpió las lágrimas como buenamente pudo y tras sentir el suave viento acariciar su rostro, terminó por quedarse profundamente dormida sobre aquella seta.

Taron aún no sabía cómo reaccionar. Había pensado en todas las opciones posibles antes de proponerle aquel trato, pero jamás se le había pasado por la cabeza que le rociara la cara con hidromiel y se marchara sin mirarlo a los ojos. Quizás el Bosque era aún más sagrado de lo que él mismo pensaba y el simple hecho de proponerle entrar, era toda una ofensa. Tal vez, hubiera sido mejor informarse debidamente del tema, pero le resultó tremendamente complicado que alguien le hablara sobre el Bosque. Por lo tanto, decidió arriesgarse. Pensaba que la idea de recorrer todas las regiones del mundo junto a él era una buena estrategia para convencerla, pero había sido un absoluto error. Sin embargo, tampoco podía considerarlo como un fracaso, ya que había vuelto a sacar otra conclusión: Si Zia no le dejaba acceder al Bosque, tendría que colarse él solo de alguna manera. No obstante, antes de llevar a cabo su plan, tenía un asunto pendiente... Disculparse con Zia. Algo dentro de él le obligaba a enmendar su error, no podía dejar de esa manera las cosas con ella. A fin de cuentas, había disfrutado de su compañía desde su llegada a Desha, y aunque no hubiera transcurrido mucho tiempo, se veía capaz de llamarla amiga. Aún no tenía claro cómo acercarse a ella después de todo, pero debía hacerlo pronto, puesto que sí sabía cuando colarse en el Bosque. A fin y al cabo, durante el Festival a pesar de estar incrementada la vigilancia, era más fácil que ocurrieran distracciones que pudieran favorecerlo.

— Zia, despierta... Eh, venga.— Zia se estiró, sintiendo sus huesos entumecidos. Sin duda, no había sido buena idea quedarse dormida al raso. Sin embargo, había estado tan sumamente agotada, que no podía haber hecho nada para evitarlo.— Zia... — Al principio creyó que era su conciencia la que le hablaba para despertarse, pero cuando sintió una mano sobre su hombro, abrió los ojos rápidamente y se incorporó sobre el sombrero de la seta, agarrando con fuerza la mano que la había tocado.— ¡Ay! ¡Zia!

— ¡Lo siento! — Soltó la mano de Dru y se levantó de la seta, aún medio dormida, pestañeando.— ¿Te he hecho daño? — Negó con la cabeza, acariciándose la mano.— ¿Qué haces aquí?

— Estaba preocupado por ti. Anoche no volviste a la cabaña.— Zia desvió la mirada, rascándose la nuca. Probablemente había sido demasiado derrotista por la noche, pero había necesitado desconectar de alguna manera. Aunque no hubiera sido la correcta.— ¿Estás bien? ¿Por qué has dormido aquí?

— ¿De verdad te importa? — No sabía si el tono de su pregunta había sido muy frío, pero no trataba de ser desagradable, realmente quería saber si le importaba o simplemente le preguntaba por cumplir. Dru pareció captar la intención de su pregunta, o al menos eso le demostró cuando la despeinó como solía hacer.

— ¿Cómo no va a importarme? — Dru suspiró.— Aunque nos peleemos… Eres muy importante para mí, Zia. Siempre me preocupo por ti y sé que mis palabras pudieron resultarte duras, pero… Solo quería que abrieras los ojos. Sé que es complicado, pero solo quiero que estés bien.— Zia tragó saliva, atreviéndose a mirarlo a los ojos.

— Lo sé, Dru… Yo… En el fondo, lo sé.— Acarició su mejilla con delicadeza, haciendo que su piel se erizara. Por un instante, recordó la insinuación que le hizo Taron con respecto a sus sentimientos por Dru, y aunque agachó la cabeza para que no viera como se sonrojaba, no sabía si había sido consciente de ello. Sin embargo, acordarse de Taron, al mismo tiempo, había sido sentir una jarra de agua fría cayendo por su cabeza.

— ¿Qué ocurre? ¿Ha pasado algo, Zia? — Ella chasqueó la lengua, negando con la cabeza, pero la mirada de Dru fue suficiente para hacerla resoplar y que dijera la verdad.

— Es por Taron… — Dru frunció el ceño.— Era otro loco del Bosque.— Dru masculló algún que otro insulto en un susurro.— Tendría que habérmelo imaginado, pero es que… Pensé que nos habíamos hecho amigos.

— ¿Qué ha pasado? ¿Te ha hecho mil preguntas sobre el Bosque? — Zia volvió a negar con la cabeza.

— Me pidió que le acompañara dentro, directamente.— Dru abrió los ojos de par en par, sonriendo incrédulo.

— Veo que no pierde el tiempo.— Zia se mordió el labio

inferior y acto seguido, Dru la abrazó con fuerza, dándole un pequeño beso en la cabeza.— Tranquila. Piensa que no has perdido un amigo porque solo se acercaba a ti por interés… Además tienes a Zoe, Mel, Akil… Y a mí, por supuesto.— Zia levantó la cabeza para mirarlo a los ojos.

— Te echo de menos, Dru.— Confesó en voz baja, sintiendo como su corazón latía con fuerza por los nervios.— Ya no es lo mismo que antes… Sé que te gusta pasar tiempo con Mel, pero…

— Lo siento, he estado muy distraído… Tienes razón.— Cogió su cara con ambas manos, sonriendo levemente.— Pero sabes que siempre puedes contar conmigo, en cualquier momento, sin importar con quién esté.— Zia sintió como su corazón estaba a punto de salírsele del pecho. Ya había estado así de cerca de Dru en muchas ocasiones, pero esta vez era distinta. Se sentía perdida contemplando aquellos ojos color caramelo y lo único que podía preguntarse era si él estaba sintiendo lo mismo.— Escucha, sé que vas a sustituirme para que pueda ir al Festival y que no te gusta demasiado, pero… Ya sabes que por la tarde, antes de que empiecen los verdaderos espectáculos, hay ensayos… Podríamos ir juntos.

— ¿Lo dices en serio? — Dru asintió con la cabeza, sacándole una sonrisa a Zia.

Los siguientes días se hicieron más llevaderos por el simple hecho de imaginarse yendo con Dru a los ensayos. Sabía que era una tontería, que habían estado solos miles de veces, pero era la primera vez que quedaban oficialmente. No era que estuvieran juntos e hicieran algo por matar el tiempo, sino que él la había invitado a asistir con ella a un evento. ¿Podía considerarse una especie de cita? Todas las veces que se le pasó esa idea por la cabeza, la apartó de un plumazo. Dru era como su hermano mayor y además Mel era su novia. No a los ojos de los demás porque era aún un secreto para el resto de Desha, pero no para ella. En el fondo, sabía exactamente porque no dejaba de darle vueltas al tema, todo era culpa de Taron. Él le había metido esa absurda idea en la cabeza y ahora no podía dejar de darle vueltas. Procuraba no cruzarse con Taron y aunque él había hecho el intento de acercarse a ella, lo había conseguido evitar en numerosas ocasiones. Se sentía demasiado traicionada como para mantener una conversación con él. Habían pasado infinidad de horas en la Taberna leyendo sus libros, contándose historias, compartiendo anécdotas... Lo había llegado a considerar su amigo cuando lo que verdaderamente buscaba era hallar una manera para entrar en el Bosque. Había tenido la posibilidad de escoger a otro Vigilante, pero la había elegido a ella, ¿por qué? ¿Acaso la consideraba la más débil? ¿O la más ingenua? Quizás era porque se parecían, porque ambos compartían los mismos gustos, pero Zia no estaba dispuesta a escuchar ni una palabra que saliera de sus labios. Era incapaz de creer nada de lo que dijera. No era la primera vez que se encontraban en la Taberna y tampoco lo era el hecho de que cada vez que Taron la miraba, ella se marchaba de allí para huir de él. Al menos él no la había seguido en ningún momento y Zia agradecía interiormente que respetara su espacio.

— ¡Zia! — Puso los ojos en blanco al escucharlo gritar su nombre. Ya llevaban días evitándose, ¿por qué no podía haber seguido así? — Zia.. ¡Espera! — En lugar de detenerse para decirle que la dejara en paz, aceleró el paso, pero aún podía oír sus pisadas detrás de ella. Sin embargo, para poder escapar de él, giró repentinamente por una esquina, y tras montarse en unas cajas que había apiladas detrás de una casa vacía, se sentó en el tejado, ocultándose. Suspiró aliviada cuando comprobó desde arriba que Taron continuaba con su camino sin tener ni idea de dónde estaba. Cerró los ojos un instante y procuró relajarse. ¿Cuándo pensaba marcharse Taron de Desha? ¿Qué más tenía que hacer aquí? Siempre podía engañar a otra Vigilante de los demás pueblos colindantes al Bosque, quizás con alguna de ellas tendría más suerte. Si supiera lo que realmente era el Bosque… — ¡Zia!

— ¿Cómo demonios has sabido que estaba aquí? — Preguntó echándose hacia atrás, aún con el corazón latiendo con fuerza por el susto que le había dado.

— Bueno, hemos hablado el tiempo suficiente como para saber que cuando quieres estar sola, te cuelas en algún tejado.— Contestó pausadamente en tono conciliador.

— Genial, y ¿del concepto estar sola qué es lo que no entiendes? — Se levantó de las tejas, sacudiéndose los pantalones.— Me largo.

— No, espera.— La sujetó por el brazo y aunque pudiera liberarse fácilmente de su agarre, permaneció quieta.— Quiero pedirte perdón.— Zia se giró lentamente para mirarlo mientras que él la soltaba poco a poco.— Sé que estás enfadada conmigo por lo del Bosque… Mira, es verdad que me acerqué a ti con el plan de convencerte para que me dejaras entrar en el Bosque, pero la verdad es que en este tiempo… Te he cogido cariño.

— ¿Sabes? Te creería si no me hubieras pedido entrar en el Bosque.— Zia se cruzó de brazos, negando con la cabeza.— Si de verdad me hubieras cogido cariño y hubieras dejado atrás la absurda idea de ir al Bosque, no me hubieras dicho de entrar. Seguías con el mismo plan que tenías al principio.

— Pero no te hubiera dicho de viajar conmigo después… – Zia soltó una risotada.

— Ahora resulta que debía sentirme halagada porque, aunque querías aprovecharte de mí para entrar al Bosque, me ibas a llevar a todas las ciudades que quería conocer.— Taron fue a decir algo, pero Zia lo interrumpió.— Déjalo. No quiero escuchar nada más, lo has dejado todo claro.

— Voy a echarte de menos.— Aquellas palabras impidieron que Zia bajara de la casa.

— ¿Vas a marcharte? — No se dignó a darse la vuelta para mirarlo.

— Sí, después del Festival, me vuelvo a la Capital... Ya no tengo nada que me ate aquí.— Zia tragó saliva.— Solo quería decirte que espero que todo te vaya bien, que ojalá disfrutes de tu labor como Vigilante, y también que encuentres el amor... En Dru, por ejemplo. No creo que os veáis solo como unos hermanos.— Taron se acercó para darle una suave palmada en la espalda, pero Zia fue incapaz de reaccionar.— O quizás… En otro Festival, si se te ha pasado el enfado conmigo y aún me recuerdas… — Zia se atrevió a mirarlo a los ojos y Taron le dedicó una media sonrisa, que sin saber por qué, le llegó al corazón. Taron se adelantó a ella, bajando con cuidado del tejado de la casa.

— ¡Taron! — Se dio la vuelta para mirarla con cierto nerviosismo.— Yo también espero que te vaya bien.— A pesar del enfado que sentía, le sonrió. Al menos había aceptado la derrota en cuanto al Bosque y se marchaba de Desha. Taron se había imaginado todas las posibles reacciones de Zia cuando se despidieran, pero su sonrisa era la única que no había creído posible. Quizás nunca acertaba del todo con Zia. Sí que la extrañaría cuando se fuera de allí, pero cuando hubiera investigado a fondo el Bosque, se armaría de valor para reencontrarse con ella. A fin de cuentas, ya no tenía nada que perder.

Los ensayos eran prácticamente una antesala a los verdaderos espectáculos que se realizaban horas después durante el Festival, pero la gente los contemplaba con la misma ilusión. Los niños solían colarse durante los ensayos de los bailes para imitarlos y también se quedaban pasmados con los traga-fuegos que acudían a Desha. No obstante, no eran únicamente los niños los que se quedaban asombrados con aquello, ya que Zia siempre los observaba con un brillo de admiración e incredulidad en la mirada. Sin embargo, aquella tarde estaba demasiado nerviosa. Agradecía llevar puestos los mitones en las manos, seguro que así no se notaría tanto lo mucho que le sudaban las manos. Cuando por fin vio a Dru aparecer entre la multitud, pudo respirar tranquila. Las cosas volverían a ser como antes. De nuevo tenía a alguien en quién apoyarse, alguien en quien contar… Y a Mel agarrada a su brazo. Zia procuró que la expresión de su rostro no le cambiara cuando los vio aparecer juntos, pero sintió que algo dentro de ella se rompía en mil pedazos.

— ¡Estoy deseando ver los ensayos con mis dos chicas favoritas de toda Desha! — Exclamó Dru felizmente cuando se reunió con ella.

— Espero que no te importe que haya venido, pero estaba cansada de amasar pan… Solo estaré un rato, para dar una vuelta.— Comentó con su característica sonrisa de oreja a oreja.

— ¡Claro que no! Con amigos uno siempre se lo pasa bien.— Contestó Zia con toda la amabilidad que era capaz de expresar.— Veamos que nos encontramos.

— Por la noche todo será más bonito, eso sí.— Dijo Dru mientras caminaban alrededor de los tenderetes que estaban montando en la plaza.— Con la iluminación, el olor a la comida recién hecha… — A pesar de que sabía que tenía razón, todo lo que decía era como una puñalada en el pecho para Zia, ya que le servía como recordatorio de que ella no podría acudir.

— Pero al menos Zia se hará una idea de lo que hay, y así el año que viene, cuando ella venga conmigo y tú estés en tu turno, podrá disfrutarlo también.— Respondió Mel riéndose, agarrando a Zia del brazo. Ella se limitó a reírse junto a ella, asintiendo con la cabeza. Eso era lo que hacía que Zia se enfadara aún más con ella misma, que sabía que Mel era una buena persona. Odiaba sentir celos hacia ella porque era consciente de que no era justo tenerlos. La verdad es que los tres juntos se lo estaban pasando bien, a pesar de que no hubiera gran cosa que ver, pero al menos Zia estaba más distraída y sabía que así no le molestaría tanto trabajar aquella noche.

— Eh, mirad.— Dru señaló a un anciano sentado en uno de los bancos de la plaza.— Seguro que es de la Región del Este, el instrumento que está tocando es típico de allí.

— Sí, es una mandolina.— Añadió Zia.— ¿Cómo lo sabes?

— Me lo enseñaste tú.— Contestó con orgullo, haciendo que Zia sonriera.— ¿Nos acercamos? — Ambas asintieron con la cabeza y observaron con atención como el anciano afinaba la mandolina. Cuando se dio cuenta de que lo estábamos contemplando con tanta curiosidad, el anciano levantó la cabeza, fijando los ojos en Zia.

— ¿Alguna vez la has escuchado, Vigilante? — Zia negó lentamente con la cabeza. El anciano sonrió débilmente, agachando de nuevo la cabeza y acarició las cuerdas con una dulzura comparada a cuando Zia pasaba las páginas de un libro. Se quedó absorta escuchando maravillada cada nota que la mandolina producía. Solo fue consciente de donde estaba, cuando sintió los dedos de Dru entrelazarse con los de ella. Le dedicó una rápida mirada y volvió a prestar atención a la melodía que aquel anciano les estaba regalando. Apretó con suavidad la mano de Dru cuando vio como el anciano movía ágilmente los dedos sobre las cuerdas, emocionando a Zia de sobremanera, pero le sorprendió que Dru no le devolviera el gesto, logrando captar su atención. Mel había atrapado el rostro de Dru entre sus manos y ambos se estaban besando con dulzura. Zia soltó su mano de pronto. Los había visto besarse muchas más veces, pero que lo hicieran en la plaza, significaba que su relación estaba completamente consolidada y, sin saber por qué, fue como un mazazo para Zia. Lo único que sabía en aquel momento es que necesitaba marcharse de allí.

— Te quiero Mel.— Susurró Dru cuando ella se separó de sus labios con una sonrisa, volviendo ambos a la realidad. Dru se giró un instante, viendo como Zia se alejaba de ellos.— ¿Puedes esperar aquí? — Mel asintió con la cabeza y Dru siguió a Zia.— ¡Zia! ¡Espera! — La encontró frente a un hombre que acababa de escupir una bocanada de fuego.— ¿Va todo bien? Siento lo del beso… Ni siquiera yo me lo esperaba…

— ¿Qué? — Dijo ella con una enorme sonrisa en su rostro.— Oh, no, ¡no te preocupes por eso! Es que vi a este hombre de lejos y necesitaba acercarme para saber qué estaba haciendo.— Señaló con su dedo índice la llamarada que aquel hombre volvió a escupir de su boca.— ¡Fuego! — Añadió riéndose con cierta desgana.

— ¿De verdad que estás bien? — Zia resopló, aún mostrándole una sonrisa.

— ¡Claro que sí! ¿Por qué iba a mentirte tu mejor amiga? — Le costó mantener la sonrisa cuando pronunció las dos últimas palabras, pero aquello no importó mucho, ya que Dru la abrazó repentinamente.

— Eres la mejor amiga que se puede tener.— Zia cerró los ojos con fuerza, correspondiendo a su abrazo con sorpresa.

— Lo sé.— Dijo ella riéndose con suavidad mientras se separaba de él.— Vamos, vuelve con tu novia… Ahora es oficial.— Comentó mientras alzaba las cejas, dándole después un leve codazo.— Te está esperando.

A pesar de haberle dicho que se marchara con ella, Zia tuvo que reprimir las ganas de sujetarlo para que no la dejara sola, y verlo abrazado a ella de nuevo, consiguió estremecerla. Por primera vez en mucho tiempo, tenía ganas de estar de guardia y alejarse de todo.

— ¡Zia! — Una niña pequeña a la que había contado historias muchas veces en la plaza, corría hacia ella con cara de cansancio.— ¡Te he estado buscando sin parar!

— ¿Qué pasa? — Preguntó, dejando de mirar a Dru y Mel, agachándose ligeramente para estar a su altura.

— El chico de la Capital me dijo que te diera esto.— Se sacó un papel arrugado del bolsillo.— Pero ya ha pasado mucho rato… ¡Espero que no fuera importante! — Zia frunció el ceño.

— ¿Taron? — La niña asintió mientras que Zia desdoblaba el papel, leyendo el contenido.— *«Aunque no me hayas querido acompañar, el trato sigue en pie… Espero verte cuando salga.»*

— ¿De dónde va a salir? — Zia abrió los ojos de par en par. Taron no se marchaba de Desha, iba a colarse en el Bosque, con o sin ella. Arrugó el papel entre sus manos y corrió entre la multitud.

— ¡Dru! ¡Dru! — Éste frunció el ceño cuando la vio aparecer. Antes de que pudiera preguntarle qué ocurría.— ¡Es Taron! ¡Tienes que ayudarme! — Mel asintió como si le diera permiso para marcharse y Zia lo cogió de la mano, tirando de él.

— ¿Qué ocurre? — Preguntó mientras corría junto a ella, empujando a los aldeanos con los que se topaban.

— ¡Va a colarse en el Bosque! — Tal y como ella imaginaba, ya había unos cuantos Vigilantes recorriendo el perímetro como si buscaran a alguien.— ¿Qué ha pasado? — Preguntó Zia cuando vio a Zoé.

— Dicen que un chico ha corrido por una zona que estaba sin vigilancia, no sabemos si ha llegado a entrar.— Zia tragó saliva, analizando mentalmente la situación. A Zia se le había escapado en más de una ocasión que la zona que ella vigilaba era la más alejada y por lo tanto, la más aburrida, ya que nadie iba hasta allí. No había otra opción, si había elegido colarse, había elegido aquel lugar. Sin previo aviso, soltó la mano de Dru y se hizo con la espada que Zoé tenía a su espalda, pillándola por sorpresa, y salió corriendo hacia allí.

— ¡Zia! — Escuchó las pisadas de Dru detrás de ella, pero no se detuvo para comprobar si la seguía. Corrió como nunca antes había corrido. «O quizás… En otro Festival, si se te ha pasado el enfado conmigo y aún me recuerdas…» No habría otro Festival si había llegado a entrar en el Bosque. Sin embargo, cuando llegaron al lugar, sonrió aliviada al comprobar que Taron aún estaba en el límite del Bosque, de espaldas a ella, contemplando la inmensidad de los árboles que se alzaban ante él.

— ¡Taron! ¡No puedes entrar ahí! — Respiraba agitada, pero aún así, continuó caminando hacia él.— Escucha, el Bosque no es para todos. Tienes que hacerme caso, tienes que venir conmigo.

— ¿Por qué no vienes tú conmigo? — Preguntó sin darse la vuelta. Zia abrió la boca para contestarle, pero Taron ladeó la cabeza con una sonrisa.— No te enfades mucho conmigo, Zia.— Antes de que Zia pudiera agarrarlo, Taron corrió dentro del Bosque. Zia se subió sobre una de las grandes setas, dispuesta a cruzar el límite para sacarlo de allí, pero Dru la agarró por la chaqueta, impidiéndoselo.

— ¿A dónde vas? — Zia se giró, aún sintiendo los latidos de su corazón con demasiada fuerza.— Zia, no puedes entrar.

— Aún puedo salvarlo.— Dru resopló, negando con la cabeza, soltando poco a poco su camiseta.

— Zia, sabes que está prohibido.— Le tendió la mano para ayudarla a que bajara.— No salvar a nadie que cruce el límite, segunda norma, ¿recuerdas? — Zia asintió lentamente con la cabeza, recordando la breve sonrisa de Taron antes de desaparecer. Agarró con cuidado la mano de Dru y lo miró a los ojos, sin poder contener las lágrimas.

— Lo siento... — Murmuró cuando se acercó a él, dándole un rápido beso en la comisura de los labios. Dru pestañeó confuso, intentando agarrar con fuerza su mano, pero Zia se zafó de ella con rapidez, saltando hacia atrás para entrar en el Bosque, escuchando como Dru gritaba su nombre.

Capítulo 10.
Dentro.

Aún podían salvarse. Ese pensamiento era el que lograba que Zia siguiera buscando a Taron con desesperación. No podía andar muy lejos de allí. Lo único que no le dejaba encontrarlo era la oscuridad del lugar. Parecía completamente de noche, ya que no entraba ni un pequeño rayo de sol. Por muchas veces que Zia levantara la cabeza para buscar el cielo, lo único que se encontraba eran frágiles y oscuras ramas, sin hoja alguna, que le impedían ver qué había más arriba. El aspecto de los árboles era totalmente distinto a lo que se veía desde fuera. Desde fuera, daba la sensación de ser un bosque frondoso, repleto de árboles cargados de hojas, pero la verdad era que los árboles que tenía delante, parecían derrumbarse si los empujabas con fuerza. Sin embargo, a pesar de su extraña fragilidad, eran inmensamente altos y las ramas de unos se entrelazaban con las de otros, creando así un improvisado techo que resultaba imposible rozar con los dedos debido a su altura.

La oscuridad reinaba en el Bosque, pero por muchos escalofríos que a Zia le produjera, no podía dejarse llevar por el pánico. Si quería encontrar a Taron, debía concentrarse y apartar el miedo un instante.

Zia se mantuvo completamente quieta y respiró profundamente por la nariz. Debía agudizar el oído para estar alerta frente a cualquier indicio sobre el paradero de Taron. Cuando escuchó el crujir de una rama, llevó la mano a la empuñadura de su espada de manera instintiva. Recordó aquellos espeluznantes ojos que la habían observado detenidamente días atrás y, sin pensárselo dos veces, desenvainó la espada.

No sabía exactamente qué era, pero sentía que algo se acercaba a ella, y una vocecita dentro de su cabeza, le advirtió de que no era nada bueno. A pesar de estar rodeada por las sombras, Dru y Zia habían aprendido a cerrar los ojos para detectar por dónde se aproximaba el enemigo, y esta vez no iba a ser diferente. Cerró los ojos y sintió una extraña presencia tras ella. Antes de saber totalmente contra quién se enfrentaba, se dio media vuelta y descargó la espada contra aquel desconocido. Un aullido de dolor hizo que Zia abriera los ojos. Sin embargo, no se despistó en su labor y la criatura que intentaba atacarla, tampoco. En cuanto volvió a abalanzarse sobre ella, Zia volvió a clavar su espada en lo que parecía ser su pecho, y la bestia aulló doloridamente otra vez. Aunque aún había oscuridad a su alrededor, Zia forzó la mirada para intentar distinguir a su enemigo.

Una especie de lobo, o al menos eso parecía a simple vista, yacía muerto bajo sus pies. Zia tragó saliva. No era la primera vez que había tenido que eliminar a un animal salvaje, pero aún así, no era algo que le gustara hacer. Había actuado por instinto. Estaba segura de que no habría podido sobrevivir a un ataque de aquel lobo, y si algo tenía claro es que no estaría solo.

El corazón de Zia dio un vuelco. Ella sabía defenderse, sabía manejar una espada, pero... ¿Y Taron? ¿Y si había llegado tarde?

Era consciente de que lo más prudente era mantenerse en silencio para no llamar la atención de sus posibles depredadores, pero también sabía que lo verdaderamente prudente era haberse quedado en Desha, así que... ¿Qué importaba un riesgo más?

— ¡Taron! — Aunque no alzó demasiado la voz, tenía la sensación de que el Bosque había retumbado por culpa de sus palabras. Sin embargo, lo que más la sorprendió fue que surtieran efecto.

— ¿Zia? — Se movió para intentar localizar de donde provenía la voz de Taron.— ¡Por la Diosa! ¡Me seguiste! ¡Menos mal! — Zia frunció el ceño al distinguir la figura de Taron, el cual estaba encaramado a la rama de un árbol.

— ¿Qué haces ahí subido? — Preguntó, aún sin dejar de estar atenta a su alrededor.— ¿Estás bien?

— Sí, me topé con una manada de lobos nada más entrar y escalé como un loco a este árbol, sabía que... — Zia dejó de escuchar a Taron mientras aferraba la empuñadura de su espada de nuevo. Tal y como ella sospechaba, aquel lobo no venía solo.— Y entonces...

— ¿Cuántos? — Taron no comprendió la pregunta y Zia lo supo al instante.— ¿Cuántos lobos viste?

— No estoy seguro... ¿Cuatro? Sería por decir un número, la verdad...— Zia volvió a cerrar los ojos para concentrarse.— No pensé que importara... Creí que era mejor ponerse a salvo...

— Sh.— Zia agudizó el oído, buscando algún rastro que le indicara si había más lobos en la zona, pero afortunadamente no detectó nada. Volvió a abrir los ojos y le tendió la mano a Taron.— Vamos, creo que ya puedes bajar.

— Está bien... — Contestó sin estar completamente convencido. Agarró su mano, pero no pudo evitar dar un pequeño traspiés al caer. Se sonrojó, avergonzado por lo que Zia pudiera pensar de él, pero se dio cuenta de que Zia no le estaba prestando ni la más mínima atención.

— Solo debemos deshacer nuestros pasos y estaremos en Desha otra vez… — Murmuró mientras se daba la vuelta, pensativa.

— ¿Qué? No, no pienso volver a Desha.— Zia se giró para mirar a Taron y, a pesar de la poca luz que había, pudo apreciar la seriedad que emanaba de sus ojos azules.— No puedo volver después de haber llegado hasta aquí.

— Pero… ¿Cómo puedes decir eso? Apenas has estado un rato en el Bosque y has tenido que subirte a un árbol para sobrevivir… — Taron la cortó.

— Uno no puede rendirse ante la primera dificultad que se encuentre en el camino… ¡Nunca avanzaríamos! — Zia puso los ojos en blanco. Al principio, había pensado que ambos eran iguales de curiosos, pero ahora solo le parecía un descerebrado.

— Taron, debes hacerme caso.— Él volvió a negar con la cabeza. Zia pensó en dar media vuelta y marcharse sola a Desha, pero irse de allí sin él implicaba haber roto las reglas en vano. Ante las constantes negativas de Taron y ante el hecho de que Zia no pudiera decirle la verdad, no le quedó otra que elaborar mentalmente una lista de motivos por los cuales regresar a Desha era la mejor opción. Sin embargo, su discusión acabó antes de empezar, puesto que Zia se cercioró de que no estaban solos.— Quédate detrás de mí.— Taron no tuvo problema en obedecerla y pegó la espalda contra el tronco que había tras él.

— ¿Qué ocurre? — Zia no contestó. Sabía que algo se acercaba y por la poca información que Taron le había proporcionado, tenía claro lo que era. Más lobos. Sacó su espada de nuevo y adoptó la misma postura que Dru solía tener cuando se enfrentaba a ella. Situó la espada verticalmente frente a su rostro y cerró los ojos un segundo. Fue capaz de escuchar las pisadas de los lobos acercándose a ellos. Detectó ocho patas acercándose por su izquierda y otras ocho por su derecha, pero eso no le cuadraba con lo que Taron había dicho, puesto que ella ya había eliminado a uno de ellos. Agradeció que algo de luz invadiera el lugar en el que se encontraba, pero dejó de sentirse afortunada al poder ver correctamente a sus enemigos. Aún así, trató de mantenerse firme. Los lobos apenas tenían pelo que ocultara sus cuerpos, provocando que se marcaran mucho sus músculos, pero eran lo suficientemente grandes como para que aquello pasara desapercibido. A pesar de que sus patas parecían fuertes, podían apreciarse sus desgastados huesos. Zia tragó saliva al fijarse en sus ojos. Sus pupilas estaban dilatadas, las venas de sus córneas estaban extremadamente marcadas, lo que les daba el aspecto de estar bañadas en sangre. Eran mucho más grandes que los de los lobos que había visto alguna vez, además de tener las cuencas de sus ojos mucho más profundas de lo normal. Si alguien se hubiera encontrado a un lobo en esas condiciones tirado en el suelo, lo más seguro era que pensara que estuviera muerto, pero la saliva que colgaba de su mandíbula en aquel instante, indicaba todo lo contrario. Aquellos lobos estaban hambrientos y, sin lugar a dudas, Zia y Taron eran sus presas. Zia notó que la respiración de Taron se había acelerado ante el miedo, pero sabía que lo último que podía hacer en esa circunstancia era asustarse. Ella era la única que podía defenderlos y sacarlos de allí. No era que no sintiera miedo, de hecho, le costaba mantener sus piernas a raya para que no temblaran, pero no era el momento para dejarse llevar por el pánico.

Zia analizó rápidamente la situación. Aquellas bestias, aunque en mal estado, parecían tremendamente fuertes y, para colmo, eran cuatro. Además también debía proteger a Taron, haciendo que las circunstancias fueran desfavorables para ellos. Si verdaderamente quería tener alguna posibilidad de salir de allí ilesos, tenía que actuar con rapidez. Ella debía ser la primera en atacar, ya que además de pillarlos desprevenidos, lograría que su atención se focalizara únicamente en ella, y así Taron podría ponerse a salvo. Quiso girarse para dedicarle una mirada tranquilizadora a Taron, pero no quería darle ningún tipo de ventaja a sus enemigos.

Nada más sentir cómo la pata de uno de los lobos rozaba

el suelo con cierta ansia, Zia no lo pensó ni un instante más. Corrió hacia la bestia que había a su izquierda con una velocidad extraordinaria y, aunque el lobo intentó herirla con sus zarpas, Zia las atravesó con su espada en un abrir y cerrar de ojos. Siempre había creído que Akil exageraba cuando le recordaba que había que tener la espada afilada en todo momento, pero tras realizarle más de un corte profundo a sus contrincantes, agradeció intensamente su persistencia.

Taron no había perdido el tiempo. De nuevo se las había apañado para trepar al árbol y sentarse en una de sus ramas. Imaginó que Zia lo seguiría para ponerse a salvo, pero para su sorpresa, ella estaba luchando contra aquellos monstruos. Taron había tenido la oportunidad de ver a Zia defendiendo la entrada del Bosque, pero no se parecía en absoluto al espectáculo que se desarrollaba frente a sus ojos. No comprendía cómo era capaz de esquivar cada golpe con aquella gracilidad. Los monstruos la atacaban con ira, pero sus movimientos eran caóticos y desordenados, solo querían acabar con ella de una vez; como si estuvieran dando manotazos para librarse de una mosca pesada, pero Zia parecía calcular cada uno de sus movimientos. Taron, incluso creyó que tenía los ojos cerrados en algún que otro momento.

El pecho de Zia bajaba y subía rápidamente por la respiración agitada que la inundaba. Las bestias estaban tiradas en el suelo y Zia estaba rodeada por ellas, aún en guardia, a pesar de que ninguna de ellas parecía respirar. Aunque a simple vista parecía que había ganado la batalla, Zia no se fiaba de ellas. Antes había atravesado el pecho de uno de esos lobos, y había vuelto a atacarla como si nada. ¿Quién podía asegurarle que no se volverían a levantar? Tenían que marcharse de allí cuanto antes. Con cierta inseguridad, apartó la vista de los supuestos cadáveres y buscó a Taron. Lo encontró deslizándose por un tronco con la boca abierta. Él tampoco podía dejar de mirar el rastro de cuerpos que Zia había dejado a su alrededor.

— Ha sido increíble… — Se limitó a decir con un tono infantil.— Bueno, dentro de lo horrible de la situación, ya me entiendes.— En el rostro de Zia se dibujó una diminuta sonrisa, pero se desvaneció cuando un viento gélido acarició su nuca, devolviéndola a la realidad.

— Tenemos que marcharnos a Desha.— Se giró sobre sus pies, recordando el camino que había emprendido para llegar hasta ahí.— Vamos, debe ser por aquí.

— ¿Qué? Pero… ¿Por qué? — Zia puso los ojos en blanco y se giró de nuevo para mirarlo.

— ¿Me lo estás preguntando en serio? — Dijo incrédula.— ¿Qué hubiera pasado si yo no hubiera estado aquí?

— Bueno… Pero has estado aquí, eso es lo

importante.— Zia frotó sus sienes.— Ya que estamos aquí, ¿por qué no lo atravesamos? En lugar de ir a Desha, podríamos tomar otra salida, solo apareceríamos en un pueblo distinto… — Zia quiso explicarle que más allá del Bosque no había nada. Literalmente nada. El Bosque era el final del camino, la puerta que conducía al mayor misterio de la vida: la muerte. Sin embargo, ya había infringido una de las reglas al ir a por él y no estaba dispuesta a saltarse ninguna más.— ¿No sientes curiosidad? — Zia desvió la mirada. Obviamente, desde que tenía memoria, había sentido curiosidad por todo lo que podía visitar lejos de Desha y también por el Bosque que tanto se esforzaba por proteger. A pesar de conocer el verdadero significado del lugar, había fantaseado en incontables ocasiones en cómo sería por dentro. Sin embargo, cuando sus ojos se encontraron con los cadáveres de aquellos tétricos lobos, su sentido común le gritó que debían ponerse a salvo, y eso implicaba salir de allí.

— Claro que siento curiosidad.— Confesó Zia para intentar llevárselo a su terreno.— Pero como tú mismo has podido comprobar, el Bosque no es un lugar seguro…

— Pero los has vencido.— La interrumpió él.

— Por ahora. He podido salvarnos por ahora, Taron.— Él tragó saliva. Sabía que tenía razón. Si Zia no hubiese aparecido, quizás su aventura ni tan siquiera hubiera comenzado. O peor aún, podría haber muerto intentando protegerlo. Taron sintió un pinchazo en el pecho. Zia lo había tratado bien desde un principio, llevaba una buena vida en Desha, aunque se quejara de no poder salir de allí, tenía amigos a los que podía considerar su familia y... Se había arriesgado a perderlo todo con tal de salvarle la vida. Lo mínimo que podía hacer era devolverle el favor. Muy a su pesar, asintió mientras emitía un suave suspiro.

— Está bien... Mejor vivir con curiosidad, a morir por ser curiosos.— Explicó con cierta amargura.— Volvamos a Desha.— Zia le tendió la mano.— Vamos.

Zia no había recorrido una gran distancia para encontrar a Taron, pero el camino de vuelta se le estaba haciendo eterno. Al estar prácticamente sumidos en la oscuridad, se le hacía muy complicado hallar un punto de referencia que les indicara que iban por buen camino. Sin embargo, su intuición le obligaba a seguir por ahí. Siempre rectos, sin detenerse.

— No sabía que había llegado tan lejos...— Murmuró Taron mientras caminaban.

— Seguro que ya estamos cerca.— Quería sonar convincente, pero la verdad era que ni ella misma se había creído sus propias palabras. Buscaba cualquier atisbo de luz que pudiera demostrarle que se acercaban al límite de Desha.

— Zia, ¿has sentido eso? — Le preguntó Taron, sacándola de su ensimismamiento.— Zia.

— ¿Qué? — Se detuvo un instante para mirarlo.

— ¿No has notado que… — Antes de que Taron pudiera acabar su pregunta, el suelo tembló bajo sus pies.— ¡Otra vez! — Zia había estado demasiado distraída y no había sido consciente del primer temblor pero había sido imposible no darse cuenta del siguiente.— ¡¿Qué pasa?!

— ¡No lo sé! — Gritó Zia cuando el suelo volvió a zarandearse. «El Bosque está en continuo cambio.» Zia tragó saliva. No sería que… — ¡Corre! — Taron no se molestó en preguntarle por qué y echó a correr junto a Zia. Ya no había pausas entre temblor y temblor, y el suelo parecían olas del mar bajo sus pies. Por mucho empeño que pusieran en seguir avanzando, la intensidad de las sacudidas era demasiado fuerte, haciendo que los dos cayeran de bruces contra el suelo.

— ¡Zia, cuidado! — Vio inmediatamente a qué se refería. El terreno se había partido en dos, emergiendo delante de ellos una devastadora grieta que arrastraba todo a su paso. Ambos rodaron en sentido contrario, no porque quisieran huir, que también, sino porque el terreno plano se había transformado en una repentina pendiente.

— ¡Taron! — Volvieron a aferrarse el uno al otro para permanecer juntos a pesar de la caída. Zia se cercioró de que los labios de Taron se movían para decirle algo, pero no pudo averiguar de qué se trataba.

De pronto, todo se volvió negro.

Capítulo 11.
El Guardián.

Un fuerte dolor en la sien fue lo que terminó por despertar a Zia. Cuando finalmente logró abrir los ojos, su visión era borrosa. Estaba tan mareada que, por un instante, olvidó que estaba perdida en el Bosque con Taron... Intentó incorporarse rápidamente al recordarlo, pero sentía que todo su cuerpo había recibido una paliza. Maldijo por lo bajo a causa del dolor, y pasó dos de sus dedos por su sien derecha. Tal y como se imaginaba, tenía algo de sangre debido a algún golpe. Se frotó los ojos con los puños, enfocando la vista como buenamente podía y distinguió a Taron tumbado a escasos metros de ella. Aunque sintió miedo, se relajó al ver que su pecho subía y bajaba. Estaba con vida. A simple vista, parecía que ambos presentaban distintas magulladuras, pero no parecía ser nada grave. Zia suspiró y observó a su alrededor. Al menos ahora algún que otro atisbo de luz se colaba entre las ramas, aunque por otra parte, estaban mucho más perdidos que antes. Cuando a Zia le explicaron que el Bosque estaba en continuo cambio, no pensó que se tratara de un hecho tan... Literal. El suelo se había resquebrajado delante de sus narices y los había deslizado como si estuvieran en una colina. Claramente ya no estaban en la misma zona del Bosque.

El sitio en el que estaban era igual de aterrador, aún seguían rodeados de árboles con ciertas tonalidades grisáceas, pero ya no todos compartían la misma figura. Había algunos más esqueléticos que otros, como si cualquier ráfaga de viento pudiera destrozarlos; y otros tenían un tronco más ancho que algunas de las cabañas de Desha.

Zia se apoyó con cuidado en la roca que había tras ella, vislumbró un hilo de sangre en ésta, deduciendo así que al caer se había golpeado contra ella. Se acercó a Taron y comprobó que, en efecto, no tenía nada grave. Lo zarandeó con cuidado, pero continuó con los ojos cerrados. Apoyó la mano en su mejilla para despertarlo y antes de que hiciera nada, Taron abrió súbitamente los ojos.

— Zia... — Murmuró entre dientes.— ¿Qué ha pasado?

— El Bosque.— Se limitó a decir ella, sentándose a su lado.— ¿Puedes moverte? ¿Te encuentras bien?

— Creo... Creo que sí.— Tenía el cuerpo entumecido y le picaba alguna que otra raja que se había hecho en las rodillas, pero no era la primera vez en su vida que se caía.— ¿Tú estás bien? — Asintió en silencio mientras que Taron se incorporaba con lentitud. Miró de reojo a Zia y fue consciente de la herida de su sien.— Pero si estás sangrando...

— Ah... No tiene importancia.— Dijo mientras se limpiaba la sangre con el puño de su chaqueta.— Me he caído demasiadas veces por los tejados como para que esto me afecte.

— Bueno... Cuando lleguemos a Desha, nos tratarán las heridas como es debido.— Zia sonrió amargamente y Taron se dio cuenta de ello.— ¿Qué pasa?

— Ya no es tan fácil.— Aclaró Zia con un hilo de voz.

— ¿Qué quieres decir? — Preguntó Taron. A Zia se le pasó por la cabeza decirle la verdad, pero de nuevo, creyó que explicarle que ya estaban condenados a morir no era una buena idea. Estaba prácticamente segura de que a cualquier persona le volvería loca saber la verdad, y lo que menos le convenía era un compañero sumido en un ataque de histeria. Sin embargo, era consciente de que debía darle algún tipo de explicación en relación a lo que había sucedido.

— El Bosque está en continuo cambio.— Repitió las palabras de su maestra.— Ya no estamos donde estábamos antes.— Taron miró a su alrededor con asombro. Al despertar ni tan siquiera se había dado cuenta de ello. Antes habían corrido sobre tierra y ahora estaban sentados sobre una hierba que estaba prácticamente seca. Tragó saliva.

— Estamos... ¿Estamos perdidos? — Zia pensó en alguna frase positiva, algo que pudiera animarlo, pero tenía razón. Estaban perdidos.

— Sí, básicamente.— Se encogió de hombros, cerciorándose de que ese hecho también podría causarle un estado de nervios para el que no estaba en absoluto preparada para soportar. Sin embargo, mejor era que se sintiera perdido, a que se sintiera acabado.

— ¿Tú sabías que el Bosque... Se movía? — Zia resopló, agachando la cabeza.

— No me imaginaba que lo hiciera tanto... — Pensó que Taron se enfadaría por no haberle proporcionado ese pequeño detalle antes, pero él tenía la mirada perdida.

— Está bien... Ahora es el momento de encontrar soluciones.— Se mordió el labio inferior con gesto pensativo y Zia se asombró de la calma que aparentaba.— ¿Qué más sabes del Bosque? Cualquier información podría ayudarnos a salir de aquí.— Zia se mantuvo en silencio, haciendo memoria de todo lo que había aprendido. Podrían haberle explicado algo relacionado con la flora o la fauna, por llamarlo de alguna manera, pero no le habían enseñado nada. «Claro, porque se supone que jamás debías entrar aquí.» Le dijo su sentido común. Tanto tiempo defendiendo el Bosque para que ahora acabara con ella... Antes de tiempo. Menuda Vigilante estaba hecha. De pronto, un nombre pasó por su cabeza y lo soltó sin pensar.

— El Guardián.

— ¿Qué? — Preguntó Taron, frunciendo el ceño. Zia se levantó de un brinco. El Guardián podía ser la solución. Debía serlo.— ¿Quién es el Guardián?

— Los Vigilantes protegen el exterior y el Guardián el interior.— Repitió con la misma voz que su maestra.— Tenemos que encontrar al Guardián… ¡Seguro que él puede guiarnos hasta Desha!

— ¿Y dónde está? — El optimismo de Zia desapareció de un plumazo tras escuchar la pregunta de Taron y él lo notó al ver cómo su sonrisa desaparecía.— Vale, veo que esa parte se te escapa…

— Deja que piense.— Susurró ella. Si el Guardián se aseguraba de que las almas llegaran al final del Bosque… Lo más probable era que se encontrara allí, pero ¿dónde se suponía que estaba el final del Bosque?

Taron se levantó del suelo, examinando con precaución el lugar en el que se encontraba. Agradeció no haber acabado allí nada más llegar, ya que las ramas de los árboles eran sumamente endebles y las que parecían ser más resistentes, tenían toda la pinta de ser imposibles de escalar.

— Aún no se te ocurre, ¿verdad? — Preguntó mientras se echaba su bolsa a los hombros. Zia llevaba un buen rato en silencio, caminando en círculos. Pensaba que le molestaría su pregunta pero, observó que probablemente ni siquiera lo había escuchado hablar. Taron resopló, no sabía si era buena idea volver a preguntar, así que permaneció en silencio. A fin de cuentas, todo era culpa suya. Todos le habían advertido y él había hecho caso omiso a todo lo que le habían dicho. «No quiero que te metas en problemas.» Las palabras de Einar resonaron en su cabeza.

— Hay que cruzar el Bosque.— La voz de Zia lo despertó de su letargo de culpabilidad.— No tengo ni idea de qué dirección tomar, ni de dónde acabaremos… Pero no podemos quedarnos aquí.— Taron se limitó a asentir con la cabeza.— Lo mejor será caminar hasta que encontremos algún sitio en el que podamos pasar la noche.

— Si es que sabemos darnos cuenta de cuándo llega… — Comentó él con tono poco esperanzador.— Zia… Lo si… — Antes de que pudiera disculparse, Zia colocó la mano sobre su hombro, apretándolo con suavidad.

— Al final sí que saciaremos nuestra curiosidad.— La línea de sus labios se transformó en una sonrisa que contagió a Taron de inmediato. Se sentía culpable por haber hecho que Zia lo siguiera, pero sabía que con ella al lado todo iría bien.

Zia no tenía ni idea de por qué le había sonreído a Taron, y mucho menos por qué le había soltado aquel estúpido comentario, pero dejaron de importarle los motivos en el momento en el que lo había visto más animado. En el fondo, sí que sabía el motivo: Dru. No Dru exactamente, sino que su mirada le había recordado a la de su mejor amigo y sabía perfectamente lo que reflejaban: culpa.

Había perdido la cuenta de las broncas que había recibido por alguna travesura que Dru había iniciado, y siempre que la estaban riñendo, ella distinguía la culpabilidad en los ojos de su amigo. Por lo tanto, en el mismo instante que se dio cuenta de cómo se sentía Taron, intentó quitarle hierro al asunto. A fin de cuentas, ella sola había tomado la decisión de seguirlo y ahora solo debía asumir las consecuencias. Nadie la había obligado a seguirlo. Nadie le había hecho incumplir las reglas. Sin embargo, ella debía ser la responsable de la solución.

Su plan era encontrar al Guardián, contarle lo sucedido y rezarle a la Diosa para que les diera una oportunidad para volver a Desha. Era un plan con muchos cabos sueltos; el primero era tan simple como que no tenía ni idea de dónde se encontraba el Guardián, ni tan siquiera sabía cómo era. Eso tampoco se lo habían explicado en ninguna clase.

También estaba la parte de contarle al Guardián que había decidido saltarse las reglas para salvar a alguien que se había colado en el Bosque… Quizás tuviera que inventarse una historia que los beneficiara algo más. A lo mejor podía sacarle partido a todas las leyendas que había leído desde pequeña.

Sin embargo, apartó todas esas ideas de su cabeza por un instante, puesto que se había cerciorado de que no estaban solos. Taron también fue consciente de aquello. Las copas de los árboles se movían sin que corriera el aire. Las hojas se zarandeaban de tal manera que todo parecía indicar que algo se ocultaba entre ellas. Al principio, ninguno de los dos le había prestado mucha atención, pero aquello cambió en el momento en el que se agitaron con más fuerza. El movimiento se intensificaba a medida que ellos aceleraban el paso. Fuera lo que fuera lo que les perseguía por encima de sus cabezas, ninguno de los dos quería pararse a descubrirlo.

Zia caminaba rápido con la mano sujetando la empuñadura de su espada. Era absurdo desenvainarla antes de tiempo y mucho menos si ni tan siquiera saber a qué se enfrentaban, no obstante, el simple hecho de saber que disponía de un arma, la relajaba.

— Zia, mira.— Taron la frenó en seco, agarrándola desde atrás por la chaqueta.— Ven.— Giraron precipitadamente hacia la izquierda, provocando un gran revuelo entre sus perseguidores, los cuales intentaron saltar entre los árboles que había por la dirección que habían tomado.— Por aquí, vamos.— Zia se fijó rápidamente en el sitio que le indicaba Taron. Una pequeña cueva a ras de suelo. Sin pensárselo dos veces, ambos se arrastraron por el suelo para dejarse caer dentro de aquella gruta. Tosieron a causa del polvo que causaron al caer allí, y Zia se limpió la tierra que se le había quedado pegada a la ropa mientras se ponía de pie. Rápidamente, se giró sobre sus talones para asomarse por el hueco por el que habían entrado y comprobar donde estaban sus enemigos. Un estremecedor y agudo chillido consiguió ponerle la piel de gallina. Lo que les estaba persiguiendo cambió de rumbo, alejándose de ellos. Taron suspiró.— ¿Has podido ver lo que eran?

— No, pero parece que se van... — Susurró Zia sin apartar la vista de los árboles.— Has tenido una buena idea.

— Pensé que si se movían de árbol en árbol, no nos harían nada aquí... Bueno, la verdad es que siempre busco sitios en los que refugiarme.— Confesó mientras sacudía su ropa.

— Sí, ya lo he podido comprobar... — Lo recordó abrazado a la rama del árbol y tuvo que esforzarse por contener la risa.— Eso siempre viene bien.

— No tan bien como lo tuyo, eres impresionante con la espada.— Zia se encogió de hombros. No era algo de lo que se sintiera orgullosa. Aunque le encantara competir contra Dru, no era lo mismo que luchar contra alguien que realmente quisiera acabar con su vida. Había procurado estar tranquila cuando tuvo que enfrentarse a aquellos lobos, pero obviamente había sentido miedo. Más del que estaba dispuesta a admitir.

— Te equivocabas con lo de que no nos daríamos cuenta de si anochecía.— Comentó después de un largo silencio cuando se asomó por la grieta por la que habían caído.— Aunque parezca increíble, se puede ver la luna desde aquí.

— ¿En serio? — Zia se dio cuenta de que la voz de Taron sonaba algo más alejada.

— ¿Qué haces? — Taron golpeaba con decisión dos piedras y sonrió como un niño pequeño cuando logró encender un fuego sobre un montón de ramas que había en el suelo.

— ¡Lo conseguí! — Se sentó delante del fuego y Zia lo imitó, contenta por poder calentarse las manos.

— Buen trabajo.— Murmuró mientras observaba el

fuego.

— Me gusta aportar mi granito de arena.— Comentó, bostezando con cierta vergüenza.

— ¿Por qué no te duermes un poco? Yo haré guardia.— Taron se mordió el labio inferior. Estaba muerto de sueño, pero no quería que Zia fuera su niñera. Había dependido de ella desde el primer segundo, y no quería resultarle una carga. Ya la había metido en problemas al colarse en el Bosque.— ¿Taron? ¿Sigues conmigo?

— Sí, bueno… Pero después duermes tú, ¿vale? Y yo hago guardia.— Zia sonrió ampliamente.

— Trato hecho.— Taron se acomodó en el suelo y usó su chaqueta como manta.

Zia se quedó absorta contemplando el fuego y suspiró de manera prácticamente inaudible. Aún no tenía ni idea de a dónde se dirigían. Había estado toda su vida acatando unas normas muy sencillas y también enclaustrada en Desha, quejándose de lo aburridos y repetitivos que eran sus días, pero ahora estaba completamente perdida. Sin rumbo ni dirección que seguir. Estaba totalmente sola ahora. Miró de reojo a Taron. Gracias a él habían podido huir de lo que fuera que les perseguía y ahora habían podido entrar en calor, pero sabía que tenía que esforzarse al máximo para protegerlo. Taron era su responsabilidad. No podía fallarle.

Le picaban las magulladuras y le dolía casi todo el cuerpo. Sacó de uno de los bolsillos internos de su chaqueta unos cuantos pétalos de flores curativas. Las apretó con suavidad y las pasó por encima de sus heridas. Se mordió el labio inferior para no expresar ningún tipo de molestia y guardó unas cuantas para poder desinfectar las heridas de Taron. Abrazó sus rodillas, disfrutando de la calidez que el fuego le regalaba. Apoyó la frente un instante sobre sus rodillas. Cerró los ojos con fuerza un segundo y levantó la cabeza nuevamente.

Por suerte, parecían estar a salvo en esa cueva. A pesar de no estar durmiendo, su cuerpo se encontraba en cierto reposo. Sin embargo, en el momento que Taron se despertó para relevarla en la guardia, lo agradeció interiormente. Zia pensaba que no sería capaz de dormir a pierna suelta, pero estaba lo suficientemente cansada como para caer rendida. No obstante, antes le enseñó a Taron como desinfectarse las heridas y, aunque quiso quedarse despierta para comprobar que lo hacía correctamente, se quedó profundamente dormida antes de poder ver el resultado.

— ¿Has dormido bien? — Zia se frotó los ojos, intentando espabilarse.

— Sí, la verdad es que sí... — Notó su boca seca y Taron

pareció leer su mente.

— Yo también tengo sed.— Zia ni tan siquiera había sido consciente de que carecían de provisiones.— Pero tengo una buena noticia.

— ¿Cuál? — Los ojos de Taron brillaron de emoción al sentirse útil de nuevo.

— Mientras dormías, he escuchado algo.— Zia se llevó la mano a la espada, pero Taron negó con la cabeza.— Tranquila, lo que quería decir es que me ha parecido escuchar el sonido de agua corriendo.

— ¿Lo dices en serio? — Preguntó mientras se incorporaba.

— Sí, así que vamos.— Taron se levantó y Zia frunció el ceño.

— Pero… No sabemos lo que nos vamos a encontrar ahí.— Taron sonrió levemente pero Zia no comprendió por qué.

— Tampoco lo que nos va a encontrar aquí.— Zia tragó saliva. Tenía razón. A pesar de no haberse encontrado con ningún peligro, eso no significaba que no pudiera aparecer algún monstruo raro otra vez.

— Está bien.— Taron le tendió la mano para ayudarla a levantarla, pero Zia aprovechó para coger una de las ramas y usarla como antorcha. Taron la imitó y Zia desenvainó la espada con la mano que le quedaba libre.

El poco camino que recorrieron por la cueva fue sumamente tranquilo y en absoluto silencio. Ambos estaban embaucados por el paisaje que los rodeaba. Las estalactitas y las estalagmitas parecían brillar con luz propia.

Cada vez que las antorchas iluminaban las rocas que formaban la cueva, podían verse reflejados distintos tipos de colores por todo el lugar. Desde ámbar hasta unas tonalidades rosáceas que Zia no había visto antes.

El murmullo del agua se hacía cada vez más intenso, Taron frenó a Zia para que no se tropezara y cayera al agua.

— ¿De dónde viene tanta agua? — Estaban detenidos delante de una enorme masa de agua cristalina. El agua de aquel lago subterráneo estaba tan asombrosamente limpia que se podía ver a través de ella todas las rocas erosionadas que había debajo. El agua fluía con calma, pero estaba claro que venía con más fuerza desde otro lugar.

— ¡Bah! Eso no importa, al fin podremos beber algo.— Le dio la antorcha a Zia cuando ella guardó su espada y se puso de cuclillas para coger algo de agua entre sus manos.

— Pero, ¿qué haces? No puedes beber esa agua, no sabemos si es apta para nuestro consumo.— Taron se giró un instante para mirarla.

— Zia, hay dos opciones: morir de sed o morir por beber de estas aguas. En las dos situaciones acabamos muertos, ¿qué más da? — Antes de que Zia pudiera rebatir sus argumentos, Taron ya había hundido sus manos en el agua y bebió de ellas, relamiéndose los labios.— Está muy fría… Y bien rica, ¿no vas a beber?

— La verdad es que estoy esperando a ver si te mueres o algo.— Taron soltó una enorme carcajada que retumbó contra las paredes de la cueva.

— Qué lista.— Zia sonrió y, aunque aún tuviera cierto reparo, le dio las improvisadas antorchas a Taron y se agachó para beber también. No sabía si era por haber estado tanto tiempo sin beber o porque de verdad estaba buena, pero Zia estaba segura de que nunca antes había probado un agua que supiera tan bien.— Te lo dije.— Contestó con voz triunfal, mirándola de reojo.

— Calla… Ahora hay que pensar cómo vamos a salir de aquí.— Taron asintió con la cabeza y examinó el lugar con la mirada.

— No parece excesivamente profundo, haríamos pie sin

problemas, así que… ¿Por qué no cruzarlo?

— Además, parece que no hay nada dentro del agua que nos pueda atacar… — Pensó Zia en voz alta.

— Con eso me quedó más tranquilo… — Murmuró Taron de manera sarcástica.— Fíjate allí se ve algo de luz.

— Entonces… Hay que cruzarlo sí o sí… Puede que allí haya una salida.— Dijo mientras observaba el punto donde señalaba el dedo índice de Taron.

— ¿Crees que podremos mantener las antorchas encendidas al pasar?

— Solo habrá que mantenerlas en alto.— Taron asintió con decisión.

— Vamos allá.— Con cuidado, ambos se introdujeron en las aguas. A pesar de que desde fuera parecía que apenas había movimiento en el agua, era muy distinto cuando la tarea consistía en atravesarlo. No era un camino muy largo, pero podía parecerlo cuando costaba mantener el equilibrio.

El agua estaba muy agitada. Lo que al principio les había transmitido paz, ahora irradiaba violencia. El agua chocaba ferozmente contra sus cinturas, desestabilizándolos a ambos. Por mucho que los dos procuraran permanecer en pie, Taron tropezó con una de las rocas, cayendo de bruces.

— ¡La antorcha! — Maldijo mientras Zia lo ayudaba a levantarse.

— Vamos, eso no importa ahora.— Por mucho empeño que Taron pusiera en ponerse en pie, su pie parecía haberse quedado atrapado.— Vamos, ¡arriba!

— ¡No puedo! — Zia frunció el ceño, buscando lo que a Taron lo mantenía agarrado, pero por culpa de los movimientos bruscos del agua, no conseguía ver nada.— ¡Zia! — Sintió como una mano apretaba con fuerza su tobillo, zarandeándolo.

— ¡Agárrate! — Se sujetó a ella como buenamente pudo, pero lo que fuera que tirara de él, era demasiado fuerte e insistía en llevárselo con él.

— ¡Hay algo debajo! — Taron intentó golpearlo con el pie que tenía libre, pero lo único que consiguió fue darle una patada a una de las rocas.— ¡Maldita sea! — Zia aún intentaba distinguir a su enemigo y no tuvo más remedio que quedarse completamente inmóvil e iluminar con cuidado la zona donde Taron estaba de pie. Parpadeó al darse cuenta de que una extraña mano hecha de piedra tenía aprisionado a Taron. Pensó rápidamente en sacar su espada, pero era absurdo. No tendría ningún efecto si clavaba su espada en una roca.

— ¿Qué es? ¿Qué pasa? — Taron estaba cada vez más nervioso, intentando librarse de aquello, gimiendo levemente por el dolor.

— Es… Es… — Zia no sabía cómo explicarle que una mano de piedra lo mantenía retenido. Taron no soportó tanta incertidumbre y hundió la cabeza bajo el agua. A pesar de la molestia, abrió los ojos para encontrarse con su enemigo y sacó rápidamente la cabeza tras encontrarse con esa mano.

— ¡¿Qué diablos es eso?! — Zia apuntó de nuevo con la antorcha, esperando atisbar algo más, pero el agua salpicó de tal manera que la llama se apagó.

— ¡No! — Exclamó ella. Sin embargo, en el momento que la oscuridad reinó de nuevo, el agua pareció calmarse repentinamente.

— Qué… — Zia encontró la boca de Taron y se la tapó con la mano. El murmullo del agua era suave y delicado, todo había vuelto a la normalidad.— Me ha soltado… — Susurró Taron contra su mano, iniciando después la marcha hacia el otro lado.

Los dos se dejaron caer en el suelo nada más cruzar. Aún tenían el pulso y la respiración acelerados.

— Crees… ¿Crees que era por el fuego? — Se atrevió a preguntar Zia.

— No lo sé, ha sido raro.— Taron se rió con suavidad y

Zia lo miró, frunciendo el ceño.— Vamos, el agua le tenía miedo al fuego, es irónico.— Zia puso los ojos en blanco, pero no le quedó otra que sonreír.

— ¿Buscamos algo para hacer otra antorcha? — Taron se dio la vuelta, localizando la luz que provenía de fuera.

— Creo que deberíamos apañárnosla sin ella... Por ahora.— Zia se levantó del suelo, tendiéndole la mano.

— ¿Quién le tiene miedo al fuego ahora? — Taron chasqueó la lengua, tomando su mano para incorporarse, dedicándole una media sonrisa.

Capítulo 12.

Libros.

Taron intentaba ocultar su dolor de pies lo mejor que podía cada vez que Zia lo miraba de reojo, pero empezaba a ser desesperante. Entre que habían estado sin dejar de andar prácticamente durante todo el día y la extraña mano de piedra que lo había atrapado en la cueva, estaba sumamente cansado y dolorido.

La única suerte que habían tenido era que no se habían vuelto a topar con nada peligroso. Con nada peligroso... Ni con nada. Habían vagado sin rumbo, envueltos en un escalofriante silencio y los únicos seres vivos que habían encontrado a su paso habían sido distintos tipos de árboles. Sin embargo, considerarlos seres vivos era mucho decir. Todos parecían esqueletos de árboles que, en su día, habían sido majestuosos. No es que no tuvieran hojas y por eso parecieran en mal estado, era una cierta sensación moribunda que transmitían.

Taron llevaba un tiempo pensando en cómo decirle a Zia que necesitaba parar un rato, pero después de darle un incontables vueltas al asunto, Zia se le adelantó.

— Quizás deberíamos descansar un rato.— Taron suspiró con alegría y, sin contestarle, se sentó contra el primer árbol que se le puso delante.— Vaya, sí que estabas cansado…

— Un poco, pero ya que habíamos cogido el ritmo… — Zia soltó una suave carcajada, haciendo que Taron frunciera el ceño.

— El ritmo… — Repitió ella, apoyando la cabeza en el tronco del árbol continuo al de Taron.

— Sigues sin saber a donde vamos.— Puntualizó él, sorprendiéndola.— Mira Zia, no soy un Vigilante como tú, pero sé cuando uno está perdido. No soy estúpido.

— El Guardián del Bosque podría estar en cualquier lugar.— Zia escondió la cabeza entre sus rodillas.— No sé… No sé qué hacer.

— Bueno… — Taron suspiró profundamente, abriendo después la bolsa que llevaba a su espalda.— ¿Qué tal si empezamos comiendo un poco? No sé tú, pero yo estoy muerto de hambre.— Zia alzó ligeramente la cabeza, aún algo compungida.— Aquí tienes.— Taron partió un pedazo de pan en dos, dándoselo a Zia.

— ¿Te queda más comida por ahí? — Preguntó ella mientras aceptaba su ofrenda.— Habrá que racionarla.

— No tengo mucha más... Pero imagino que aquí podremos encontrar algo que comer, ¿no? — Zia miró a su alrededor. Hasta ahora el paisaje no había sido muy alentador en cuanto a suministros. Le dio un pequeño mordisco al trozo de pan que sostenía entre sus manos. Sus tripas rugieron, cerciorándose del hambre que había estado reprimiendo. Taron soltó una pequeña risilla cuando escuchó el estómago de Zia, mirándola de reojo.— Es increíble como se conserva el pan que hace el padre de Mel, sigue estando tierno a pesar de no ser de hoy.

— Sí, es el mejor panadero que conozco.— Más bien el único, pensó Zia. Sin embargo, la mente de Zia viajó automáticamente al beso que habían compartido Mel y Dru, desanimándola aún más. También recordó cómo se había despedido de Dru, dándole un beso en la comisura de los labios y sus mejillas se encendieron de repente. Lo único positivo que tendría no salir del Bosque, sería no pasar por la vergüenza de verlo de nuevo tras lo ocurrido… Aunque otra de las partes negativas de no salir de allí, era no volver a verlo jamás. Se secó rápidamente el ojo con la yema de sus dedos cuando sintió sus ojos húmedos y se sintió aliviada al darse cuenta de que Taron estaba demasiado distraído comiendo como para prestarle atención.

— Todo irá bien.— Zia parpadeó al escucharlo.— Encontraremos al Guardián aunque tengamos que recorrer el Bosque una y otra vez, o lo encontramos a él, o encontramos una salida.— Ladeó la cabeza para mirarla a los ojos.— Lo importante es que todo irá bien.— Zia sabía que Taron era demasiado optimista por el simple hecho de que no tenía ni idea de la verdad que los rodeaba, pero sus palabras la reconfortaron de una manera que no se esperaba.— Además, en todas las historias y leyendas, todo sale bien para los protagonistas.

— ¿Somos los protagonistas? — Preguntó Zia con una pequeña sonrisa.

— Por supuesto, ¿acaso ves a alguien mejor que nosotros para serlo? — Señaló el vacío que había a su alrededor, levantando una ceja con una sonrisa en su rostro. Zia negó con la cabeza, aguantando la risa.— Pues ya lo sabes, todo irá bien. Estamos dentro de una historia y los protagonistas siempre ganan.

— Todo irá bien.— Repitió ella, no para darle la razón a Taron, sino para intentar convencerse a sí misma. Volvió a mirarlo y se dejó contagiar por aquella sonrisa tan relajante. Zia aprovechó que Taron estaba con los ojos cerrados para observarlo detenidamente. Su nuca estaba apoyada contra el tronco de aquel árbol grisáceo y tenía los brazos colocados sobre sus rodillas. Respiraba tranquilo, con su bolsa sobre el estómago, como si fuera algún tipo de cojín. Se fijó en aquel característico lunar de su cuello, había reparado en él en muchas ocasiones, tenía la sensación de haber visto uno prácticamente igual al suyo. Se cercioró de que respiraba cada vez más calmado hasta darse cuenta de que se había quedado profundamente dormido. Sonrió de manera inconsciente, mordiéndose el labio inferior. Lo había hecho andar demasiado y ni tan siquiera habían mantenido una conversación entretenida. Era lógico que se hubiese quedado dormido. Sus tripas volvieron a rugir y siguió comiéndose el pan que aún tenía entre sus manos. No sabía ni qué ni cuánta comida llevaba Taron en su bolsa, pero estaba segura de que no sería suficiente para el tiempo que les esperaba ahí. Si de verdad querían tener fuerzas, tendrían que buscar más comida. Miró a su alrededor y se puso en pie sin hacer ruido. Desenvainó la espada y observó los árboles que había a su alrededor. Miró a Taron cada dos por tres, no quería despertarlo pero también le preocupaba dejarle solo. Sin embargo, no se habían encontrado con ningún monstruo en ningún momento y no tenía por qué ocurrir en el momento que se separaran. Aún así, tras dar dos pasos lejos de él, la invadió una enorme preocupación. Resopló de una manera prácticamente inaudible y se agachó para sacar de su bota un daga que mantenía escondida. La dejó cuidadosamente sobre la bolsa de Taron, sin llegar a despertarlo. No tardaría en volver junto a él, pero prefería dejarlo con algún tipo de protección. Tragó saliva y se dio la vuelta.

Solo debía inspeccionar la zona por si algún árbol tenía frutos. Echó a andar pero marcando su camino con la punta de su espada para reconocer el camino de vuelta. Caminó entre distintos árboles y se alegró al comprobar que, no muy a lo lejos, aún podía tener controlado visualmente a Taron, el cual seguía dormido. Vagó entre más y más árboles, pero no solo pasaba por su lado. Se metía entre sus ramas, zarandeándolas con cuidado para que no se le escapara ni la más mínima posibilidad de encontrar algo comestible. Muchas de las ramas se partían con tan solo agarrarlas, aunque fuera con la máxima delicadeza posible. Se había asustado con más de un crujido de ellas, no por el ruido en sí, sino por el eco que provocaba. Un ruido, por mínimo que fuera, en mitad de un escalofriante silencio, era mil veces peor que cualquier sonido desagradable. Tragó saliva, intentando apartar aquel miedo de su cuerpo. Tenía que mantenerse fría si quería lograr conseguir alimento.

Sus esperanzas se reavivaron en el instante que vio árboles que no estaban tan demacrados como los anteriores. Al menos, de sus ramas brotaban pequeñas hojas verdes oscuras, y aunque no colgaran frutos de ellas, sí que parecían tener vida. A pesar de ser mucho más altos que los demás árboles que se había encontrado, sus ramas crecían desde una menor distancia al suelo, y antes de que quisiera darse cuenta, estaba sumergida entre sus hojas. Se giró para comprobar que podía controlar a

Taron, pero estaba atrapada en un túnel de hojas que acariciaban su cuerpo con cada pequeña ráfaga de aire. Mantuvo la calma controlando su respiración. No se había alejado mucho y si quería volver, solo tenía que dar marcha atrás. Dio un paso hacia atrás, rodeando con fuerza la empuñadura de su espada por los inevitables nervios que sentía, pero justo cuando iba a salir de allí, alzó la cabeza, apreciando como un fruto de color morado colgaba desde una rama algo más alta. Sonrió ampliamente, bendiciendo su suerte por primera vez. Comprobó la resistencia de las ramas que la rodeaban y, armándose de valor, trepó por ellas para alcanzarlo. Para su sorpresa, no era el único fruto que había allí arriba. Se imaginó la alegría de Taron cuando llegara con los brazos llenos de fruta y su corazón se aceleró. Examinó el fruto con detenimiento, no era la primera vez que los veía y estaba segura de haberlos tomado antes. Zoé se lo había dado a probar antes, parecía una mezcla entre una manzana y una pera, de un color morado brillante. Recordaba que era un fruto jugoso, del que además podía hacerse zumo. Sin pensárselo dos veces, alargó el brazo para agarrarlo, pero lo que ocurrió la dejó sin saber qué decir. Nada más rozar su piel, la fruta se deshizo entre sus dedos, convirtiéndose en ceniza.

— Pero qué… — Murmuró ella, parpadeando. Aún así, siguió en su empeño e intentó alcanzar otro de los frutos, repitiéndose de nuevo el mismo acontecimiento.— Maldita sea...

Se dejó caer poco a poco entre las ramas para caer al suelo, y por mucho que hubiera controlado sus movimientos, terminó cayendo de culo contra el suelo. Se limpió los pantalones y cogió de nuevo la espada, la cual tenía tirada a su lado. Al volver a estar de pie, las hojas se zarandearon a su alrededor y un penetrante y nauseabundo olor invadió sus fosas nasales. Rápidamente se tapó la nariz y echó a andar para salir de allí, pero sentía que las piernas no le respondían. Cada paso que daba, más le temblaban las piernas, hasta que finalmente, cayó de bruces contra el suelo.

Taron se estiró y cerró los ojos con más fuerza cuando su espalda crujió. Alzó los brazos, estirándolos por encima de su cabeza y un suave sonido metálico hizo que abriera los ojos. Vio como su bolsa y una daga se habían resbalado de su abdomen y estaban en el suelo. Frunció el ceño al ver aquella arma y la agarró con detenimiento. La empuñadura estaba envuelta en cuero marrón y la hoja estaba bastante afilada, o al menos eso comprobó cuando pasó el dedo suavemente por ésta.

— ¿Me vas a enseñar a usarla? — Preguntó a Zia desviando la mirada de la daga para buscarla.— ¿Zia? —

Frunció el ceño al no encontrarla a su lado. Tragó saliva, agarrando la bolsa, colocándosela a su espalda. ¿Cuánto tiempo había estado dormido? ¿Le habría ocurrido algo? — ¡¿Zia?! — Solo contestó aquel frustrante silencio. Su pulso se aceleró. Se aferró a aquella daga como si le fuera la vida en ello y se giró sobre si mismo para comprobar que no estuviera dormida en cualquier lugar cerca de él. Sin embargo, no parecía estar por ahí. Antes de que los nervios lo dominaran por completo, se dio cuenta de un surco dibujado en la tierra que partía desde el sitio en el que Zia había estado sentada y, sin pensárselo dos veces, siguió aquel camino que estaba dibujado en el suelo. Perdió la cuenta de las veces que pronunció su nombre. Miraba alrededor de la huella que iba siguiendo, pero si Zia había pasado por allí, ya no había ni rastro de ella. Cada ráfaga de aire, conseguía ponerle el vello de punta y lo único que había era apretar con más fuerza la daga que sostenía. Si los árboles le parecían espeluznantes cuando los había visto con Zia, ahora le parecían mucho peores. Fue consciente de lo mucho que la necesitaba a su lado desde el momento en que apareció en el Bosque, pero no sabía que se sentiría tan sumamente desesperado sin ella. Cada soplo de aire, lo hacía girarse sobre sus pies para amenazar con la daga a un enemigo inexistente. Tenía la extraña sensación de que algo o alguien lo perseguía, pero la realidad era que seguía solo.— ¿Zia? — Repitió con un hilo de voz. ¿En qué momento había tenido la mala suerte de quedarse dormido? ¿Por qué no lo había despertado? ¿Por qué no lo había llevado con ella? ¿Acaso era un inútil? ¿No podía serle de ayuda? Negó con la cabeza. Ahora no podía pensar en eso. Debía concentrar toda su atención en encontrarla. Continuó guiándose por la huella que había en la tierra, sin embargo, ésta desapareció delante de unos gigantescos árboles verdes. Sus ramas eran tan largas que rozaban el suelo y muchas de sus hojas estaban manchadas de tierra. A pesar del miedo que sentía, si había una pequeña posibilidad de que Zia estuviera ahí dentro, debía correr el riesgo de entrar. Respiró profundamente y usó la daga para apartar las ramas que se encontraba a su paso.— ¡Zia! — Sonrió ampliamente cuando se la encontró. Zia estaba de pie, de espaldas a él. Su pelo azul caía desordenado sobre sus hombros.— ¿Por qué te fuiste? — Le dio un pequeño toque a su espalda, pero Zia siguió sin responder.— ¿Hola? Taron llamando a Zia.— Se adelantó a ella y tuvo que reprimir un grito. Zia tenía los ojos blancos, la pupila y el iris habían desaparecido y en su rostro podía apreciarse una mueca parecida a una sonrisa pero completamente desfigurada. Taron intentó decir su nombre de nuevo, pero la voz no consiguió salir de su garganta. La piel de Zia estaba pálida y aunque estaba asustado, Taron se atrevió a rozar su mano contra su mejilla.— Zia… — Su piel estaba prácticamente congelada. Sin pensárselo dos veces, atrapó sus brazos entre sus manos, zarandeándola.— ¡Zia!

Había salido del Bosque. Aún no tenía muy claro cómo ni por qué, pero lo que le rodeaba no eran árboles. Enormes edificios se levantaban a su paso, había gente hablando a su alrededor, niños correteando por las calles asfaltadas, incluso olía a castañas recién asadas. A lo lejos, se encontraba el monumental castillo de la tierra del Norte, era tal y como se lo había imaginado al leerlo en los libros. Sus almenas eran más altas que lo que había tenido en mente desde niña. Desde allí podía verse la otra punta del Reino, quizás hasta divisase las cálidas playas de la Región del Este, incluso las minas de la Región del Oeste. Lo que sea que pudiera verse desde allí, Zia quería contemplarlo con sus propios ojos. No sabía si le estaba permitida la entrada al castillo, pero rogaría lo que hiciera falta con tal de verlo. ¿Cuándo volvería a presentársele tal oportunidad? Sin dudarlo ni un instante, echó a correr por las calles, observando cada tienda por la que pasaba. A pesar del intenso deseo que tuviera por llegar al castillo, no pudo evitar detenerse en un viejo edificio del que colgaba un cartel de madera con un libro dibujado. Creía que sus ojos iban a salírsele de sus órbitas al contemplar tal cantidad de estanterías sin un solo hueco entre libro y libro. Recorrió la sala circular en la que se encontraba, con la vista puesta en el techo, ya que las estanterías acababan donde comenzaba una bóveda acristalada en la que se vislumbraba un extraordinario cielo azul.

Cuando Zia echó a correr, Taron se sorprendió pero salió en su búsqueda como alma que lleva al diablo. No sabía cómo había sido capaz de esquivar todos aquellos árboles cuando estaba claro que había algún problema en sus ojos, pero lo más espeluznante era que iba casi todo el camino riéndose. Sin embargo, cuando por fin se detuvo, Taron sonrió, quizás ya había vuelto a la normalidad.

— Jamás había visto tantos libros… — Murmuró. Taron frunció el ceño, situándose a su lado y miró a su alrededor.— Siempre quise una colección así.

— ¿Qué?

— Pasar de leer diez libros, a leerme cientos de ellos… ¡Sería como tenerlo todo! — Taron fue a decir algo, pero Zia continuó hablando.— ¿Quieres uno de geografía? — Cogió una hoja que colgaba de una de las ramas y tiró de ella con fuerza hasta arrancarla.— Cógelo… ¡Aquí hay como veinte!

— Pero, ¿qué dices? — Taron sabía que no la escuchaba, pero no tenía ni idea de qué decir.

— Después de ir al Castillo, volveré aquí… Quizás pueda trabajar aquí.— Volvió a correr y Taron salió disparado detrás de ella.— ¡Por fin podré saber todo lo que aquí saben! Aquí sí que me pueden comprender.

La visión de Zia mejoraba con cada paso que daba por las calles. Las tabernas tenían mesas y sillas fuera, para que la gente pudiera almorzar al aire libre y Zia los observó con una enorme sonrisa en su rostro. Mientras corría, se tropezó con una piedra que había suelta entre las demás que componían las calles.

— ¿Cómo se llamaba este tipo de calle? — Preguntó en voz alta, deteniéndose un instante. Taron casi consiguió alcanzarla, pero ella misma volvió a responderse.— ¡Ah, sí! ¡Empedrada!

— ¡Zia! ¡Espera! — Por un instante, Zia se giró. ¿La habría escuchado? — ¡Zia! ¡Tienes que volver! — Ella frunció el ceño y volvió a correr en otra dirección. Taron no supo cuanto tiempo se pasó detrás de ella.

— Es que no me puedo creer que esté aquí… Que por fin sea… Libre.— Susurró para sí misma, contemplando el castillo real que se alzaba delante de sus ojos, levantando la cabeza para poder verlo al completo.— Fuera de Desha, lejos de todo… Siendo parte del mundo real… Sin Bosque, sin tener que ser Vigilante… — Taron atrapó el brazo de Zia y lo apretó suavemente, consiguiendo que su cuerpo temblara de repente.— ¿Qué ha sido eso?

— Zia, Zia, maldita sea, escúchame.— La tierra comenzó a temblar bajo sus pies.— No, no… El Bosque se mueve otra vez.— Zia hizo el amago de salir corriendo, pero esta vez, Taron la mantuvo atrapada entre sus brazos.— No, tú no te vas.— Algo le impedía a Zia avanzar, a pesar de emplear todas sus fuerzas por seguir andando. Una suave voz recorrió su mente, haciéndole sentir un escalofrío.— Zia, despierta.

— ¿Taron? — Miró a su alrededor, estaba sola frente a la puerta del castillo, ¿por qué había escuchado la voz de Taron? Tragó saliva, por primera vez había sido consciente de la ausencia de su compañero de viaje. ¿Qué había sido de él? Se había quedado dormido al pie de un árbol, eso era lo último que recordaba… ¿Lo había abandonado a su suerte? ¿Y si le había ocurrido algo? ¿Y si había…?

— Zia, vamos, sé que me escuchas.— Las sacudidas del suelo eran cada vez más intensas y a Taron le costó mantener el equilibrio mientras que sujetaba a Zia, pero no podía perderla de nuevo.

— Te oigo… — Los ojos de Taron brillaron.— Pero… ¿Dónde estás? ¿Qué te ha pasado? ¿Por qué no estás aquí conmigo? — Taron la abrazó con fuerza.— ¿Por qué no estás conmigo en el Norte? — Taron frunció el ceño, ¿eso era lo que veía? La fue girando hasta que su cara quedó frente a la de él. Sus ojos continuaban blancos y su rostro sin expresión ninguna. Sin embargo, había una sutil diferencia. Unas pequeñas lágrimas comenzaron a brotar bajo sus ojos.

— Tienes que cerrar los ojos, estoy contigo, Zia, cierra los ojos y vuelve en ti.— Zia sintió su cuerpo frío, la imagen del castillo se disolvió frente a ella, convirtiéndose en ceniza. Las calles comenzaron a temblar y ella se tambaleó, pero algo la mantenía sujeta para que no se cayera al suelo. Obedeció a la voz de Taron, la cual escuchaba cada vez con más fuerza.— Zia, despierta, por favor… — Los ojos de Zia sea abrieron de par en par, tornándose de nuevo en ese color gris tan particular y Taron sonrió como nunca antes lo había hecho. Sin embargo, la felicidad duró poco. El suelo comenzó resquebrajarse bajo sus pies y Zia aún estaba con la mirada perdida, asumiendo que estaba nuevamente en el Bosque, que siempre había estado en él.

— ¿Qué…? ¿Qué ha pasado…? — Una nueva sacudida los hizo zarandearse. Taron no perdió el tiempo en contestar a sus preguntas. Lo que tocaba en ese momento era ponerse a salvo. Localizó un árbol con un tronco de más anchura que su casa y no lo dudó ni un instante. Agarró a Zia como si de una pluma se tratara, subiéndola a su espalda.

— ¡Agárrate! — Zia obedeció como una autómata y Taron echó a correr, esquivando las grietas que se abrían en el suelo. Zia se aferró a sus hombros como buenamente pudo, procurando mantenerse adherida al él. Haciendo acopio de una fuerza que jamás había sentido, Taron fue agarrándose a cada rama, subiendo por ellas hasta quedar a una distancia prudencial del suelo. La rama era lo suficientemente gruesa como para aguantar el peso de los dos. Zia se quedó sentada a su lado y Taron la rodeó con uno de sus brazos, contemplando cómo el suelo se iba desgarrando cerca del árbol, pero sin que éste lo notara lo más mínimo.— ¿Estás bien? — Zia asintió lentamente con la cabeza.

— Tal y como me dijiste… — Murmuró, sintiendo su garganta seca.— Los protagonistas siempre ganan.

Capítulo 13.
Duerme.

— Nunca más, no vuelvas a hacerlo nunca más.— Taron había repetido tantas veces aquello que hasta había dejado de tener sentido en su cabeza. Zia era consciente de que ella debía estar ahí para protegerlo de todo problema, y al final él había sido quien le había salvado la vida. El hambre la había traicionado. Había confundido el fruto que tantas veces había comido con Zoé con otro altamente peligroso. Taron lo había reconocido en el instante que había visto las hojas que lo rodeaban, si hubiera ido con él a buscar alimento, no hubiera ocurrido ningún problema. Ambos habrían compartido sus conocimientos y nadie hubiera corrido peligro.— ¿A quién se le ocurre comer quisáceas?

— Ya te he dicho que no las comí, se convirtieron en cenizas en cuanto las toqué.— Volvió ella a repetir como una niña pequeña que tiene que soportar que le echen la bronca.

— Exacto, respiraste sus cenizas, lo cual es aún peor.— Zia puso los ojos en blanco mientras que Taron apilaba multitud de ramas y las ataba entre dos troncos, improvisando un tejado para pasar la noche bajo él. Por mucho que hubiera insistido en ayudarlo, Taron no la dejó moverse por haberse tropezado un par de veces mientras caminaban a causa de las náuseas que había provocado aspirar esas cenizas.

— Yo creo que ya es suficiente… — Taron se giró y frunció el ceño.— Me refiero al techo, es suficiente.— Por lo visto, la riña no era aún suficiente. Siguió hablando de los peligros de las quisáceas, de las alucinaciones y malestar que provocaban. Sin embargo, Zia había sido capaz de contemplar el Norte con una claridad que jamás hubiera podido imaginar. Era como si de verdad hubiera estado allí. Aún así todo había sido obra de su mente, ¿sería la Capital así de maravillosa? ¿Tendría tantas cosas por visitar? ¿Habría de verdad aquellas salas inmensas repletas de libros con techos abovedados? Miles de preguntas le rondaban la cabeza y no tenía ninguna respuesta para ellas. Miró de reojo a Taron, había pasado muchos ratos con él antes de estar atrapados en el Bosque y aún sentía que le quedaban miles de preguntas en la recámara.

— ¿Qué pasa? ¿Por qué me miras? — La cara de Zia se encendió por completo y desvió la mirada, negando con la cabeza. Taron se sentó en el suelo a su lado, cruzando las piernas y resopló con cierto cansancio. Él se había encargado de todo desde que el Bosque había cambiado de nuevo de forma, aunque en esta ocasión, no se habían sentido tan perdidos como la primera vez. Quizás porque cuando uno estaba perdido, no importaba perderse un poco más. Nadie podría apreciar la diferencia. Cerró los ojos, pero inmediatamente abrió uno de ellos para observarla.— Ya no me fío.

— Te prometo que no volveré a irme.— Refunfuñó mientras se cruzaba de brazos.— Puedes dormirte si quieres.

— No tengo sueño aún, solo bromeaba.— Apiló unas cuantas ramas secas entre ellos y luchó incansablemente por encender un fuego, pero cuando lograba que las llamas brotaran, se apagaban mágicamente al instante. Sin que fuera necesario un soplo de aire, simplemente, desaparecían.— Maldita sea.

— Es el Bosque.— Taron alzó la cabeza para mirar a Zia.— Se protege del fuego.— Suspiró con fuerza, Zia sabía que cada cosa que Taron aprendía acerca del Bosque, lo desesperaba aún más.— Pero creo que tengo la solución.— Zia palpó los bolsillos ocultos de su abrigo y sonrió para sí misma cuando encontró una pequeña bolsa llena de un polvo verdoso.

— ¿Qué es eso?

— Tú enciende el fuego.— Taron se encogió de hombros y se puso nuevamente manos a la obra. Ya no se ilusionaba con las llamas que aparecían entre ellos, puesto que sabía que desaparecerían al cabo de un segundo. Sin embargo, Zia se inclinó sobre el fuego y sopló aquel polvo verdoso sobre él. Las llamas se tornaron de un color verde azulado y esta vez, permanecieron encendidas. Aún así, no parecía escucharse el típico chisporroteo del fuego, pero calentaba igual que el original. No iluminaba tanto como el natural, ya que los colores no eran tan luminosos, pero les servía como apaño.

— ¿Cómo has...? — Zia sonrió de manera intrigante.

— Polvos fatuos.— Taron abrió los ojos sorprendido.— Un comerciante de la región del Oeste los trajo una vez. Los usaban en las minas. Estos polvos convierten el fuego normal en lo que ellos llaman fuego fatuo, en las minas puede haber material inflamable y para que no se produzcan explosiones, usan estos polvos para convertirlo en algo inofensivo.

— ¿Inofensivo? Sigue siendo fuego.— Dijo Taron, aguantando la risa como buenamente pudo. Zia condujo la mano hacia las llamas y antes de que Taron pudiera detenerla, las atravesó con los dedos sin recibir daño alguno.— ¿En serio? — Zia asintió con la cabeza y Taron la imitó con curiosidad. Sintió cierta calidez en los dedos cuando acarició las llamas con éstos, pero nada de dolor.— Es impresionante...

— Nunca pensé que lo fuera a necesitar... Creo que el comerciante me los dio para que jugara con ellos, pero los guardé.— Zia suspiró con pesadez.— A fin y al cabo, a los Vigilantes no nos dejan hacer fuego.

— ¿No os dejan hacer fuego? — La voz de Taron reflejaba una incredulidad enorme.

— Es una ofensa para el Bosque.— Explicó como si fuera lo más obvio del mundo.— Los Vigilantes debemos de cumplir muchas normas.

— ¿Cómo cuales? Pensé que solo protegíais el Bosque.— Zia ladeó la cabeza. Pensó en contárselas sin ahondar en detalles.

— También reconocemos quién es digno de entrar y quién no, por ejemplo.— Se mordió el labio inferior, pensativa.— También nos tienen prohibido entrar a por alguien que se cuele.— Añadió mirándolo fijamente, haciendo que se riera suavemente.

— Vaya… Así que, ¿te has saltado una de las normas por mí? — Zia se encogió de hombros.— ¿Y cuándo vuelvas a Desha qué harán? ¿Tendrás que hacer horas extra de vigilancia? ¿O… Te obligarán a hacer fuego y apagarlo? — Zia terminó por reírse. No solo por lo que decía, sino porque había llegado un momento en el que se había dado cuenta de que no sabía si volverían vivos a Desha, e imaginarse allí de nuevo, le provocaba una risa nerviosa que no lograba explicar.

— Supongo que algo de eso… — Murmuró, dándole la razón para no crearle más preguntas.— Taron, ¿cómo es la

Capital? — Eso le pilló por sorpresa.

— Pensé que habías leído mucho sobre ella.— Zia se rascó la nuca.

— No es lo mismo leer que verla de verdad y tú eres de allí… Cuando aspiré las cenizas, yo… Pensé que estaba allí, me veía allí… Parecía tan real…

— Todo es mejor en la imaginación.— Comentó mientras jugueteaba con el fuego.— Siempre puedes verlo todo a tu gusto. Lo dibujas como quieres que sea, no como realmente es. La Capital te gustaría porque sería una novedad, pero también tiene zonas a las que no querrías volver, Zia. No todo lo que hay fuera de Desha es perfecto.— Zia agachó la cabeza y tragó saliva.— La Capital… Tiene calles hechas con piedra en lugar de con tierra, tal y como dijiste cuando estabas bajo los efectos de las quisáceas. Dispone de muchos comercios, además de mejores casas que las que hay en Desha, pero también hay algunas casas que apenas se mantienen en pie. Suelen ser las que están a las afueras, los nobles intentan mantenerlas alejadas y ocultas de los visitantes. Hay suciedad, ratas y cucarachas…

— ¿Me la estás pintando horrible a propósito? — Taron negó con la cabeza.

— No, es verdad que hay partes lamentables, pero

también hay zonas limpias y mucho más modernas. Solo intento explicarte que hay de todo un poco.— Zia asintió. Eso ya se lo imaginaba.

— Tengo una pregunta más.— Taron la miró a los ojos.— ¿Hay… Hay habitaciones llenas de libros?

— ¿Te refieres a bibliotecas? — Los ojos de Zia parecieron brillar y Taron se sintió rápidamente conmovido. Hablar con alguien que se emocionara así, le maravillaba.— Hay dos: una pública y otra dentro del castillo. A esa no podemos acceder nosotros.

— ¿Por qué?

— Porque no somos nobles y no somos familiares de la realeza.— La respuesta no pareció convencer del todo a Zia, o al menos, eso creyó Taron, pero ninguno de los volvió a sacar el tema. Además, Taron estaba demasiado entretenido jugando con el fuego como para mantener una conversación coherente con él.

— Pareces un niño pequeño… ¿También voy a tener que contarte la historia de la vieja quitapieles? — Taron soltó una carcajada.

— ¿La historia de quién? — Zia abrió los ojos de par en par.

— ¿No sabes esa historia? Gracias a ella hacía que los niños leyeran y durmieran.— Taron negó con la cabeza.

— No tengo ni idea de lo que me hablas.

— Es una historia de miedo que se les cuenta a los niños para que duerman, pero yo también les creaba cierta intriga para que fueran a buscar más cuentos sobre ella en el aulario de Desha… Me parece increíble que no te la sepas.— La garganta de Zia carraspeó.

— Vamos, soy todo oídos.— Zia se aproximó al fuego, bajó la mirada y sonrió tétricamente.

— La vieja quitapieles

vigila cuando duermes

no finjas que lo haces

porque ella se lo huele.

La vieja quitapieles

permanece a la espera,

para llevarse tu piel

cuando menos te lo esperas.

La vieja quitapieles

arrastra su cuerpo,

buscando uno nuevo

que le dé alimento.

Si no te asusta lo que oyes,

es que lo imaginas mal,

porque la vieja quitapieles

es un demonio sin piedad.

Acecha a los niños

que no quieren descansar,

y cuando fingen que lo hacen,

su piel arranca con maldad.

No importa que grites,

no importa que huyas,

cuando te atrapan sus uñas,

tu piel ya es suya.

Oculta entre mantas,

en las sombras aguarda,

cargada de pieles

que de sus víctimas arranca.

Con uñas de aguja

y grapas de hueso,

nadie imagina

su verdadero aspecto.

Taron permaneció en silencio, contemplando las chispas reflejadas en las pupilas de Zia. Se cruzó de brazos para calentarse frente al fuego y Taron terminó por hablar un par de minutos después.

— ¿De verdad se le cuenta esa historia a los niños? Es… Espeluznante.— Alzó la mirada para poder observar sus ojos por primera vez.— Ni de broma me quedaría dormido después de escuchar eso.

— Pues todos se quedaban completamente dormidos después.— Respondió ella.— Además, les decía que si querían saber más, leyeran… Y funcionaba, aunque después de un montón de broncas por parte de la maestra Daira tuve que dejar de contarla.

— No sé quién es la maestra Daira, ¿estaba en Desha? — El rostro de Zia se ensombreció y negó lentamente con la cabeza.

— Ella murió hace unos años... Fue como una madre para mí.— Esta vez fue el rostro de Taron el que se transformó. No le gustaba pensar mucho en su madre, pero no había día que no la echara de menos. Echaba de menos sus risas inundando la casa, el cómo le leía cuentos todas las noches, incluso las miradas de complicidad que compartía con su padre.— Y Zoé, Akil y Dru son como mis hermanos.— Taron tragó saliva al escuchar el nombre de Dru. Antes de colarse en el Bosque los había observado desde la distancia en el Festival y había tenido una mezcla de sentimientos que, por un instante, le habían hecho dudar sobre qué decisión tomar. Al principio, había sentido lástima cuando vio la decepción en la cara de Zia al aparecer Mel; después... Tristeza cuando Dru y Mel habían hecho pública su relación, dejando hundida a Zia, pero esa tristeza se convirtieron rápidamente en celos cuando se dio cuenta de lo importante que era Dru para Zia. Sabía que no tenía motivos para sentirse así cuando apenas conocía a Zia, pero había sido una horda de sentimientos que no había podido evitar.

— ¿Se lo dijiste? — Zia frunció el ceño sin comprender a qué se refería. Taron sabía que le había puesto voz a sus pensamientos sin venir a cuento.— Me refiero a Dru, ya te dije lo que pensaba sobre vosotros.

— No había nada que decir.— Taron se mordió la mejilla por dentro mientras que Zia desvió la mirada, recordando el rápido beso que le había dado en la comisura de los labios.— Dru está con Mel y son felices. Eso es lo único que importa.

— ¿Tú no importas? — Zia se atrevió a mirarlo a los ojos.

— Deberíamos dormir.— Se tumbó de lado, usando su propio abrigo como manta.— Dicen que el fuego fatuo aleja a los malos espíritus.

— Claro, vaya a ser que aparezca la vieja quitapieles, ¿no? — Zia sonrió con los ojos cerrados y Taron lo hizo con tan solo verla.

Todas las carreras que había dado detrás de Zia lo habían dejado exhausto, al igual que cogerla en brazos y escalar con ella encima por aquel árbol. Después habían seguido caminando hasta un lugar que les pareció relativamente seguro y también había tenido que cortar distintas ramas para improvisarse aquella choza en la que ahora descansaban. Sin embargo, no podía quitarse de la cabeza la idea de que Zia desapareciera mientras él dormía. Le había repetido que no lo volvería a hacer, pero también habían dejado claro desde un principio el hecho de no separarse y ella lo había hecho. Por eso, aunque se tumbara con la idea de dormirse, entrecerró los ojos sin poder conseguir su objetivo. Siempre que cerraba los ojos, los abría al instante para asegurarse de que Zia seguía ahí.

Zia tampoco se quedaba atrás. Se sentía culpable por haber hecho que Taron cargara con toda la responsabilidad de la situación. El remordimiento de haberlo dejado solo no dejaba de rondarle por la cabeza y, por muy cansada que estuviera, la imagen de haberlo dejado dormido bajo aquel árbol no se le borraba de la mente, y por supuesto, le quitaba el sueño. También le daba miedo que al haber tomado tanta responsabilidad, también le diera por marcharse a buscar comida o agua como ella había hecho, y por eso lo vigilaba constantemente. Sentía como él también la miraba cada dos por tres y ese era el momento en el que cerraba los ojos con rapidez. Sin embargo, en cuanto no notaba su mirada puesta en ella, Zia volvía a observarlo con detenimiento. Aún así, el calor de fuego, el estar acurrucada de esa manera, el estar tapada bajo su abrigo, hizo que sus párpados le resultaran cada vez más pesados hasta que poco a poco fue quedándose dormida.

Algo se arrastraba entre las sombras. Las hojas esparcidas por el suelo se deslizaban por la tierra y aunque no hicieran demasiado ruido, Taron presentía que algo se acercaba. Si hubieran estado en cualquier otro Bosque, habría imaginado que se trataba de cualquier animalillo que se sentía atraído por el fuego, pero si algo había aprendido, es que no era un Bosque cualquiera. Tragó saliva de la manera más silenciosa que pudo y cerró con fuerza los ojos. Sabía que era un gesto estúpido, que si de verdad se les estaba acercando un enemigo, cerrar los ojos no le salvaría de ninguna manera; pero quizás solo se estaba volviendo un paranoico. Quizás solo era el viento zarandeando las hojas. Abrió uno de sus ojos para volver a mirar a Zia, quizás era ella la que había provocado tal sonido al arrastrar su abrigo por el suelo al dormir. Deseó que de verdad ella fuera la causa, pero se mordió el labio inferior al comprobar que ella dormía plácidamente. El viento abanicó una de las llamas del fuego verdoso y Taron se incorporó rápidamente para comprobar que seguían estando solos. «Solo es el viento… Solo es el viento.» Volvió a tumbarse y abrazó su bolsa como si se tratara de una almohada.

Zia apretó los ojos y se protegió inconscientemente con su abrigo. Había estado dormida un par de segundos, pero sabía que algo no iba bien. Era incapaz de conciliar el sueño y más aún cuando notó que Taron se había levantado. Sin embargo, procuró relajarse al sentir que había vuelto a tumbarse. Eso significaba que nada los acechaba, que todo estaba en su cabeza. El ambiente en el que se encontraban era escalofriante, eso era lo que sucedía. Cualquier persona se asustaría en algún momento y ninguno de los dos era un bicho raro. El miedo era una emoción de lo más racional que, aunque a veces costara dominar, te mantenía a salvo. No obstante, tras escuchar el grito de Taron abrió los ojos de par en par. Se puso de pie en un salto, pero la escena que vio, la dejó completamente paralizada.

Un extraño ser había atrapado el tobillo de Taron hasta hacerlo sangrar. A simple vista, no podía saber si se trataba de un animal o de un ser humano. De sus extremidades colgaban amasijos de carne que no correspondían con la extrema delgadez que marcaba su rostro. Su espalda estaba presidida por una descomunal y amorfa chepa de la que también colgaban trozos de piel. Un putrefacto olor a podrido provenía de lo que fuera aquella cosa y aunque Zia quisiera taparse la nariz, lo primero que hizo, fue desenvainar su espada. Aquel sonido llamó la atención del enemigo, haciendo que girara la cabeza en dirección a Zia. Ella abrió los ojos de par en par. Las cuencas de los ojos de aquella mujer estaban completamente hundidas, de sus mejillas también colgaba una piel flácida que parecía atada a ella con trozos de hueso a modo de alfileres y su nariz era inexistente, encontrándose en su lugar, dos pequeños agujeros negros. Su cabeza estaba poblada por pequeñas zonas de una escasa pelusa gris que, quizás, en algún otro momento, había sido pelo. A Zia no le hizo faltar observar sus zarpas, la leyenda definía a la perfección con qué había atacado a Taron: «*Con uñas de aguja.*» Era ella. Era la vieja quitapieles. Existía realmente. «*Cuando te atrapan sus uñas, tu piel ya es suya.*»

— ¿Te ha clavado las uñas? — Preguntó con la voz más firme que pudo emitir. Taron negó con la cabeza. A pesar de estar sangrado, sus uñas solo habían rozado su piel, pero al ser extremadamente afiladas, habían conseguido herirlo.— Aléjate, ¡rápido!

La vieja abrió los labios, los cuales parecía tener pegados, ya que parecía haber hecho un esfuerzo vital para separarlos y soltó un grito gutural que consiguió erizarles el vello a ambos. Taron intentó alejarse de ella lo más rápido posible, pero el miedo lo frenaba. Vio como una de las manos iba hacia su cara. La piel sobrante que estaba hilada a sus brazos rozó parte de su cuerpo cuando avanzó hacia él, pero antes de que consiguiera su objetivo, la espada de Zia la liberó de parte de su piel, haciéndola gritar de nuevo. Taron aprovechó para arrastrarse por el suelo, ya que la vieja volvía a tener a Zia en su punto de mira.

Zia no sabía el lugar concreto donde debería atacarla para lograr herirla de alguna manera. Estaba cubierta de tanta carne humana que era difícil saber donde empezaba una parte de su cuerpo y acababa otra. Cuando al fin se giró hacia ella, se cercioró de que era un amasijo de piel sin lógica alguna. No tenía ni idea de la multitud de humanos que había debido despellejar para tener tal cantidad de piel sobre su cuerpo. La leyenda tenía mucha razón: «*Si no te asusta lo que oyes, es que lo imaginas mal.*» La primera vez que la escuchó, le produjo escalofríos. La segunda, pavor. Después de relatarla mil veces, había dejado de imaginarla y ahora que la tenía delante de sus narices, le producía terror. La vieja volvió a abrir la boca y Zia se fijó en sus dientes, los cuales parecían haber sido extraídos de algún tipo de piraña. De ellos se derramaba un líquido negro con olor a vómito, aunque no sabía si era eso lo que olía o si eran los dientes amarillentos en sí los que provocaban tal peste. Sin embargo, no tuvo mucho tiempo para plantearse ninguna pregunta más, puesto que aquel feroz grito había sido un aviso de que iba a por ella. A pesar de carecer de forma alguna, sus movimientos eran rápidos. Zia blandió velozmente su espada para defenderse, y ésta se hundió entre aquella plasta de piel que la vieja tenía como cuerpo. Sin embargo, tal y como Zia se había imaginado, no consiguió hacerle el menor daño. Tiró de su espada para poder recuperarla, pero parecía haberse quedado atrapada entre sus carnes. Zia dio un par de pasos hacia atrás mientras que la vieja la estudiaba, como si estuviera jugando con ella.

— ¡Zia! — Taron le lanzó la daga que antes le había prestado y la agarró por la empuñadura. Sabía que no le ayudaría mucho en aquel combate, pero era mejor que nada. Por la espeluznante risa que soltó la vieja quitapieles, ella también sabía lo inútil que era el arma. Alargó su mano rápidamente hacia ella y Zia golpeó sus largas uñas con la daga, provocando un sonido chirriante. La quitapieles gimió de dolor. Zia tragó saliva, los gritos que había dado antes habían sido aterradores, pero aún le había asustado más ese gemido. No obstante, gracias a eso, había descubierto su punto débil. Localizó su espada y se mordió el labio inferior, pensativa. La espada era mejor recurso que la daga puesto que no tendría que acercarse tanto para golpear sus uñas, pero entonces debería tirar con demasiada fuerza. Si tan solo pudiera despistarla para aprovechar el momento y sacar la espada de entre sus pieles, quizás…

De pronto, algo se desplomó sobre su cabeza. Taron se las había ingeniado para subirse a uno de los árboles mientras que Zia y ella se enfrentaban y se había lanzado en picado sobre ella. Zia no perdió ni un segundo y mientras que ella zarandeaba una y otra vez su desfigurada cabeza para librarse de Taron, se acercó a su barriga para sacar su espada. Agarró la empuñadura con fuerza y consiguió liberarla. Mientras tanto, Taron se aferró a lo que parecía ser su cuello y esquivó como buenamente pudo los manotazos que le propinaba. Antes de soltarse de ella, le clavó un puño en su ojo derecho, haciendo que se retorciera de dolor. Taron cayó despedido por su espalda, gimiendo de asco por la piel muerta que arrastró con él. Entre tanto, Zia salió disparada hacia ella y fue golpeando con la mayor fuerza posible sus asquerosas uñas. Zia levantó la espada y de una estocada, clavó su espada en el ojo izquierdo, logrando que volviera a gritar desesperadamente, escupiendo parte de aquel líquido negro contra el rostro de Zia. Ella ya estaba preparada para el siguiente golpe, alzó de nuevo la espada para embestirla contra la vieja quitapieles, pero tan pronto como estaba dispuesta a acabar con aquella pelea, su adversaria desapareció. Un charco de sangre oscura ocupó su lugar y el sonido de algo arrastrándose se escuchó a lo lejos.

— ¿Ha huido? — Zia apretó la empuñadura de su espalda y la localizó lejos de ellos, ocultándose entre los árboles.

— Creo que sí… — Se limpió la mugre que había lanzado contra su cara y miró a Taron.

— ¿Por qué no me dijiste que existía? — Zia soltó una incrédula carcajada.

— ¿Tengo cara de saber que existía? — Taron esquivó el charco de sangre para acercarse a Zia.

— ¿Por qué crees que nos ha atacado? — Zia desvió la mirada, atenta por si volvía a aparecer. Antes de que pudiera contestar a su pregunta, Taron recordó la leyenda.— ¿Ha sido por fingir que dormíamos?

— No creo que tuviera un motivo.— Zia miró el rasguño de Taron, el cual aún estaba bañado en sangre.— Y ahora voy a curarte eso.

Capítulo 14.

Tatuaje.

Zia pudo hacerle un vendaje a la herida de Taron con cierta improvisación, pero sabía que no corría el peligro de pillar una infección gracias a su manía de llevar siempre hojas de xipneas encima. Eso era lo más importante. Tras el ataque de la vieja quitapieles ninguno de los dos había logrado conciliar el sueño, ni tampoco lo habían intentado. Ambos tenían miedo de acostarse y que ella volviera a aparecer por fingir que dormían. La habían conseguido espantar una vez, ¿quién les aseguraba que volverían a hacerlo? Tampoco habían vuelto a hablar del tema. Lo mejor para superar un miedo era afrontarlo, pero ninguno de los dos conseguiría borrar de sus mentes la imagen de ese monstruo y, la mejor manera de olvidar algo se basaba en no hablar más del tema.

Las ojeras y el cansancio habían hecho mella en los dos. El plan de pasarse toda la noche deambulando no había sido el mejor del mundo, pero el miedo siempre impulsaba a hacer cosas absurdas.

Para colmo, ningún sitio les parecía seguro para descansar, aunque eso dejó de importarles cuando algo más de luz atravesó el Bosque. Estuvieron a punto de descansar en mitad de un claro, pero Zia lo había considerado un lugar demasiado arriesgado. Por lo tanto, ambos habían vuelto a adentrarse entre aquellos árboles. Los de esa zona eran completamente distintos a los que habían visto antes. Los troncos eran trenzados, o formando diferentes figuras geométricas con huecos entre medio.

Después de verse sorprendidos por una fría lluvia, localizaron un enorme árbol que tenía un gigantesco agujero, Taron insistió en meterse él primero. Desde que Zia le había vuelto a dar la daga se le veía mucho más lanzado. Contemplaron la lluvia desde aquella extraña cueva-árbol.

— ¿Cómo es que fuiste capaz de saltar encima de la quitapieles? — Taron le dedicó una sonrisa burlona.

— ¿Me tienes por un cobarde? — Zia se rió levemente, negando con la cabeza.— Entonces, ¿por un debilucho?

— Tampoco.— Aclaró Zia entre risas.— Es solo… Que fue arriesgado, podría no haber salido bien.

— Sí, podría no haber salido bien, pero… Tenía un presentimiento… O llámame loco… ¡Yo qué sé! — Taron hizo una mueca, recordando como se había lanzado en picado hasta la cabeza de aquel ser, sin dudarlo ni un instante. Un impulso lo había obligado a saltar. No estaba al cien por cien seguro de que fuera a salir bien, pero había estado dispuesto a arriesgarse por aquel presentimiento.

— Bueno, gracias a eso, todo salió bien.— Esta vez fue Taron el que se echó a reír.— ¿Qué pasa?

— Que te quitas todo el mérito. Si logramos que se marchara fue gracias a los dos, cada uno puso de su parte.— Zia se terminó de deshacer la trenza y pasó su melena azul por su hombro derecho. Taron la examinó en silencio. Nunca antes había visto a alguien con ese pelo, bueno, sí, había conocido a Zoé, pero no era lo mismo. Más bien porque consideraba que Zia no podía compararse con nadie. Desvió la mirada, sonrojado, cuando lo sorprendió observándola.— Pues sí que llueve, ¿eh? ¿Podemos encender un fuego fatuo aquí dentro?

— No es una mala idea, al menos nos secaríamos un poco.— Taron arrancó con la daga un poco de madera del agujero en el que se encontraban. A pesar del frío, se remangó y se puso manos a la obra. Zia se fijó en sus brazos. Al principio no le había parecido demasiado fuerte, pero después de haberla cargado en su espalda, haberla subido por el árbol y ahora que contemplaba sus músculos, se dio cuenta de que se había precipitado. No es que los tuviera especialmente marcados, pero se notaba que estaba en plena forma. Centró su atención en su antebrazo, ya que tenía un dibujo en él, pero tuvo que apartar la mirada para echar rápidamente los polvos sobre el fuego. Para cuando quiso volver a ver el dibujo, Taron ya lo había tapado con las mangas.— ¿Qué tienes en el antebrazo? — Taron frunció el ceño.— Ya sabes, como un dibujo.

— Ah, sí… — Se subió la manga izquierda y alargó su brazo para que Zia pudiera verlo bien. Ella se atrevió a agarrar su mano para inclinarse hacia él y poder observar el dibujo a la luz verde del fuego.— Es un tatuaje.— Se trataba de una brújula. Una estrella de cuatro puntas, con las correspondientes direcciones posibles; norte, sur, este y oeste; encima de otra estrella que sobresalía entre los huecos de la otra, envueltas en dos círculos concéntricos. El externo estaba dibujado por una línea discontinua mientras que el otro era una línea permanente.— Mi madre tenía tatuada una cruz con los cuatro puntos cardinales… Y me hizo ilusión hacerme algo parecido.

— Es precioso… — Pasó el dedo índice por encima de la brújula, haciéndolo sonreír por la repentina y suave caricia.— ¿No se borra?

— No, siempre estará conmigo.— Zia alzó la cabeza para encontrarse con sus ojos azules, los cuales parecían aún más hipnóticos bajo la luz de aquel fuego. Le dedicó una pequeña sonrisa.

— ¿Tu madre también lo tenía en el antebrazo? — Taron

negó con la cabeza mientras retiraba poco a poco el brazo. Zia acarició sus dedos cuando él se apartó, volviéndole a sacar una pequeña sonrisa.

— Ella lo tenía en la parte de atrás del cuello, por eso solía llevar el pelo recogido.— Taron se quedó contemplando las chispas verdes que bailaban en el fuego.— Ya te dije que mi madre murió el año pasado… — Zia tragó saliva, asintiendo con la cabeza.— Pero no te conté que ella es la razón por la que estoy aquí.— El corazón se le paralizó un instante.— Estaba recopilando información sobre los pueblos colindantes al Bosque. Ella se quedó con las ganas de venir, así que pensé… Que yo podría hacerlo por ella, cumplir de alguna manera su deseo.— Por primera vez se atrevió a mirarla a los ojos. Era la única persona a la que le había contado aquello, además de Einar.— Ahora veo que ha sido una tontería… Lo único que he hecho ha sido ponernos en peligro a ambos. Te he arrastrado conmigo y…

— No.— Lo cortó Zia.— Yo decidí seguirte, yo quise hacerlo, no me arrastraste.— Zia recordó como se había esforzado en ser una buena Vigilante tras la muerte de la maestra Daira. Como si su marcha hubiera sido un interruptor que la hubiera encendido para ser mejor. Era curioso como las desgracias te hacían cambiar, ¿por qué no se evolucionaba también con las cosas buenas? Zia aprendió que de lo malo, se aprende; y con lo bueno, te acomodas. Por eso, entendía perfectamente a Taron.— Ella estaría orgullosa. Eres inteligente, con ganas de aprender y… Valiente.

— ¿Valiente o descerebrado? — Preguntó en tono de broma, luchando contra sus ganas de llorar.— Me alegra no haberte perdido.

— ¿A qué te refieres? — Aquello la desconcertó por completo. Era cierto que habían estado en peligro un par de veces, pero no habían llegado a tal extremo.

— Cuando te pregunté si venías conmigo al Bosque, bueno… Más bien, si me podías dejar entrar y que, a cambio, te vinieras conmigo de viaje.— Se rascó la nuca, recordando como le había lanzado el hidromiel a la cara.

— Pensé que solo te habías acercado a mí por eso… Y me dolió.— Dijo con un hilo de voz.

— Sí, me acerqué a ti porque eras Vigilante y sentía curiosidad.— Confesó Taron.— Pero si nos veíamos todas las noches fue porque me caías bien, porque nos lo pasábamos bien juntos. No había motivos ocultos.— Esta vez fue Taron el que cogió sus manos, atravesando el fuego con los brazos.— De verdad que lo que quería era que fuéramos amigos.— La miró a los ojos de tal manera que sintió que podía leer su alma.

— Lo sé.— Apretó sus manos con suavidad.— Y por eso te seguí.

— ¿Me seguirás después? — Lo había preguntado sin pensar; las palabras le habían salido disparadas de su boca porque necesitaba saber que los días en el Bosque no serían los últimos que pasaría junto a ella.

— ¿Después? — La voz de Zia era puro nervio. Ni siquiera estaba segura de si el Guardián les dejaría salir del Bosque. Sin embargo, no podía decirle la verdad, y no porque se lo impidieran las normas, sino porque no estaba preparada.— Dónde… ¿Dónde tenías pensado ir?

— Al Templo de la Diosa, dicen que está escondido en una de las islas del Este.— Ahí estaba de nuevo, aquella ilusión en sus ojos. ¿Cómo iba a ser ella quien se la quitara? — Imagínatelo, tendríamos que hacernos con un barco y echarnos a la mar… Dime que no nos lo pasaríamos bien.— Una enorme sonrisa apareció en su rostro mientras hablaba.— Quizás hasta podríamos escribir un libro con todas nuestras aventuras.— Zia sintió como su corazón se aceleraba, no solo por la idea del libro, sino por llamarlo «nuestras aventuras».— A lo mejor estoy fantaseando demasiado… — Añadió al ver que Zia no decía ni una palabra.— Pero es que me encantaría… Creo que tú y yo… — Zia contuvo un instante la respiración.—

Haríamos un buen equipo.— Volvió a respirar, regalándole una leve sonrisa. No era que le hubiera disgustado la respuesta, pero por un momento ella había tenido una imagen muy diferente a la que él había descrito.

— Me encantaría.— Sintió un fuerte pinchazo en el estómago. No le engañaba. Obviamente le encantaría marcharse con él a lugares que ni tan siquiera se imaginaba que existían… Pero no era posible. Ya no por las reglas, ni por sus responsabilidades… Apartó poco a poco las manos de las de Taron y rozó la equis de su mejilla de manera instintiva.— Pero… No es tan fácil…

— ¿No te dejarían venirte conmigo? — Zia sonrió con desgana.— ¿Con quién hay que hablar? — Zia suspiró.

— No puedo separarme del Bosque.— Él había sido tan sincero con ella que a Zia le dolía tener que seguir mintiéndole a la cara. Si no estaba preparada para decirle la verdad, al menos podía ir dándole pequeñas pinceladas de realidad.

— Sí que tienes vocación… — El suspiró de Zia se convirtió en un claro ejemplo de pesar.

— No, Taron.— Se señaló su marca.— Estoy atada al Bosque, literalmente.

— ¿Qué?

— Los Vigilantes nacemos para cuidar el Bosque y estamos hechos para estar aquí.— Agachó la cabeza.— Verás, cuando era pequeña, intenté escaparme de Desha varias veces y cuando me alejaba de allí… Aparecía otra vez en el límite del Bosque.— No sabía cuando se le habían llenado los ojos de lágrimas, solo fue consciente cuando una de ellas cayó sobre su rodilla.— Estamos unidos a él.

— Por qué… ¿Por qué no me lo dijiste? — Zia se encogió de hombros.

— No podía contarlo.— Taron pasó la mano por la mejilla de Zia, rozando su equis.— Siento no habértelo dicho… Me encantaría irme contigo, viajar… Pero no puedo irme.— Un silencio sepulcral gobernó aquel momento. Zia lloró mientras Taron la consolaba como buenamente podía.

— Desha no está tan mal.— Dijo al cabo de un rato. Zia levantó la cabeza mientras se limpiaba las lágrimas.— Es un lugar bonito para vivir.

— No digas tonterías… — Taron ladeó la cabeza para poder ver bien sus ojos y le sonrió.

— No las digo.— Zia tragó saliva, preguntándose si de verdad le estaba dejando caer que no le importaría vivir en Desha si ella estaba allí. No obstante, no podía hacerse ilusiones con aquella idea puesto que quizás ni tan siquiera sobrevivieran al Bosque.

— Tendríamos que dormir.— Comentó con cierto cansancio.

— Esta vez sin fingir.

El haber dormido les había aliviado algo su cansancio, pero tampoco había sido un sueño muy reparador, ya que habían dormido sentados y, a lo largo del rato que estuvieron durmiendo, sintieron como las astillas de la madera del árbol se iban clavando en sus cuerpos. Cuando salieron de aquel hueco, sus huesos crujieron y a ambos les costó bastante tiempo estirarse para quedarse a gusto. Les resultó curioso que tras una lluvia tan fría, ahora hiciera tantísimo calor, pero no les quedó otra que seguir caminando, a pesar de las altas temperaturas. Zia aprovechó para mirar de reojo aquella brújula que Taron tenía marcada en su piel. Intentaba no quedarse absorta mirándolo, no solo al tatuaje, sino a él en general. «Desha no está tan mal.» Cada vez que recordaba aquellas palabras, una oleada de sentimientos la invadían por completo. Se alegró cuando salió de su ensimismamiento al ofrecerle Taron parte del pan que llevaba en la bolsa. Comentaron distintas recetas de la Capital de las que ya habían hablado con anterioridad pero pararon de hacerlo cuando sus tripas comenzaron a rugir. No se iban a conformar con un trozo de pan cuando estaban hablando de guisos tan apetitosos.

— Te prometo que algún día te cocinaré esas patatas y…
— Taron se detuvo y Zia se giró para mirarlo.— ¿Hueles eso?
— Zia se había estado imaginando tantos platos que ni tan siquiera había sido consciente del olor tan repugnante que había en el ambiente.— Creo que viene de allí.

— ¿Deberíamos ver qué es? — Taron y Zia se miraron un instante a los ojos y desenvainaron sus armas al mismo tiempo. El camino hacia el apestoso objetivo no fue largo. Un árbol partido por la mitad y unos cuantos cadáveres parecidos a los lobos con los que Zia había luchado el primer día, eran el origen de aquel olor tan nauseabundo. Taron fue a acercarse a inspeccionar lo sucedido, pero Zia lo detuvo agarrándolo del hombro y negó con la cabeza. Ella había matado a aquellos lobos antes y después se habían levantado como si nada. No quería correr riesgos innecesarios.

— ¿Quién crees que los ha matado? — Zia contempló la escena con detenimiento. La verdad es que aquellos lobos tenían peor pinta que cuando ella los había herido. Sus cuerpos estaban prácticamente despedazados y seguramente, quien hubiera destrozado sus cuerpos, también había partido ese árbol.— Es extraño, para la poca carne que tienen, huelen fatal.— Finalmente, Zia se atrevió a dar un par de pasos hacia ellos para intentar aclarar los hechos y Taron la imitó. Zia se agachó para examinar los cadáveres. Los pocos huesos que tenían estaban completamente fracturados. Aunque recuperaran la vida de manera instantánea, no podrían ponerse en pie. El animal que los hubiera atacado debía ser extremadamente letal.— Zia, fíjate en eso.— Se incorporó y miró a la dirección que le indicaba el dedo índice de Taron. Aguantó un segundo la respiración. Había muchos más árboles destrozados por la mitad más hacia delante.— Eso no ha podido hacerlo un animal solo…

— Depende del tamaño… — Sugirió Zia, sintiendo un nudo en la garganta. Ambos se acercaron a los demás troncos esparcidos por el suelo. No era un corte limpio, sino como si algo se hubiera estrellado sucesivas veces contra ellos hasta derribarlos. Aún así, la fractura seguía siendo a mucha altura, por lo que el animal que los hubiera provocado, debía ser bastante alto.— Creo que será mejor que nos marchemos de esta zona.

— Zia.— En cuanto se dio la vuelta, comprendió la angustia en la voz de Taron. Los cuerpos de los lobos ya no estaban en el suelo, habían desaparecido.— ¿Dónde están?

— Mantente alerta.— Taron asintió con la cabeza, empuñando la daga con decisión. Zia echó un rápido vistazo a su alrededor. Volvieron tras sus pasos muy lentamente para no hacer el menor ruido.

— Z... Zia... — Ladeó la cabeza para mirar a Taron. Una par de gotas de sangre cayeron sobre su nariz. Por mucho esfuerzo que Taron pusiera en permanecer firme, un escalofrío recorrió su espalda. Ambos se dieron la vuelta y abrieron los ojos, estupefactos.

Ante ellos se alzaba una criatura que nunca antes habían visto. Su figura era parecida a la de un ciervo, pero su tamaño era descomunal. Sus patas eran ligeramente enclenques y ni tan siquiera terminaban en pezuñas. Sin embargo, era imposible mirar a otro sitio que no fuera su cabeza. Cubierta por una calavera que parecía quedarle grande y además pertenecer a una especie distinta. Detrás de ella, brotaban unos colosales cuernos con multitud de ramificaciones. Zia tragó saliva. No solo tenía cuernos en la cabeza, sino que había más sobre su lomo. Su pelaje negro brillaba a causa de las constantes gotas de sangre que caían de los lobos muertos que tenía anclados a sus cuernos. De pronto, alzó sus patas delanteras, soltando un extraño y ensordecedor rugido. Su cuerpo parecía tener una elasticidad impropia para su especie, ya que consiguió mantenerse erguido, pareciendo aún más enorme. Además, su grito no significaba que quisiera iniciar una pelea, sino algo mucho peor. Una gran cantidad de monstruos como ese, aparecieron detrás de él.

— Corre.— A pesar de la advertencia de Zia, Taron estaba inmovilizado por el miedo.

— ¿Por qué no vienen? — Zia apretó su mano mientras corría sin darse la vuelta para verificar si lo que Taron decía era cierto o no.

— Nos están dando ventaja.— Taron frunció el ceño, sin comprender aquello.— Es una cacería.

— ¿Cómo lo sabes? — Zia giró la cabeza para mirarlo fijamente a los ojos.

— Es un presentimiento.— Taron recordó la conversación que habían mantenido en el árbol y asintió con la cabeza, corriendo junto a ella. No hizo falta esperar mucho tiempo para darse cuenta de que Zia tenía razón. Otro feroz rugido se escuchó antes de que pudieran escucharse las pisadas de aquellos seres hacia ellos.

— ¿Qué hacemos? Subirse a los árboles no servirá de nada esta vez.— Zia barajó todas sus posibilidades, las cuales eran nulas. Lo único que podían hacer era correr hasta encontrar un sitio seguro. Un estrepitoso sonido los hizo detenerse un instante. Se dieron la vuelta inconscientemente. Los árboles caían con cada golpe que le propinaban con los cuernos. Ambos se dirigieron una rápida mirada y echaron a correr de nuevo. Si tuvieran la suerte de encontrar un sitio seguro… «Desde arriba no podían atacarlos porque estaban protegidos por la multitud de cuernos. En la cabeza no podían golpearlos porque tenían la cabeza recubierta con aquella calavera. Lo único que les quedaba desprotegido eran… Las piernas.» Pensó Taron.— Si pudiera herirles las patas de alguna manera… Quizás podría acabar con ellos.— Reflexionó Taron en voz alta.

— ¿Y cómo narices vas a hacer eso? — Cuestionó Zia sin dejar de correr, con una voz asfixiada.— No podemos luchar contra ellos, hay que esconderse.

— ¿Dónde? ¡No hay nada! — La pregunta de Taron fue respondida por el azar en cuestión de segundos.

— Ahí.— Taron abrió los ojos, incrédulo. Al este, había una zona llena de matorrales con espinas casi tan altos como los árboles. Sus ramas estaban entrelazadas entre sí, formando una peligrosa pared repleta de espinas que, por supuesto, también había en su interior.— No querrán entrar ahí.

— ¡Y nosotros tampoco! ¿Has visto el grosor de esas espinas? — Zia tiró de él, a pesar de sus negativas.— Zia, si entramos ahí moriremos por nuestra cuenta en lugar de que nos maten ellos.

— Nos arrastraremos por el suelo, cabemos si pasamos por debajo.— Taron abrió la boca para darle mil argumentos sobre por qué no deberían hacerlo, pero lo único que salió de su boca, fue una pregunta.

— ¿Acaso te has vuelto loca? — Zia se colocó a cuatro patas a medida que se aproximaban a los matorrales y agarró la pierna de Taron.— Zia, ¡es una locura! Han destrozado árboles, ¿por qué no iban a arramplar con esto?

— Confía en mí.— Taron le echó un último vistazo a sus perseguidores, los cuales estaban cada vez más cerca. Corrían con sus cuernos hacia delante, preparados para embestir cualquier obstáculo que se les pusiera por delante. Taron negó con la cabeza y chasqueó la lengua.

— Maldita sea.— Se tiró al suelo y Zia le sonrió a modo de agradecimiento. Sus cuerpos pasaban de manera justa entre las espinas. Reptaron por el suelo lo más rápido que pudieron, pero sin dejar de ser cuidadosos. Tosieron por la tierra que se iban llevando a la boca por estar tan pegados al suelo. Las pisadas de sus perseguidores cada vez se escuchaban más cerca y, de pronto, Zia se detuvo.— ¿Qué haces? — Susurró Taron.

— Sh, aquí estaremos a salvo.— Taron maldijo mentalmente su suerte un millón de veces, pero obedeció a Zia sin rechistar. Si ella decía que estarían seguros ahí, no dudaría de ella. Sin embargo, cuando sintió a sus depredadores cerca de los matorrales, su cara palideció. Miró a Zia de reojo para ver si estaba igual de asustada que él, pero su rostro reflejaba una envidiosa seguridad. Los matorrales fueron zarandeados por las bestias y se podía escuchar como los olfateaban. Todo se quedó completamente quieto, como si el tiempo se hubiera detenido en aquel instante. Un feroz rugido de uno de los ciervos, provocó los rugidos de los demás y otra vez se escucharon las pisadas. Taron giró la cabeza para ver qué ocurría. Entrecerró los ojos, asustado, pero para su sorpresa, vio las patas de sus depredadores marchándose a otra dirección.— Vamos, sigamos.— Continuaron arrastrándose por el suelo más tiempo del que cualquiera de los dos hubiera deseado. Ambos aceleraron la marcha cuando divisaron unos cuantos rayos de luz, cayendo en la cuenta de que el final estaba cerca. Sin embargo, no les dio tiempo a ponerse de pie cuando rodaron por una pequeña ladera que había al final de aquellos matorrales.

— ¿Me puedes explicar qué demonios ha pasado? — Dijo mientras se intentaba recomponer de la caída, sentándose en el suelo mientras se limpiaba todo el polvo que se había llevado con él.— ¿Por qué no han entrado? Podrían haber destruido todo eso.— Zia hizo caso omiso de sus palabras y, a duras penas, consiguió ponerse de pie.

— ¿Te has rozado con las espinas? — Taron frunció el ceño y extendió los brazos, enseñándole todos los arañazos.

— Era imposible no hacerlo.— Zia palpó sus bolsillos, sacando de éste unas cuantas hojas de flores que nunca antes había visto.— ¿Qué es eso?

— Pétalos de Wafibes.— Le tendió un pétalo de color turquesa mientras que ella se metía otro en la boca.— Mastícalo bien y cómetelo.

— ¿Qué? — Zia se limitó a mirarlo como si le hubiera dado las instrucciones más sencillas del mundo. Suspiró y la imitó. Estaban sumamente amargas y lo único que quería era dejar de masticarlas, pero las indicaciones de Zia habían sido sumamente precisas.— ¿Por qué nos hemos tenido que comer esa asquerosidad?

— Para evitar que haga efecto el veneno de las espinas.— Taron abrió los ojos de tal manera que parecía que se saldrían de las cuencas.— Por eso sabía que no entrarían ahí. A pesar de no ser animales corrientes, actúan como tales. En cuanto detectan algún peligro, huyen de él. Por el olor identifican cuando una planta es venenosa y se alejan.

— ¿Sabías que era venenosa y aún así nos hemos metido ahí dentro? – Zia se encogió de hombros.

— Me he caído mil veces en zarzas como esa, sabía que con comerse pétalos de Wafibes después… Sería como si nada.— Taron aún seguía estupefacto.— No te puedes ni imaginar la de libros de herbología que me he leído…

— Aunque tengas un conocimiento de herbología excepcional, me gustaría que me consultaras antes de meterme dentro de unas zarzas como esas… Verás, puede que…

— Taron.

— No, no me interrumpas. Estoy tratando de decirte que me gustaría estar informado de tus planes antes de…

— Taron, mira.— Refunfuñó como un niño pequeño pero miró en la dirección que estaba observando Zia. Estaban en mitad de un prado en el que había una casa justo en el medio.

— ¿Quién vive ahí? — Zia no se giró para mirarlo.— ¿Será el Guardián?

Capítulo 15.

Verde.

Zia no podía terminar de creerse que hubiera una casa dentro del Bosque. ¿Quién la habría construido? ¿Qué motivos tendría? ¿Taron tendría razón y el Guardián viviría ahí? Había algo en ese sitio que le resultaba extrañamente familiar, pero no sabía concretamente el qué.

Aunque Taron quería entrar, Zia no lo tenía del todo claro. Sin embargo, podía ser un sitio en el que resguardarse ahora que la noche empezaba a caer. Hacía un frío que calaba los huesos y, por mucho abrigo que llevaran encima, pasar una noche a la intemperie era una auténtica locura.

Taron ya había conseguido abrir la puerta, después de soltar mil y un improperios al estar ésta atascada. Una nube de polvo sacudió la cara de los dos. Taron tosió mientras zarandeaba su mano, intentando despejarse. Zia se tapó la nariz, acercándose aún más a la puerta y a Taron.

— ¿De verdad crees que es buena idea que entremos ahí? — Preguntó Zia, asomándose un poco para ver el interior.

— No lo sé... Pero es que ya no sé qué es buena idea o no aquí dentro.— Contestó Taron, dejándola sin saber qué decir. Empujó la puerta, levantando otra vez un poco de polvo.— Además, ahora que aún es de día, podemos examinar bien la casa.

— Llevas razón.— Zia fue la primera en poner un pie dentro de aquel polvoriento vestíbulo. No hacía falta ser un genio para darse cuenta de que esa casa estaba deshabitada. Nadie podía vivir en semejantes condiciones. Los muebles parecían ser bastante antiguos, pero pegaban con el estilo anticuado de la casa. Las tablas que formaban el suelo de la casa estaban carcomidas, había unos cuantos clavos medio sacados y había algunos agujeros en el suelo. Una alfombra muy roída conducía hasta una escalera que también estaba en mal estado. El pasamanos estaba astillado, aunque seguro que había pasado por mejores momentos. Hacía mil años… Tal vez.

— Es como si hubieran entrado a robar aquí, no es ni normal.— Comentó Taron, fijándose en las sillas que había rotas y tiradas por el suelo. Continuó andando por la sala hasta llegar a la habitación que había justo al lado.— Aquí está la cocina, o al menos eso es lo que pretende ser.— Zia lo siguió, prestando atención a todo lo que había a su alrededor. Comprendió al instante a qué se refería Taron. Todos los muebles que componían la cocina estaban rotos, con arañazos en la madera y el hornillo estaba cubierto de una asquerosa capa de polvo y mugre que apestaba. Ambos salieron de la cocina y miraron de reojo la escalera.

— ¿Probamos? — Taron asintió con la cabeza y probó a poner primero un solo pie para comprobar su resistencia. La madera de los escalones parecía aguantar lo suficiente pero los dos subieron con bastante cuidado por miedo a que se desplomara en cualquier momento. En la planta superior no había gran cosa. Un pequeño dormitorio con la misma mala pinta que las restantes habitaciones y un cuarto de baño completamente cubierto de moho.

— Supongo que es mejor que dormir fuera.— Dijo Taron, poniendo los brazos en jarra mientras continuaba mirando a su alrededor.— Diría que aquí no ha vivido nadie desde hace… No sé… ¿Cien mil años? — Zia soltó una suave carcajada.

— No pienso dormir en esa cama que hay arriba, ¿has visto que estaba hecha de paja? — Taron asintió con la cabeza, echándose a reír.— Podemos hacer aquí un fuego y dormir en el suelo.

— Es lo que está más limpio… Bueno, si apartamos la alfombra un poco… Porque da más asco que dormir en el hueco de un árbol. — Ambos se llevaron las manos a la espalda automáticamente, recordando el dolor que habían sentido después de dormir en aquel hueco y se rieron al comprobar que los dos habían hecho el mismo gesto.— Voy a aprovechar algo de madera.— Se agachó y usó la daga para intentar sacar los clavos que mantenían la tabla del suelo unidas a otras. Zia lo imitó y ambos acumularon una gran cantidad en el centro de la sala. En cuestión de minutos tenían una buena fogata que Zia perfeccionó al echarle sus polvos. Por primera vez, se sentaron el uno al lado del otro. Siempre se habían sentado uno frente a otro, pero esta vez hacía demasiado frío como para permanecer separados.

— Este sitio me recuerda a algo, pero no sé a qué.— Taron extendió los brazos para acercar sus manos al fuego, entrecerrando los ojos.

— La verdad es que yo tengo la misma sensación.— Confesó Taron.— Pero lo único que me importa es que hoy podré tener la espalda estirada mientras duermo.— Zia sonrió, aferrándose a su propio abrigo para sentir aún más calor.

— Sin fingir, ¿no? — Taron le dedicó una media sonrisa.

— Sí, por favor, aunque no fingiría si cierta Vigilante no se fuera por su cuenta... — Zia puso los ojos en blanco, dándole después un suave empujón.

— Eso ha sido un golpe muy bajo… — Taron se dejó de empujar, sin poder aguantar la risa.— Fue una estupidez… Solo quería ayudar.

— ¿Cómo que solo querías ayudar? Es lo único que has hecho desde que te vi en el Bosque. Si seguimos vivos es gracias a ti.— Zia se sonrojó. No supo si era por el cumplido que le había hecho, si por el calor del fuego, o porque Taron había pasado el brazo por encima de sus hombros. Solo había estado así de cerca de Dru, y de vez en cuando de Zoé, pero se sentía extrañamente cómoda estando así con él.

Zia apoyó la nuca en el pecho de Taron y, aunque al principio no sabía si le incomodaría, esa idea se le fue de la cabeza en el momento que él la abrazó con más fuerza. Tragó saliva, algo nerviosa, pero disfrutó de aquel momento de tranquilidad que el Bosque les había brindado. Aún así, por mucha calma que sintiera, siempre notaba aquellos nervios traicioneros en el estómago. Aquellos que le recordaban que no estaba siendo sincera con él. No obstante, alejó aquellos pensamientos de su mente en el momento que Taron comenzó a acariciar con suavidad su brazo.

— ¿Estás cómoda? — Zia se limitó a asentir con la cabeza, ya que era consciente de que en ese momento no podría soltar ni una palabra.— Mejor, así me aseguro de que no te vas.— Zia sonrió para sí misma. Ya sí que era prácticamente de noche y con la cálida sensación que sentía, fue cerrando poco a poco los ojos. Sin embargo, el rato que permaneció con los ojos cerrados duró bastante poco. Un sonido la sacó de su estado de trance.

— ¿Has escuchado eso? — Por lo que tardó Taron en contestar, Zia se dio cuenta de que él también se había quedado medio dormido. ¿Estaría él igual de cómodo que ella cuando estaban juntos? Suspiró, girando la cabeza para mirarlo a los ojos y justo cuando iba a acariciar su mejilla, abrió los ojos. Las mejillas de Zia se encendieron de vergüenza y se apartó rápidamente hacia atrás, levantándose del suelo.— Te decía que si habías oído eso…

— Habrá sido el viento.— Dijo él tras un bostezo.

— No me ha sonado a eso… — Zia desenvainó su espada.— Voy a echar un vistazo…

— Pero si ya lo hemos registrado todo… — Taron extendió sus brazos hacia arriba, estirándose y se echó hacia atrás, tumbándose ligeramente sobre el suelo.

— No.— Zia se detuvo frente a una puerta que había bajo las escaleras.— ¿Te habías fijado en esta puerta? — Taron se incorporó con el ceño frunciendo, haciendo memoria.

— No me había dado cuenta.— Zia empujó la puerta suavemente, escuchándose un ligero crujido.— ¿Hay otra habitación?

— Hay unas escaleras.— Zia se asomó.— Trae un poco de fuego.— Taron sacó una de las tablas a modo de antorcha y fue hacia la puerta donde estaba Zia.

— ¿Estás segura de que es buena idea bajar? — Zia se mordió el labio inferior, dubitativa.

— Yo tampoco sé que es buena idea y que no.— Taron se rió ligeramente, recordando sus palabras y se encogió de hombros.

— Pues vamos.— Taron entró primero para ir iluminando la zona. Las escaleras crujían con cada paso que daban, aunque parecían estar en mejor estado que las que conducían al piso de arriba. Era curioso que hubiera menos polvo allí abajo, aunque sí que se apreciaba un asqueroso olor a humedad. Abajo no había tablas de madera, ya que el suelo era de tierra y, por el sonido que provocaron sus pisadas, parecía estar mojada.

— Qué... — Taron iluminó la sala con la improvisada antorcha. El suelo estaba repleto de lápidas hechas de piedra. Algunas estaban levemente destrozadas, otras inclinadas. Pero sin duda eran demasiadas. Zia fue leyendo uno a uno los nombres que había grabados en aquellas tumbas y aguantó la respiración cuando leyó un nombre que le resultó familiar: DRAC.

— Zia, tenemos que marcharnos ya de este sitio. Ahora.— Ella frunció el ceño sin comprender tanta urgencia. Taron movió la antorcha sobre dos de las tumbas. Zia abrió la boca para decir algo, pero el miedo y la sorpresa la dejaron muda. TARON. ZIA. Sus nombres estaban escritos.— Estamos en la casa juguetona.

— ¿Qué? Pero… Eso solo era una leyenda… — Taron cogió su mano para dirigirse a las escaleras.

— También lo era la vieja quitapieles.— Zia tragó saliva, sintiendo como su pulso se aceleraba.

— Vámonos de aquí.

Subieron las escaleras con más velocidad de la que emplearon para bajar. La puerta que conducía al sótano golpeó bruscamente la pared cuando Zia la abrió con rapidez. Taron iluminó la estancia con su antorcha, puesto que la fogata que habían hecho estaba apagada.

— ¿Qué ha pasado? — Preguntó Zia confundida.

— Que ya es de noche.— Dijo Taron, Zia alzó las cejas.— La casa ya está viva.— Recordó como Drac fue tragado por la casa en el momento que oscureció; fue directa hacia la puerta de entrada pero Taron se lo impidió.— Eso es lo que hizo Drac antes de morir.

— ¿Y qué hacemos entonces? — Las tablas de madera comenzaron a hundirse. Se escuchaban crujidos procedentes de todos los lados de la casa, como si fuera una persona estirándose al despertar.

— Improvisar.— Taron examinó de nuevo la habitación con la mirada y se dio cuenta de que un cuadrado de la pared no estaba formada por ladrillos, ni tan siquiera estaba pintada. La suciedad y la verdina impedían ver lo que allí había… Una ventana. Taron volvió a agarrar la mano de Zia y tiró de ella.

Saltaron para esquivar las maderas que se levantaban y, cuando estaban aún más cerca de la ventana, cogió carrerilla, estrellándose contra ésta para hacerla añicos, ayudándose con la antorcha. Cuando estuvo fuera, se dio la vuelta para ayudar a Zia, viendo como la alfombra roída se alzaba, como si de una lengua se tratara, e iba hacia Zia. La agarró por debajo de los brazos, y tiró de ella con fuerza, cayéndose encima de él. Aún así, la alfombra-lengua también salió por el hueco de la ventana rota, dispuesta a atraparlos. Sin pensárselo dos veces, Taron se abrazó a Zia y se impulsó con los pies, echándose a rodar mientras que el suelo temblaba bajo sus cuerpos. El Bosque cambió de forma justo a tiempo.

Cuando Taron abrió los ojos, ya no era de noche. Tenía los labios morados por el frío y estaba lleno de rasguños por haber atravesado la ventana, pero lo importante era que seguían vivos. Zia estaba sentada de espaldas a él. Al principio no comprendió por qué no lo miraba, pero después se dio cuenta del motivo. No estaban solos. Taron nunca antes había visto a personas así, si es que podía considerarlas como tal. Tampoco había leído jamás sobre seres con ese aspecto. Su figura era como la de cualquier humano. Cabeza, dos brazos, torso, dos piernas, manos, pies... Todo era normal hasta que observabas su rostro y te fijabas en su piel verdosa. Tenían dos grandes ojos y otro, un poco más grande, en la frente. Sus pupilas tenían la forma de una estrella de cinco puntas de color amarillo y sus iris eran de color negro. En lugar de orejas, poseían unas coloridas alas de mariposa, quizás las tuvieran detrás de éstas, pero se mantenían bien ocultas. Tenían una nariz pequeña y respingona. Sus labios estaban formados por minúsculos pétalos de distintos colores. Poseían un cabello verde oscuro que les llegaba por la cintura, aunque parte de éste lo tenían recogido en un moño alto. Ningún mechón de pelo caía por encima del ojo de su frente puesto que llevaban una diadema de rosas marchitas para apartárselo. De la parte superior de su cabeza brotaban más alas de mariposa, pero de diferentes colores que las de sus orejas. También tenían rosas marchitas alrededor del cuello, como si se tratara de un collar. De su piel verdosa emergían espinas que atravesaban sucesivas veces su piel. Sin embargo, no parecían provocarle ningún tipo de dolor. Todas llevaban largas túnicas grises que realzaban su esbelta figura. La verdad era que aquellos seres eran preciosos a su manera.

— ¿Te han dicho o hecho algo? — Susurró Taron, mientras se arrastraba hacia ella para sentarse a su lado. Zia negó con la cabeza, sin apartar la vista de aquellas extrañas criaturas. Quiso comprobar si Taron se encontraba bien, pero aún estaba evaluando si entrañaban algún tipo de peligro. No sabía si era su dulce aroma, la forma en la que pestañeaban tan inocentemente o su aspecto semihumano, pero le transmitía un aura de paz y tranquilidad que nunca antes había sentido. Zia creyó que si la Diosa de la Vida hubiera tenido ayudantes, hubieran tenido ese aspecto.

La persona que parecía estar al mando de aquel grupo, hizo el amago de hablar pero no emitió ningún tipo de sonido; lo único que ocurrió fue que un montón de pétalos cayeron desde sus labios hasta el suelo. Ambos se dirigieron una rápida mirada, y aunque Zia quiso volver a mirar a aquellos seres, no pudo evitar centrarse en las heridas que tenía Taron. Ella apenas se había hecho daño porque él la había protegido con su cuerpo al caer por el hueco de la ventana y también cuando rodaban por el suelo.

— Taron… ¿Te duelen? — Taron negó con la cabeza, restándole importancia. Aún así, Zia se inclinó hacia él para comprobar la gravedad de sus rasguños. No obstante, no fue ella la única que se acercó a él. La semihumana de color verde se agachó y alargó la mano hasta el rostro de Taron. Zia se cercioró de que, a diferencia de los humanos, sus dedos carecían de uñas. La yema de su dedo índice recorrió el arañazo que Taron tenía en la barbilla. Un agradable cosquilleo recorrió el cuerpo de Taron y, a medida que el dedo dibujó su herida, ésta fue desapareciendo. Zia abrió los ojos, sorprendida, aunque no tanto como Taron, el cual hasta se había sonrojado.

— ¿Cómo habéis hecho eso? — Dijo Taron en un hilo de voz.

— Vivos… — Esta vez, los dos fueron conscientes de lo que ella dijo. Volvieron a mirarse, sin comprender a qué se refería.— Vi-vi… Vivos…

— ¿Crees que quieren ayudarnos? — Susurró Taron sin quitarle la vista de encima a las criaturas.— A fin de cuentas… Me ha curado.

Otra de esas personas, extendió el brazo para tenderle la mano a Zia, al igual que la que acababa de curar a Taron se la ofrecía a él. Volvieron a dedicarse una mirada con la que ambos comprendieron que ninguno de los dos tenía ni la más mínima idea de qué hacer. Aún así, ambos eran conscientes de que no podían mantenerlos en espera, y fue Taron quien, finalmente, agarró la mano que le ofrecían. Zia lo imitó, y no supo si ellas se alegraron o no por haber aceptado acompañarlas. Anduvieron como en una procesión. Dos personas verdes caminaban por delante de ellos; cuatro caminaban detrás; y unos cinco a cada lado. Zia y Taron iban situados en medio de ellos en absoluto silencio.

A medida que avanzaban, los seres entonaron un extraño pero pegadizo cántico que iba dejando el camino repleto de pétalos de flores. Taron y Zia se dirigieron alguna que otra mirada llena de incertidumbre. Habían decidido seguirlos, sí, pero realmente no tenían ni idea de a dónde se dirigían. A pesar de haberles hecho un par de preguntas al respecto, ninguno de sus acompañantes les respondió nada. La única palabra comprensible que murmuraban era «vivos» y aquello no les resolvía nada en absoluto. A pesar de todas sus dudas, ninguno de los dos sentía que estuvieran en peligro. Misteriosamente, seguían transmitiéndole una tranquilidad que jamás antes habían sentido.

El cántico comenzó a ser cada vez más alto y agudo, y eso les sugirió que quizás estaban llegando a su destino.

— Algo nos sigue… — Murmuró Zia, contemplando como las copas de los árboles se agitaban.

— Sí, llevan detrás de nosotros todo el camino… Son personas verdes, ¿recuerdas? — Zia puso los ojos en blanco tras la broma de Taron. Le señaló los árboles zarandeándose, pero fue incapaz de ver nada entre las hojas.

De pronto, Zia lo sintió. Algo no marchaba bien, no sabía el qué, pero había algo que le daba mala espina. No sabía si se trataba del perseguidor que los observaba entre las ramas o si esos seres que los custodiaban ocultaban algo. Con cada paso que daban, el ambiente se iba tornando cada vez más oscuro. No era que estuviera anocheciendo ni nada por el estilo, sino que el Bosque era cada vez más sombrío, incluso la temperatura había caído en picado. Dejaron atrás las hojas verdosas para encontrarse con unas que parecían estar cubiertas de ceniza. Si no fuera porque el Bosque impedía la existencia del fuego, Zia incluso juraría que olía a quemado. Un chasquido la hizo centrarse en el suelo que pisaban, pero no le dio tiempo a comprobar de qué se trataba. Cuando quiso detenerse a echar un ojo, una de las criaturas que marchaban detrás, la empujó con cierto cuidado para que continuara andando. Repitieron una y otra vez la palabra «vivos» y en esta ocasión, ninguno de los dos sintió aquella aura de bienestar, sino todo lo contrario.

Sus acompañantes se detuvieron frente lo que parecía ser un árbol más grande que el resto, pero sin nada fuera de lo normal. Sin embargo, todos ellos se inclinaron ante él, alabándolo. Taron abrió los ojos de par en par cuando se dio cuenta de que no era un árbol de verdad. Su tronco estaba compuesto por huesos en lugar de por madera, y sus ramas desnudas también eran huesos. En los pequeños huecos que había entre éstos, se derramaba una pringosa y espesa savia de un color espeluznantemente similar al de la sangre.

Zia y Taron dieron un paso hacia atrás, o más bien, lo intentaron, ya que sus acompañantes, agarraron sus tobillos, inmovilizándolos. Los que estaban delante de ellos, se arrastraron por el suelo, apartándose de su camino. Los que estaban a su lado, los sujetaron. No les dio tiempo a armarse para protegerse. Los apresaron sin problemas, volviendo a repetir aquel chirriante cántico mientras los empujaban hacia los huesos que formaban el árbol. Zia no sabía qué ocurriría si se acercaban a él, pero tampoco quería comprobarlo, y Taron pensaba lo mismo que ella. Por mucha fuerza que emplearan sus secuestradores para empujarlos, tanto Zia como Taron los frenaban clavando sus pies en la tierra. En cuanto tuvo la fuerza suficiente, Zia apartó uno de sus pies del suelo, tambaleándose por un instante, para después golpear a la criatura que la mantenía agarrada.

— Eso no os servirá de nada.— Una voz grave resonó entre los árboles, y aunque Zia y Taron miraron su entorno estupefactos para buscar el origen del que provenía aquella voz, las personas verdes no parecieron inmutarse, como si ellos no la hubieran escuchado. Aún así, Taron logró zafarse de su captor, propinándole un puñetazo en la cara, pero con la mala suerte de clavarse una de las espinas que brotaban de su piel, haciendo que sus nudillos sangraran.

— ¡Taron! — Exclamó Zia cuando lo tiraron al suelo. A pesar del agarre, Zia se las apañó para darle un fuerte codazo en el abdomen para que la soltara y en cuanto lo hizo, desenvainó rápidamente su espada, protegiendo a Taron cuando iban a golpearlo.— Ni se os ocurra tocarlo.— Extendió su espada hacia ellos para mantenerlos alejados.— ¿Estás bien?

— Repito, no os servirá de nada.— Aquella voz resonaba de nuevo.

— ¿Dónde estás? — Preguntó Zia sin apartar la vista de sus oponentes. Uno de ellos, dio un paso hacia ella.— No te acerques.— La criatura ladeó la cabeza hacia la derecha y después a la izquierda muy despacio. Los tres ojos que antes le habían resultado adorables, ahora le provocaban escalofríos. Era como si la estudiaran con una frialdad impredecible. Aún así, mantuvo su espada recta, sin mostrarle el miedo que sentía.— He dicho que te alejes.— Parpadeó lentamente, haciendo que Zia frunciera el ceño. En un visto y no visto, una extraña liana de hiedra repleta de espinas salió disparada de su piel, enredándose en la hoja de la espada y tiró de ella hasta arrancársela de las manos. Taron intentó reaccionar para defenderla de alguna manera, pero ambos volvieron a ser atrapados inmediatamente entre aquellas manos verdosas. Tiraron de Zia, pero esta vez, levantándola del suelo lo suficiente como para no frenarlos con los pies.

— ¡Zia! — Intentó luchar contra ellos para correr hacia ella, pero su cuerpo estaba débil. Estaba repleto de heridas, llevaba días alimentándose de trozos de pan y había dormido más bien poco.

Un miedo irracional invadió a Zia por completo, las lágrimas inundaron sus ojos. Iba a morir. No estaba segura de lo que sucedería cuando tocara el árbol, pero algo le decía que ya se había acabado todo. La historia había llegado a su fin.

Sus dedos fueron lo primero que rozaron aquellos huesos. Los sintió arder, como si hubiese atravesado un mar de llamas. Quiso gritar de dolor, pero ni tan siquiera le salía la voz. Un profundo y fuerte suspiro intervino en aquel desagradable momento.

— Qué remedio… — Algo atravesó las ramas de hueso,

haciendo que las personas verdes gritaran. Zia aprovechó para liberarse de ellos, apartando la mano del tronco. Chasqueó la lengua, mirándose rápidamente los dedos para luego centrar su atención en lo que ocurría a su alrededor. Un extraño animal se deslizó por el tronco, partiendo la gran mayoría de los huesos que lo componían. Las criaturas volvieron a gritar, como si les hubiesen herido a ellos. Zia aprovechó la confusión para recuperar su espada, mientras que Taron corrió hacia ella cuando las personas verdes lo soltaron.

— ¿Estás bien? — Le preguntó antes de estrecharla entre sus brazos, sin importarle lo que ocurría.

— Ya habrá tiempo para eso.— Su salvador estaba delante de ellos, indicándoles con la cabeza que lo siguieran. Las criaturas verdes gritaban y lloraban desconsoladas a orillas del destrozado árbol. Los dos se miraron, preguntándose si podían fiarse de otro habitante del Bosque, pero tuvieron que salir corriendo de allí por miedo a que tomaran represalias.

El animal que los guiaba era sumamente raro.

Era un zorro de pelaje rojo oscuro con unos ojos amarillentos de un tamaño similar al de los humanos, realmente no le cuadraban en la cara. Su torso tenía forma de espiral, estaba estrangulado, como si fuera una especie de muelle. Tenía tres voluminosas colas blancas que iban a juego con sus patas y, por como lo llevaban siguiendo un rato, era un animal extraordinariamente ágil. Por fin, se detuvieron para recuperar el aliento.

— ¿Por qué querían matarnos? ¿Por qué me curaron si luego pretendían acabar con nuestra vida? Los otros seres que nos atacaron supongo que simplemente nos querían comer, pero… ¿Y estos? — Zia no tenía respuestas para sus preguntas, pero su nuevo acompañante sí que las tenía.

— Si te curaron solo fue para que los siguierais y querían mataros porque es así como deben estar los humanos en este lugar.— Taron frunció el ceño mientras que Zia se quedó completamente paralizada. El zorro estrangulado miró a Zia.— ¿Aún no le has contado la verdad, Vigilante? — Vio de reojo como Taron se giraba hacia ella.

— ¿La verdad? ¿A qué se refiere? — Había estado alejando ese momento lo máximo posible y, ahora… Ahí estaban, frente a la preguntaba que odiaba tener que responderle.— Zia.

— Yo… — No tenía ni idea de cómo explicarle la verdad, ni cómo empezar.

— No es tan difícil.– El zorro se rascó sus tres colas usando el tronco del árbol.— Si quieres, se lo explico yo.

— No.— Zia lo cortó. Sería aún peor si no se lo decía ella misma.— Taron… El Bosque… Aquí entran las personas que han sido llamadas por el Dios de la muerte. Es la antesala de las puertas al Más allá.

Capítulo 16.
Ojo por ojo.

— Taron, por favor, di algo… — No sabía cuánto tiempo llevaba en absoluto silencio. Le había contado la misma historia que la maestra Daira, palabra por palabra, incluso con la misma tranquilidad que ella había empleado.

Esperaba que tras contarle aquella historia, sus dudas quedaran más o menos resueltas, o incluso que tuviera aún más preguntas que formularle, pero lo que hizo fue permanecer callado.

El zorro también estuvo callado, estudiándolos desde las sombras, recostado en el suelo. De vez en cuando se lamía las patas, siendo ese el único sonido que se escuchaba en aquel desesperante silencio. Taron se había sentado sobre una roca y miraba hacia ninguna parte. Zia, por su parte, se mantuvo de pie, con la espalda apoyada sobre un tronco. En más de una ocasión lo miraba, esperando algún tipo de reacción o un gesto aunque fuera, pero no había nada de eso. Ni tan siquiera se dignaba a mirarla.

Zia pensó en decir algo, pero no tenía ni idea de qué decirle, ni de cómo tratarlo y mucho menos de cómo animarlo. Taron logró alzar la cabeza para encontrarse con los ojos grises de Zia. Una oleada de pensamientos invadió su cabeza en el momento que Zia le confesó la realidad acerca del Bosque, tantos que no podía articular ninguno con palabras.

— Taron… ¿Estás bien? — Se arrepintió de la pregunta nada más soltarla, pero fue lo primero que se le pasó por la mente cuando vio su rostro.

— ¿De verdad me estás preguntando si estoy bien? — Zia tragó saliva, desviando la mirada y Taron se levantó de la roca.— ¿Por qué no me lo dijiste?

— Las reglas… — Taron soltó una carcajada incrédula y la interrumpió.

— ¡Claro! Las reglas… Es una buena excusa, no te lo puedo negar.— Se llevó las manos a la cabeza.— Este Bosque es la muerte… ¡No debería ser una estúpida regla ocultar eso!

— No es tan simple.— Susurró Zia, odiándose por usar las palabras que tanto le habían repetido desde pequeña.

— Y mi madre… — Zia frunció el ceño, sin comprender por qué Taron la mencionaba.— ¿La viste? — Aquella pregunta la pilló completamente desprevenida. Por un momento, comenzó a hacer memoria, pero su cerebro la detuvo. Además de no saber cómo era físicamente la madre de Taron, contestar a esa pregunta no tenía ni pies ni cabeza. No le aliviaría saber si ella había estado ahí en el momento que su madre se adentró en el Bosque. Saber eso no le proporcionaría ningún tipo de paz y, por supuesto, no lo consolaría.— ¡Contesta!

— No lo sé… — Apenas le salió la voz y fue incapaz de seguir mirándolo a los ojos.

— Ellos la dejarían pasar a este maldito Bosque repleto de monstruos.— Se agarró los labios, tirando de ellos y se mordió el labio superior.— Uno de esos Vigilantes… — Lo dijo con un desprecio que Zia jamás había escuchado.

— Si tu madre entró al Bosque, fue porque tendría que hacerlo.— Taron abrió los ojos como platos.

— Perdona, ¿eso lo decides tú? — Zia tragó saliva y negó con la cabeza.

— Solo el Dios de la muerte es el que… — Taron volvió a reírse, pero Zia fue capaz de apreciar las lágrimas que había reprimidas en sus ojos.

— No, Zia, no te equivoques. Tú los dejas entrar, dime, ¿lo haces sin más? — Taron se había acercado a Zia, pero no de la misma manera que lo había hecho días atrás, clavó sus ojos en ella con furia.

— Taron, todo el mundo tiene que morir algún día… Es

parte de la vida.— Le explicó mientras daba un par de pasos hacia atrás para separarse de él.— Yo solo dejo que avancen hasta...

— No, tú no les dejas avanzar. Tú eres parte de la muerte. Tú matas. Tú los dejas entrar aquí.— Escupió las palabras con odio, dándose la vuelta después. Zia se quedó petrificada. Al no conocer lo que había en el Bosque, no sabía a qué clase de lugar accedían las almas antes de cruzar las puertas del Más allá. Ella no lo hacía con mala intención, ni quería que nadie sufriera. Únicamente cumplía con el cometido que le marcaba su propia existencia.— ¿Y sabes qué es lo más irónico de todo esto? — Dijo Taron sin volver a girarse para mirarla.— Que desde que entramos aquí, he estado sintiéndome culpable por habernos metido aquí cuando tú eres la única culpable. Si me hubieras contado la verdad desde un principio, yo no...

— Ya te he dicho que no podía... — Se explicó ella en un susurro.

— ¿Y para qué me seguiste si sabías lo que eso significaba? ¿Querías suicidarte? ¿Es eso? ¿Tanto odiabas tu vida en Desha? — Zia se mordió el labio inferior. Nunca le habían gritado de esa manera. Le habían caído incontables broncas, pero todo lo que Taron soltaba, era como clavarle un puñal en el pecho. Cuando se dio la vuelta, se cercioró de que los ojos de Taron estaban inyectados en sangre por el enfado que sentía.— Y pensar que llegué a sentir lástima por ti...

— Taron... — Zia se atrevió a acercarse a él.— Deja que me explique... — Intentó agarrar su mano, pero él la apartó con desprecio.

— No, y no me toques.— La miró desafiante, girándose de nuevo y echó a andar.— Me marcho de aquí.

— Taron, no puedes marcharte solo.— El zorro salió de entre las sombras, situándose a los pies de Zia.— ¡Taron!

— ¿Qué más da? Ya estamos muertos.– Zia quiso perseguirlo, pero el zorro le cortó el paso.

— Déjalo un rato solo.— Zia agachó la cabeza para ver al animal.— Lo necesita.

Y así, Taron desapareció de su vista, entre los árboles, dejándola totalmente perdida. Esta vez sí que se quedó sentada en la misma roca en la que Taron había descansado. El pantalón se le humedeció por culpa del musgo que impregnaba la roca, pero en aquel momento podía caerle una manta de agua encima que no le importaría.

Todo lo que Taron le había dicho, le había calado demasiado hondo. Se sentía dentro de un pozo que parecía no tener fondo. Sabía que Taron se sentiría realmente mal cuando supiera la verdad, pero jamás se había imaginado que reaccionaría de esa manera contra ella. ¿De verdad pensaba que ella tenía la culpa de que hubieran acabado allí? O peor aún... ¿Sería cierto? Quizás si le hubiese explicado lo que era el Bosque durante alguna de sus noches en la taberna, le hubiera asustado y no hubiera querido entrar. Sin embargo, las reglas le habían impedido contarle la verdad. Tampoco había creído que fuera capaz de colarse en el Bosque.

Zia hundió la cabeza entre sus rodillas. Se había sentido sola incontables veces en Desha, a pesar de estar acompañada por Dru, Zoé o incluso Akil, pero no tanto como ahora. No era porque Taron se hubiera marchado, sino por el cómo lo había hecho. Estaba tan hundida que no había sido consciente de que seguía acompañada por aquel zorro, el cual estaba enredado en sus pies.

— ¿No crees que ya lleva mucho tiempo solo? — Aún le resultaba extraño hablarle a un animal y más aún que le contestara.

— Tiene que concienciarse de muchas cosas... — Murmuró mientras se acicalaba.— Además, ha dicho que no te acercaras a él... — Zia recordó cómo se había apartado de ella con asco y sintió un nudo en la garganta.

— Solo lo ha dicho porque estaba enfadado.— El zorro ladeó la cabeza, mirándola a los ojos.

— ¿Tú crees? — Zia desvió la mirada. Realmente no sabía si intentaba convencer al zorro o a ella misma.— Le has mentido en un asunto muy gordo.

— Yo no he mentido… — Se defendió ella.— Solo he ocultado la verdad… Hasta que ha sido necesaria revelarla.

— Perdóname.— Dijo el zorro tras lo que parecía ser una carcajada.— Aún así, tiene que asimilar que está muerto.— Zia se levantó de un bote.

— Taron no está muerto.— El zorro resopló con desdén.— Yo he entrado aquí para impedir que eso suceda.

— Debo reconocer que es increíble que sigáis vivos… Quizás no seáis tan inútiles como yo creía.— Zia caminó en círculos.

— El plan era encontrar al Guardián para que nos saque de aquí… O al menos… Que lo saque a él.— Explicó mientras se cruzaba de brazos.

— No es mal plan… Pero no creo que funcione ya.— Comentó mientras se subía de un salto sobre la roca.

— ¿Cómo que ya? ¿A qué te refieres? — El zorro estiró

su cuello, aumentando los nervios de Zia.

— ¿Recuerdas lo que dije sobre las personas verdes? — Zia frunció el ceño, sin entender a qué se refería.— El motivo de por qué os curaron.

— Sí, para ganarse nuestra confianza.— Contestó de manera prácticamente automática, mirándolo fijamente después, cayendo en la cuenta de lo que quería decir con eso.— ¿Qué has hecho? — El zorro se estiró detenidamente, enervando aún más a Zia, la cual desenvainó su espada, apuntándolo con ella. El zorro entrecerró los ojos, empujando la hoja de la espada con la pata.

— Verás, Vigilante… Los que vivimos en el Bosque no lo tenemos nada fácil. Aunque éste parezca un lugar caótico, hay un status quo muy bien establecido.— Zia siguió blandiendo su espada.— Las personas entran en el Bosque y sus almas abandonan sus cuerpos para buscar las puertas al Más allá. La gran mayoría abandonan sus cuerpos de manera natural, prácticamente al entrar; pero otros no corren la misma suerte. Sus almas insisten en permanecer dentro de sus cuerpos, así que… Necesitan que el Bosque les dé un empujoncito.— Zia tragó saliva. Se había planteando muchas preguntas acerca de qué ocurría cuando entraban al Bosque, pero no había podido resolverlas.

— ¿Un empujoncito? — El zorro asintió con la cabeza.

— Ahí es donde entramos nosotros, todas las criaturas que vivimos aquí.— Se sentó en la roca, con su espalda en forma de espiral lo más firme posible.— Cada vez que liberamos un alma, nos volvemos más fuertes y, por lo tanto, alcanzamos una mayor posición dentro del Bosque.

— ¿Cómo liberáis un alma? — Preguntó, a pesar de imaginarse la respuesta.

— Destrozando la carcasa que la recubre.— Comentó como si nada.— Nos deshacemos de su cuerpo… Total, ya han sido llamados, solo les ayudamos con el proceso.— Se acarició los bigotes.— A mí no me entusiasma demasiado la idea, no te voy a engañar… Pero intento ayudar a los de mi especie.— Su primer pensamiento fue para Taron.

— ¿Qué le has hecho a Taron? — En el rostro del zorro se dibujó lo que parecía ser una sonrisa.

— ¿Yo? Nada, he estado todo el tiempo aquí contigo.— Zia aferró su espada con más ira.— Lo que le hayan podido hacer mis hermanos… Eso lo desconozco.

— Querías que nos separáramos.— Puntualizó Zia, el zorro se encogió de hombros.

— La verdad es que no me imaginaba que sería tan

fácil... Se os veía tan unidos dentro de la casa.— Zia parpadeó sorprendida, ¿los había estado siguiendo? — Pero ya he comprobado que me equivocaba.— Zia recordó como se había recostado sobre él delante de la fogata, teniendo la sensación de que hubieran pasado años desde aquel momento.

— ¿Dónde está? — El zorro resopló y Zia presionó su cuello con la punta de la espada.— He dicho que dónde está.

— ¿Qué más da? No quiere estar contigo.— Zia apretó aún más su espada contra su cuello.

— No te lo voy a volver a preguntar.— La indiferencia del zorro se desvaneció.

— Me estás pidiendo que traicione a mis hermanos y encima sin ganar nada a cambio.— Zia rasgó suavemente su cuello.

— No creo que estés en condiciones de negociar.— Aclaró de forma autoritaria.

— Yo creo que sí. Si me matas, no podrás encontrar a Taron. En cambio, si hacemos un trato... — Zia dudó un instante, pero no apartó la espada.

— Ya me has enseñado que no puedo fiarme de los seres que viven aquí.— El zorro sonrió de manera maliciosa.

— Está bien, pues mátame, y luego sal corriendo sin rumbo alguno para buscar a tu amigo.— Zia lo miró fijamente.— Si es que llegas a tiempo para salvarlo.

— ¿Y qué es lo que quieres? — El zorro la estudió con detenimiento.

— Debe ser un trato en el que ganemos los dos.— Murmuró pensativo, incrementando sus nervios.— Necesito algo de ti para hacerme más fuerte.

— No llevo nada encima, y mi espada no te serviría… Ni siquiera tienes dedos.— El zorro soltó una carcajada y negó con la cabeza.

— No hablo de objetos, Vigilante.— Zia se estremeció cuando la miró de arriba abajo.— Quiero uno de tus ojos.

— ¿Qué? — Preguntó atónita.

— Yo te daré uno de los míos para que puedas guiarte por el Bosque y encontrar al humano, y yo… — Sacó su lengua, relamiéndose.— Tendré un agradable tentempié que me hará más fuerte… ¿Qué me dices, Vigilante? ¿Hay trato?

Taron deambulaba sin rumbo alguno. No tenía ni la más remota idea de a dónde se dirigía, solo sabía que necesitaba estar solo y, sobre todo, alejarse lo máximo posible de Zia. Probablemente, había reaccionado excesivamente, pero... ¿Qué otra opción le quedaba? Acababa de enterarse de que había firmado su sentencia de muerte al entrar en el Bosque. Estaba prácticamente muerto. ¡Muerto!

Zia podía haberlo impedido si le hubiera dicho la verdad. Había tenido muchas oportunidades para contárselo. ¿Cuántas historias y leyendas se habían contado el uno al otro en la taberna? ¿Cuántas conversaciones habían mantenido? ¿Ninguno de esos momentos había sido lo suficientemente buenos para que ella se lo dijera? Taron iba golpeando cada pequeña piedra que se encontraba por el camino, haciendo que rebotaran contra los árboles. No iba pendiente del camino que seguía. A fin de cuentas, no volvería a por Zia. El estómago le dio un vuelco. En su cabeza aparecieron todos los instantes en los que Zia le había salvado la vida; también aquellos en los que la había visto sonreír gracias a él; la emoción en sus ojos cuando le enseñaba un libro nuevo; la ilusión que se reflejaba en su rostro cuando le describía sus lugares favoritos de la Capital. Incluso recordó como había llorado delante de él cuando también le confesó que no podía separarse del Bosque. Ahora comprendía aún mejor la tristeza que Zia sentía. No era solo que tuviera que permanecer para siempre en Desha, sino lo que tenía que hacer allí. Tenía que vivir en un sitio en el que no quería estar y, encima, ceder el paso al Bosque a personas que habían sido llamadas por el Dios de la Muerte.

Debía ser una auténtica condena para ella tener que vivir de esa forma, y más aún con el espíritu viajero y curioso que Zia poseía. El mismo que tenía él. «¿Tanto odiabas tu maldita vida en Desha?» Se odió rápidamente a si mismo por la barbaridad que le había soltado a Zia.

«¿Querías suicidarte?» Resopló furioso. Aún no se podía creer que le hubiera dicho todo eso. Zia sabía lo que significaba entrar en el Bosque y aún así, ella se había lanzado, sin pensárselo dos veces, a por él. El motivo no era que hubiera decidido acabar con su vida, sino que había estado dispuesta a arriesgar la suya para ayudarlo. ¿Y qué había hecho él? Dejarla tirada a la primera de cambio.

Debía volver y pedirle perdón. Ella había hecho todo lo posible para que estuvieran a salvo. Zia no tenía más remedio que acatar las reglas, y además se las había saltado todas por él. Suspiró profundamente, dándose la vuelta para buscar el camino de vuelta, pero se dio cuenta de que no estaba solo. Perdió la cuenta de cuantos ojos amarillentos lo estudiaban desde la oscuridad; solo sabía que lo tenían rodeado. De la manera más discreta posible, sacó de su cinto la daga de Zia, pero era consciente de que era un arma inútil para todos los enemigos que tenía a su alrededor. Tragó saliva, dedicándole su último pensamiento a Zia, preguntándose si ella estaría bien. A pesar de protegerse como buenamente pudo con la daga, la oscuridad se cernió sobre él.

— Me desangraré.— El zorro la miraba con aburrimiento.

— No te pasará nada.— Repitió por tercera vez.— Yo me encargaré de todo.— Saltó de la roca para quedarse delante de ella.— Siempre respeto un trato, y más uno con el que gano algo… ¿Acaso no quieres salvar a tu amigo? — La provocó y ella era consciente de eso.

— Lo salvaré.— Agarró la espada con decisión, dándole la vuelta para toparse con la punta de ésta. Tomó una gran cantidad de aire por la nariz y fue acercándosela poco a poco al ojo. Sabía que tenía que hacerlo, que debía hacerlo si quería salvar a Taron, pero su mano empezó a temblar, sus ojos se llenaron de lágrimas.— Yo… Yo…

— Lo sé.— El zorro se lanzó hacia ella, empujándola contra el árbol.— Tranquila, Vigilante, solo te dolerá un momento.

Y entonces, en mitad de un silencio sepulcral, se

escuchó un grito desgarrador.

Taron estaba sumamente aturdido. Intentó moverse, pero algo se lo impedía. Por mucho que le costara, logró abrir los ojos. Sin embargo, el panorama fue desolador además de inesperado. Pequeñas espinas se le clavaban en el cuerpo por culpa de la liana que lo mantenía fuertemente atado al tronco. La boca le sabía a sangre, tenía los músculos agarrotados y la cabeza le dolía a horrores. Tosió suavemente, prestando atención a los zorros que lo rodeaban. Eran prácticamente idénticos al zorro que los había rescatado de aquellas personas verdes. Algunos estaban más demacrados que otros, otros estaban más famélicos, otros más fuertes… Pero todos los miraban con la misma cara de hambre. Aún así, no le importó la situación en la que él se encontraba, porque lo primero que pensó fue que había dejado a Zia sola con un zorro como esos. ¿Quién le aseguraba que no la hubieran atacado en cuanto se fue? Quizás hubieran corrido la misma suerte estando juntos, pero… Al menos hubieran estado juntos. Aquellos zorros iban a devorarlo y no iba a poder pedirle perdón a Zia.

El corazón de Zia aún latía con demasiada fuerza y le costaba mantener controlada la respiración. Aún así, consiguió levantarse del suelo, tambaleándose. El zorro aún se relamía los dientes, acicalándose después.

— ¿Cómo estás, Vigilante?

Por mucho que le costara reconocerlo, el zorro tenía razón. El momento en el que le había sacado el ojo, le había producido el dolor más intenso y desagradable de su vida, pero ahora no le molestaba lo más mínimo. Sí que notaba una nueva y extraña sensación en su ojo izquierdo, pero era capaz de ver por éste sin sentir dolor. Parpadeó un par de veces, sintiendo unas pequeñas lágrimas caer por sus ojos, las cuales se limpió con cuidado.

— Estoy bien… — Murmuró mientras guiñaba sus ojos, alternándolos.

— Ha sido un placer hacer negocios contigo.— Se estiró sobre dos de sus patas, dispuesto a marcharse.

— ¡Espera! — El zorro se detuvo y Zia se dio cuenta de que, aunque se hubiera quedado tuerto, parecía impasible frente a eso.— ¿Cómo… Cómo encontraré a Taron?

— Concéntrate y cierra los ojos.— El zorro ladeó la cabeza.— Mi ojo te guiará.

— ¿Y qué pasará contigo? — Sonrió enigmáticamente. No era que le importara realmente lo que le sucedería, pero sentía que aún necesitaba entender muchas cosas.

— Volverá a salir otro.— Entonces, a Zia se le pasaron mil preguntas más por la cabeza, pero el zorro le impidió que empezara a hablar.— Corre si quieres encontrar al humano.— Le hizo una reverencia.— Buena suerte, Vigilante.— Ella se limitó a asentir a modo de despedida, viéndolo marchar. Tal y como él le había indicado, cerró los ojos y se concentró en Taron. Un inmenso túnel se apareció ante ella, unos bordes amarillentos recorrían cada recoveco de aquel interminable Bosque, como si de repente tuviera un plano mental de aquel lugar. Y de pronto, lo vio. Taron estaba en peligro, atado a un árbol y rodeado por los demás zorros. Tomó aire y echó a correr. Conscientemente no sabía hacia dónde iba, pero algo dentro de ella, le decía por donde tenía que ir.

Los zorros rodearon el árbol cada dos por tres. Taron no entendía por qué se demoraban tanto. Lo tenían atado y listo para zampárselo cuando quisieran, pero ahí seguían. Examinándolo con detenimiento, cuchicheando sobre él, aumentando su nerviosismo. En más de una ocasión, los zorros hicieron el amago de saltar sobre él, pero no llegaban a hacerle nada. Estaba sudando, dándose cuenta de que eso era justo lo que querían. Querían provocarle miedo. Intentaba no darle lo que querían. Procuró mantenerse firme, igual que lo había hecho Zia cuando se había enfrentado a todos los monstruos que se habían encontrado por el camino. No obstante, él no tenía tanto valor como se había esforzado en demostrar, y aún tenía menos si Zia no estaba con él.

Apartaba la cara cada vez que alguno de los zorros brincaba frente a él, simulando que iba a darle un mordisco. Se sentía como un niño pequeño. Quería insultarles, gritarles, pedir ayuda… Pero sabía que lo único que le saldría serían llantos y lloriqueos. La situación le sobrepasaba.

— Yo creo que ya está listo para comer… — Susurró uno de ellos.— Está muerto de miedo… — Todos asintieron con la cabeza, sonriendo de una manera que le causó aún más escalofríos.

«Lo siento, Zia.»

Cerró los ojos con fuerza, imaginando lo que ocurriría después. Los zorros gruñeron y el cuerpo de Taron se tensó por completo, esperando el dolor… Esperando la muerte. Sin embargo esa sensación no llegó a aparecer.

Los zorros se habían dado la vuelta y observaban a alguien que caminaba entre la maleza. Zia arrastraba la punta de la espada por el suelo y les devolvía la mirada con una furia que Taron desconocía que poseía. Taron permaneció expectante, sonriendo con las pocas fuerzas que le quedaban. No sabía si era realmente ella, o si su imaginación estaba jugando con él. No obstante, algo en ella había cambiado. Su ojo izquierdo carecía de su característico color gris y se había transformado en amarillo, casi dorado. Su mirada le habría provocado temor si no fuera porque la conocía. Zia le regaló una breve sonrisa que logró estremecerlo.

Tres zorros corrieron hacia ella y saltaron para atacarla, pero Zia no se acobardó. Alzó la espada y consiguió rajarlos con ella cuando estaban en el aire, salpicándole un reguero de sangre. Se limpió las gotas con el envés de la mano y les echó un vistazo desafiante a los demás zorros, los cuales intentaban ocultar su sorpresa.

— Veamos quien tiene más fuerza aquí.— Los zorros emitieron un extraño rugido antes de abalanzarse sobre ella tras sus palabras.

— ¡Zia! — Taron contempló horrorizado como se lanzaron en manada contra ella. Sin embargo, Zia se fue haciendo paso entre ellos con una velocidad pasmosa. Parecía ser capaz de adelantarse a todos sus movimientos, dejándolos sumamente desconcertados.

Taron ya había tenido la oportunidad de ver a Zia luchar,

pero nunca antes la había visto así. Certera. Veloz. Letal. Convirtiendo el campo de batalla en un auténtico baño de sangre. Los dos zorros que quedaron con vida huyeron heridos del lugar, mientras que Zia contemplaba con absoluta frialdad los cadáveres mutilados de los zorros que acababa de asesinar.

— Zia... — Taron la sacó de su ensimismamiento al pronunciar su nombre y corrió hacia él. Cortó la planta que lo mantenía atrapado y lo agarró cuando vio que sus piernas le temblaban. Recogió la bolsa con sus pertenencias junto a la daga que le había dado y caminaron en completo silencio para alejarse de los cuerpos de los zorros. La lluvia los sorprendió en cuanto se detuvieron a descansar, pero gracias al nuevo ojo de Zia no tardaron en encontrar una pequeña caverna. No se adentraron mucho en ella, puesto que habían aprendido que los enemigos podían aparecer en cualquier parte, por lo que no merecía la pena entrar en terreno desconocido.

Desde que habían estado separados, los dos habían pensado mil cosas para decirse el uno al otro, pero ahora que estaban juntos, estaban demasiado nerviosos hasta para mirarse. Zia hizo un fuego para calentarse usando un poco de polvos que aún le quedaban mientras que Taron se recostó sobre una roca.

— Lo siento.— Dijeron al mismo tiempo, mirándose

después a los ojos con una pequeña sonrisa.

— ¿Por qué pides perdón? — Preguntó Taron mientras veía como Zia se acercaba a él, arrodillándose a su lado.— Tú no has hecho nada malo.

— Tendría que… — Taron negó con la cabeza al mismo tiempo que Zia sacaba unos pétalos de xipneas para curar sus heridas.

— Solté demasiadas tonterías.— Agarró su mano para llamar su atención.— Escúchame, por favor. No pienso nada de lo que dije. Absolutamente nada.

— Pero si te hubiera dicho la verdad… — Taron volvió a negar con la cabeza.

— Zia, si me hubieras dicho la verdad, no te hubiera creído y hubiera entrado de todas maneras.— La línea de sus labios se convirtió en una sonrisa.— Ya lo sabes, soy un descerebrado.

— Pero… — Taron extendió el brazo y acarició la mejilla en la que tenía la equis.— Lo que dijiste de que entré aquí para…

— No.— Taron la cortó tajantemente.— Entraste aquí para salvarme la vida. Llevas haciendo eso desde un principio y yo he sido un imbécil.

— Estabas enfadado… Era mucho que asimilar… Te entiendo.— Fue curando sus heridas con cuidado.

— ¿Qué te ha pasado en los ojos? — Zia se llevó la mano a su ojo izquierdo, tapándoselo un instante, pero Taron agarró su muñeca para que quitara a mano.— ¿Fue el zorro?

— Hicimos un trato. Él me dio su ojo para poder encontrarte y él… Se quedó con el mío.— Zia sonrió desganada.— Mereció la pena, así pude salvarte.— Taron se quedó sin palabras. Zia se había sacrificado por él otra vez. A pesar de todo lo que le había dicho.

— No sé qué haría sin ti.— Confesó en un susurro mientras que Zia se encogía de hombros, ligeramente sonrojada.— ¿Por qué lo hiciste? ¿Por qué entraste al Bosque a por mí?

«Porque estoy enamorada de ti.» Respondió Zia mentalmente. Ahora lo tenía más claro que nunca.

— No lo sé.— Mintió ella.

Capítulo 17.

Pez.

Gracias al agradable calor que desprendía el pequeño fuego, al estar por fin relajados de alguna manera y al sonido de la lluvia, ambos se quedaron lo suficientemente tranquilos para quedarse profundamente dormidos. La última vez que habían descansado había sido en la casa juguetona, y no es que hubiera sido un rato muy largo. A pesar de que Zia se había deshecho de los zorros sin mayor problema, la verdad era que aquello la había dejado agotada. Aunque no lo pareciera, los zorros también la habían herido a ella, aunque todo muy superficial en comparación con como habían quedado ellos. Se notaba los músculos agarrotados, aunque estaba extrañamente cómoda. Pestañeó un par de veces, mirando cómo estaba tumbada, se sorprendió a sí misma con la cabeza sobre el pecho de Taron. Tenía la pierna colocada sobre su cintura, como si se hubiera quedado abrazada a una almohada. A Taron no parecía molestarle, ya que también estaba completamente dormido. Su cuerpo también estaba repleto de magulladuras y aunque las hojas de xipneas lo habían ayudado, aún se encontraba bastante cansado. Habían compartido el último trozo de pan que Taron tenía en la bolsa antes de quedarse dormidos, aunque masticarlo había sido realmente complejo, ya que estaba sumamente duro. A fin de cuentas, no sabían cuantos días llevaban perdidos en el Bosque.

Taron fue el primero en despertarse, ya que Zia comenzó a temblar sobre él cuando el fuego se apagó. Fue la primera vez que la vio realmente indefensa. La abrazó contra él, intentando darle algo de calor. Quería con todo su ser salir de ese maldito Bosque, pero en aquel momento, no quería estar en ningún otro lugar. Sin ser consciente de lo que realmente hacía, hundió la boca sobre su pelo, dándole un pequeño beso en la nuca. El tiempo que habían permanecido separados no había sido muy largo, pero Taron no comprendía cómo podía haber aguantado tanto tiempo sin tenerla a su lado. Volvió a mirarla sobre él y sonrió levemente. Si de verdad conseguían escaparse de aquel lugar, no se marcharía de Desha. Estaría allí donde Zia estuviera. Recorrer el mundo en busca de aventuras era imposible si ella no estaba a su lado. Además ninguna sería comparable a la que estaba viviendo en el Bosque. Si la historia acababa sin poder regresar a casa, al menos sería un final que jamás se hubiera podido imaginar.

Zia bostezó suavemente y se frotó uno de sus ojos, mirando a Taron de reojo, el cual la contemplaba, haciéndola sonrojar. Fue a apartarse de él, avergonzada, pero Taron se lo impidió.

— ¿Has dormido bien usándome como colchón? — Taron sonrió mientras que Zia se rió adormilada, asintiendo levemente con la cabeza.— Me alegro, entonces.

— ¿Has descansado bien? — Preguntó ella en un susurro.

— Sí, más o menos.— Zia se fue incorporando lentamente mientras se estiraba y Taron la imitó, quedándose sentado a su lado.— ¿Tienes pensado qué hacer? Parece que ha dejado de llover.

— Pues aunque te parezca mentira, por primera vez desde que entramos aquí… Tengo un plan.— Bromeó ella, haciéndole reír.— Puedo verlo.

— ¿A qué te refieres? — Zia cerró sus ojos, dejando a Taron ligeramente desconcertado.— ¿Zia?

— Creo que sé donde encontrar al Guardián.— Contestó aún con los ojos cerrados.— Desde que intercambié mi ojo con el del zorro, puedo ver… Más allá.— Parpadeó cuando volvió a abrir sus ojos.— Quizás sí que podamos salir de aquí.

— Parece que confiar en el zorro no fue mala decisión después de todo… — Murmuró Taron, observando su nuevo ojo con curiosidad.

— Bueno, aún no estoy del todo segura… — Taron

frunció el ceño.— Verás… El zorro me dio información del Bosque que deberíamos tener en cuenta.— Taron asintió con la cabeza y se cruzó de brazos mientras que la escuchaba. Le contó como las criaturas del Bosque "ayudaban a su manera" a que las almas abandonaran el cuerpo que las mantenían encerradas y como eso les dotaba de más fuerza dentro del Bosque, escalando así puestos en el status quo que allí reinaba.— Por eso no estoy segura de que podamos fiarnos de nadie, ¿entiendes?

— Sí, claro, tiene sentido… Pero Zia, entonces ¿quién es exactamente el Guardián? Lo digo porque si él también forma parte del Bosque de alguna manera… ¿Crees que podremos fiarnos de él? — Zia tragó saliva. Ella también se había planteado esa pregunta desde que el zorro la había informado de todo, pero la posible respuesta le daba miedo.

— No sé quién es el Guardián, solo sé que protege las puertas al Más allá dentro del Bosque.— Se rascó la nuca y se encogió de hombros.— Se supone que no lo tendríamos que llegar a conocer en estas… Circunstancias.

— Entiendo… Aún así, es nuestra única opción viable, ¿no? No nos queda otra que confiar en él.— Comentó mientras se levantaba del suelo.

— No nos queda otra.— Taron le tendió la mano con

una gran sonrisa.

— Pues vamos a la aventura.— Zia le devolvió la sonrisa, estrechando su mano. Se colocó la espada a su espalda, mientras que Taron guardaba la daga en su cinto.

— Vamos allá.

Salieron de la caverna con una energía muy diferente a la que entraron. El Bosque seguía siendo igual de frío y sombrío que antes, pero estaban tan motivados, que incluso lo veían más luminoso. Era curioso lo mucho que podía servir tener esperanza. Tuvieron la enorme suerte de encontrar un árbol con frutos que, tanto Taron como Zia, calificaron de comestibles. Así que, además de comer lo suficiente para recargar energías, aprovecharon para cargar la bolsa de Taron.

La parte que les tocaba recorrer, según la orientación del nuevo ojo de Zia, no era muy aburrida. Los árboles eran muy distintos los unos de los otros, y aunque todos fueran de la misma tonalidad de verde, algunos eran más lúgubres, otros más grisáceos, otros más claros, otros prácticamente negros… Sin embargo, eso hacía que el paisaje fuera más ameno. Pasaban por debajo de gigantescos pinos y pasaban a apartar ramas de sauces que colgaban delante de sus narices. Se libraron de pincharse por culpa de las zarzas porque Zia las segaba con su espada y también se rieron de algún que otro árbol enclenque que se había quedado pelón.

A pesar de haber momentos de absoluto silencio, la gran mayoría del tiempo no dejaban de hablar. Por el ritmo que llevaban y la charla que mantenían, parecían estar dando un simple paseo por Desha. El hecho de que Zia contara la verdad y que Taron la comprendiera y además la perdonara, había logrado que el preocupante ambiente en el que se encontraban, pasase a ser ligeramente alegre. Zia se encontraba mucho más cómoda, había dejado de estar tensa continuamente por tener que ocultar su secreto y Taron sentía que no había un extraño muro que los separase. Por fin, ambos estaban relajados el uno con el otro y eso repercutía en su viaje. También fueron recordando historias que habían leído y los dos se sorprendieron por la calidad de sus respectivas memorias. Fantasearon con la idílica idea de que también las leyendas con final feliz fueran reales y no solo las que giraban alrededor de una muerte aterradora a manos de un monstruo, pero por desgracia las únicas que habían visto cumplirse eran las segundas. Sin embargo, también se alegraron de no haber estado dentro de ninguna otra leyenda de terror, a fin de cuentas, Zia había contado mil veces la historia de la vieja quitapieles y nunca se había imaginado que fuera tan terrorífica. A Taron tampoco le había dado miedo la historia de la casa juguetona hasta que pudo vivirla en su propia piel. Le repitió infinitas veces que jamás colocaría una alfombra en su casa después de haber tenido que huir de una que simulaba a una lengua sobrecogedora. Ambos habían soñado con vivir aventuras similares a las leyendas que conocían, pero la realidad era bien distinta. El jugarse la vida contra un enemigo que llevaba todas las de vencer era mucho mejor cuando lo leías tumbado en una cómoda cama que tener que enfrentarse a él realmente.

— Pero si tuvieras que tener un poder, ¿cuál sería? — Le preguntó Taron por tercera vez después de mencionar una historia sobre un niño que le pidió a una estrella el deseo de volar y le fue concedido.

— Ya te he dicho que no lo sé… Hay muchas cosas que me gustaría hacer.— Contestó de nuevo.— Es una pregunta más complicada de lo que parece… Todo depende del momento.

— ¿A qué te refieres? — Taron se libró de unas hojas espinosas de un matorral que había por su lado al pasar su daga.

— Pues, por ejemplo, ahora mismo me gustaría tener el poder de transportarme por arte de magia a otro lugar.— Taron se rió suavemente y Zia lo imitó.— Nos sería bastante útil, ¿no crees?

— Mucho, eso no te lo puedo negar.— Zia ladeó la cabeza y observó sus grandes ojos azules.— ¿Qué?

— Que ahora te tocaría decirme qué poder elegirías tú.— Taron se acarició la barbilla con gesto pensativo, aunque Zia sabía que solo pretendía hacerse de rogar.— Oh, ¡venga ya!

— Está bien, está bien.— Taron se aclaró la garganta, cerrando los ojos y Zia lo empujó suavemente.— Si tuviera que elegir un poder sería… Poder leer la mente de las personas.

— Algunas dan para libro, eso seguro.— Susurró Zia, riéndose.— ¿Y por qué ese poder?

— Así es más fácil adelantarse a los acontecimientos o tomar una decisión o… Simplemente cotillear, ya sabes.— Zia asintió lentamente con la cabeza.

— ¿A qué acontecimiento te gustaría haberte adelantado? — Taron miró a su alrededor con una sonrisa sarcástica.— Quitando tu entrada en el Bosque…

— No hubiese estado mal saber de antemano que Suyai iba a dejarme por Perth.— Zia se detuvo, dejando que Taron pasara por su lado. Era la primera vez que hablaba de alguien que no era de su familia y la había dejado completamente descolocada. Taron se dio cuenta de que Zia se había quedado atrás y se giró para mirarla.— ¿Qué?

— Pues que nunca me has contado que tuvieras pareja.— Taron se encogió de hombros, resoplando después.— O al menos, no lo recordaba…

— Creí que era el amor de mi vida, pero no fue así. Supongo que debí haberme dado cuenta de eso desde un principio… No teníamos nada en común.— Taron se rascó la nuca, nervioso.— No me habría hecho falta leer la mente para saber que se iría con otra persona.— Zia retomó el camino, aún sorprendida por la nueva información.— Pero aún así… Dime que no es útil. ¿No te gustaría leer la mente de… Dru, por ejemplo? — Zia desvió la mirada y se sonrojó, negando una y otra vez con la cabeza.— ¿Por qué te cuesta tanto admitir que te gusta? — «Porque me gustas tú.» pensó Zia.— Además, estoy prácticamente seguro de que tú a él también.

— Dru está con Mel.— Contestó Zia, intentando que la conversación sobre Dru finalizara ahí.

— Eso no significa nada… Y… — Zia lo interrumpió.

— ¿También quieres leer mi mente? — Taron se puso nervioso ante la pregunta de Zia. No supo exactamente por qué, pero un escalofrío recorrió su espalda y lo único que consiguió emitir fue una risilla tonta que pilló desprevenida a Zia.— ¿Qué te pasa?

— Nada, nada… ¿Para qué iba a… — Antes de poder

terminar lo que estaba diciendo, Zia puso la mano en su boca y Taron parpadeó sorprendido. Zia le señaló con la cabeza el motivo por el que lo había hecho. Miró ligeramente hacia arriba y fue consciente de que su rostro se había vuelto pálido. Un grupo de caballos sin cabeza deambulaban entre los árboles, todos ellos montados por unos jinetes con un cuerpo recubierto de pelo y un rostro oculto por una calavera, rota por algunas partes, que podía pertenecer a una gigantesca cabra. Zia agarró la mano de Taron para que se agachara y ocultarse detrás del tronco de un árbol. Aún así, ambos se las apañaron para seguir observándolos desde su escondite. Taron se dio cuenta de aquel cuerpo recubierto de pelo era en realidad una extraña ilusión, puesto que si te fijabas bien, solo lo tenía en determinadas partes. Su piel estaba hecha a tiras y podían vislumbrarse unas roídas costillas a través de ella. Cabalgaban aquellos descabezados cabellos en absoluto silencio, de una manera casi elegante, con su espalda totalmente recta. Permanecieron callados en todo momento para no llamar la atención e incluso contuvieron la respiración para que no se fijaran ellos. Cuando por fin los vieron marcharse, apoyaron la cabeza contra el tronco, suspirando profundamente.

— Parecían soldados… — Comentó Zia mientras se levantaba del suelo, ayudando a Taron a incorporarse.— ¿Alguna vez has visto a los soldados de la guardia real? Leí sobre ellos en un libro sobre la Capital.

— Sí que los he visto y, ¿sabes qué? — Zia ladeó la cabeza, esperando la respuesta.— Tú eres mil veces más fuerte que ellos.— Zia se rió avergonzada y echó a caminar de nuevo con Taron a su lado.

Continuaron su camino sin encontrarse con esas monstruosas criaturas de nuevo, hecho que ambos agradecieron enormemente. Aunque no hubieran sido atacados por ellos, la simple idea de imaginar que tuvieran que luchar contra ellos, les escamaba la piel. A pesar de tener ahora un rumbo fijo gracias al pacto que había hecho con el zorro, hicieron más paradas que de costumbre. Quizás el hecho de ir hablando sin parar e ir comentando el paisaje que les rodeaba, los tenía más tranquilos y entretenidos al mismo tiempo. De vez en cuando, se zamparon alguno de los frutos que habían guardado en la bolsa de Taron y, para refrescarse la garganta, también probaron a apretarlos con fuerza para beber su zumo.

— Apenas hay de estos frutos en la Capital, sería increíble crear alguna receta con ellos.— Se quitó la bolsa de su espalda y rebuscó en ella, aumentando la curiosidad de Zia.

— ¿Qué buscas? — Taron sacó un pequeño libro de ésta y Zia se lo quitó de entre las manos con total confianza, dejándolo sorprendido.— ¿Has ido con un libro todo el camino? ¿Estás de broma? — Taron se rió suavemente y Zia lo abrió, deshaciendo el nudo que ataba la portada con la contraportada. Lo que leyó ahí era lo último que se había imaginado.

— No es un libro en sí, es un recetario.— Zia abrió la boca para decir algo, pero estaba bastante distraída estudiando las recetas que había escritas en él.— Lo empecé a escribir con mi padre cuando le ayudaba en la cocina de la posada.— Zia contempló fascinada como Taron había apuntado cada minúsculo detalle para elaborar a la perfección cada plato, incluso había pequeños bocetos para que tuvieran una presentación maravillosa a la hora de emplatarlo. Se le hizo la boca agua con tan solo leer los ingredientes de muchos de sus platos, llegando a relamerse los labios. Taron le quitó el cuaderno y buscó con sumo cuidado una receta.— Esta es una de mis favoritas. Mi padre aprendió a hacerlas después de visitar la región del Este. Son unas bolas fritas hechas con harina de trigo y rellenas de pulpo. Además, mi padre las aderezaba con una salsa ligeramente dulce por encima que… Uff, con tan solo olerla, te despertaba el apetito.

— Suena delicioso… — Respondió Zia con la boca hecha agua al imaginarse el plato y viendo el dibujo que Taron había hecho de éste.

— Prometo prepararte el plato cuando salgamos de aquí.— Le tendió la mano con decisión y Zia sonrió, estrechándosela para aceptar el trato.— Aunque posiblemente requiera de varios intentos… Te aviso.

— Me arriesgaré a probar todos.— Dijo riéndose mientras volvían a avanzar.— ¿Y qué se te ocurriría hacer con los frutos que nos hemos comido? — Zia se detuvo cuando pasaron unos minutos y no escuchar la respuesta de Taron.

Se giró para buscarlo y se lo encontró totalmente quieto, mirando hacia arriba, unos pasos más atrás. Zia tragó saliva, asustada por lo que pudiera encontrarse, pero se atrevió a levantar la cabeza. Abrió los ojos como platos al observar lo que tenían encima. Un enorme pez grisáceo con aletas negras, nadaba por el cielo, esquivando cada copa de los árboles. No parecía haber reparado en ellos, a fin de cuentas, para ese animal ellos serían una mota de polvo. Zia se acercó a Taron con cierta lentitud por si acaso llamaba su atención y ambos se cogieron de la mano, entrelazando sus dedos mientras seguían contemplando la hipnótica danza que el pez llevaba entre los árboles. Era espeluznante y llamativo al mismo tiempo. Sus ojos parecían dos brillantes lámparas que iluminaban parte del camino. Zia cerró los ojos un instante y respiró profundamente, intentando dilucidar por donde debían avanzar.

— Hay que seguirlo.— Taron frunció el ceño.

— ¿Estás segura? — Zia asintió y los dos anduvieron detrás de la cola de aquel monumental pez.

Toda la charla informal que antes habían mantenido desapareció por completo durante la persecución del pez. De vez en cuando, abría y cerraba la boca, provocando breves ráfagas de aire frío que los empujaba hacia atrás, pero los dos permanecieron lo suficientemente firmes como para no caerse de bruces contra el suelo. Por mucha atención que prestaran al camino, les era muy complicado apartar la vida del pez. Iban esquivando los árboles de puro milagro y decidieron continuar con las manos agarradas para no perderse el uno al otro. Aún así, uno de los mayores problemas que presentaba el perseguirlo, era insoportable olor a pescado y moho que provocaba. No fueron conscientes de lo buena que había sido su idea de ir agarrados hasta que Taron se dio cuenta de que casi se sumergen en el agua.

— Cuidado.— El pez se zambulló brutalmente en el agua, salpicándolos como si se tratara de una fuerte lluvia. Los dos zarandearon la cabeza de una manera casi automática y estrujaron su ropa.— ¿Qué diablos es esto? — Una inmensa masa de agua estaba frente a ellos y más adelante no se veía nada más. Solo agua.— ¿Una playa?

— No, que yo sepa las playas tienen arena, y en el mar hay olas.— Dijo Zia como si recitara un manual. Taron la miró alzando una ceja.— No he ido nunca a una, ¿vale?

— Veamos… — Taron se adelantó un poco para contemplar el agua negra que tenían delante. Miró hacia ambos lados pero no tenía ni idea de en qué lugar el agua se cortaba.— Podríamos rodearlo.— Zia asintió y cerró los ojos de nuevo para concentrarse.

— Hay que encontrar una manera para llegar al otro lado…

— Espero que no estés insinuando que nademos… — Susurró Taron, estudiándolo con cara de asco. Era parecida al agua, pero realmente no llegaba a serlo. Era negruzca, viscosa y de vez en cuando, se podía apreciar cierto movimiento bajo la superficie. Aunque eso no era nada raro teniendo en cuenta que unos minutos atrás, un pez gigantesco se había zambullido en aquel repugnante y espeso líquido negro que había ante ellos.

— No podría insinuar tal cosa… No sé nadar.— Contestó Zia, encogiéndose de hombros mientras analizaba también aquel pringoso fluido.

— Vaya… — Taron procuró aguantar la risa, y Zia, al darse cuenta, le dio un empujón, haciéndolo tambalear.— Perdona, es que me resulta raro…

— En Desha no hay playas, ni lagos, ni nada donde poder nadar, ¿vale? — Contestó con voz de niña, cruzándose de brazos.

— Perdona… En eso no había caído.— Volvió a contemplar el ambiente y resopló.— Entonces no queda otra, hay que hacer lo que he dicho antes, rodearlo.— Zia suspiró levemente y cerró los ojos, procurando visualizar el camino.

— No sé si servirá de algo… — Pensó Zia en voz alto, volviendo a abrir los ojos, encontrándose con la cara desconcertada de Taron.

— ¿A qué te refieres? — Zia se mordió el labio inferior.

— Es como si para continuar, tuviéramos que atravesarlo sí o sí.— Se dio la vuelta, inclinándose para ver más allá.— Creo que no lo podemos rodear, no acabaríamos nunca… Pero en fin, tampoco podemos hacer otra cosa.

— Pues demos un hermoso paseo por la orilla de esta agua putrefacta.— Le tendió su brazo con una sonrisa y Zia soltó una carcajada, enganchándose a su brazo.

— Disfrutemos de las vistas.— Contestó Zia con una sonrisa burlona.

— Ya lo hago.— Respondió mientras la miraba de reojo.

Capítulo 18.

Voces.

Perdieron la noción del tiempo mientras caminaban por el borde del agua negra, pero aún seguían disfrutando de su compañía mutua. Era increíble que un Bosque aterrador, fuera de repente un lugar agradable por tener únicamente una buena compañía. Seguían hablando como si no estuvieran realmente allí. Y Zia pensó, por un momento, que no le apetecía marcharse de allí. Durante el paseo, se le pasó por la cabeza mil veces la insinuación que Taron le hizo «Desha no está tan mal. Es un lugar bonito para vivir.» Quiso preguntarle si seguía creyendo eso sobre Desha, pero le daba vergüenza sacar el tema a la luz. Quería saber si estaba dispuesto a quedarse en Desha, pero tenía miedo de que su respuesta fuera negativa. Tenía miedo de que aquellos días en el Bosque fueran los últimos junto a él. De ahí esa sensación de egoísmo que le recorría una y otra vez todo el cuerpo: *Quería marcharse del Bosque, pero al mismo tiempo quería quedarse en él para poder estar con Taron.*

— ¿Y qué tal si lo cruzamos en una barca? — Zia salió de su mundo, mirándolo con cara de sorpresa.

— ¿Una barca? ¿Y cómo la construimos? No tenemos

nada para hacerlo y... — Taron la agarró de los brazos y le dio la vuelta. Había un par de barcas, fabricadas por madera bastante carcomida y que parecía sumamente endeble.— ¿Qué hace aquí una maldita barca?

— ¿Y qué hacía aquí una casa? ¿En serio aún te cuestionas cosas sobre este maldito Bosque? — Preguntó sorprendido, haciéndola sonreír. Corrió hacia las barcas y Zia suspiró, siguiéndolo.

— ¿Crees que son seguras? — Preguntó Zia mientras que Taron se agachaba para revisar el estado de la madera. Una de ellas estaba repleta de agujeros, como si las termitas la hubieran devorado con saña.

— Esta parece estar mejor.— Comentó Taron, pasando la mano por encima de las tablas que conformaban la barca.— También tiene remos, mira.— Se metió dentro la barca, sacando dos remos que, increíblemente, estaban en buen estado.

— No sé, Taron... No creo que sea buena idea.— Murmuró Zia mientras observaba la destartalada barca.— ¿Y si nos hundimos? — Taron ni tan siquiera se dio la vuelta para mirarla, estaba demasiado concentrado con la supervisión de su vehículo.— Te estoy diciendo que es probable que no salgamos vivos de aquí… ¿Acaso no te importa?

— No, ya no importa nada, si nuestro destino ya está escrito, ¿para qué preocuparse? — Aquellas palabras la pillaron desprevenida.

— ¿Ahora no te importa la muerte? — Se atrevió a preguntar. Taron se levantó, sacudiéndose las manos y se encogió de hombros.

— Hay que arriesgarse, y… Alguien me dijo que la muerte forma parte de la vida.— Zia le echó un rápido vistazo a la barca y luego a Taron.— ¿Desde cuándo no te arriesgas? Pensaba que tú eras la valiente.

— ¿Me estás retando? — Preguntó ella con una diminuta sonrisa en su rostro, enarcando una ceja. Sabía que el miedo a que la barca no fuera segura, no era lo único que la echaba para atrás. Sin embargo, se había prometido que lo sacaría de allí, y eso haría. No podía permitir que su egoísmo por permanecer a su lado se entrometiera en su cometido.

— Puede ser… ¿Qué me dices? — Zia tragó saliva y esbozó una sonrisa. Se acercó hasta la barca y ambos la empujaron hacia el agua negra. Se subieron rápidamente a la barca ya que la profundidad era abismal.

— ¿Nos vamos turnando para remar? — Taron sonrió

mientras cogía los remos.— Empiezas tú y luego yo.— Añadió Zia, acomodándose en la ruinosa barca.

— Vamos allá.— Taron comenzó a remar, aunque tenía que emplear el doble de esfuerzo, puesto que los remos se quedaban fácilmente atrapados en el líquido por el que navegaban. Zia se inclinó ligeramente sobre la barca para poder comprobar con mayor facilidad lo que había ahí.

El agua se movía bajo ellos de vez en cuando, pero por suerte era de una manera suave y tranquila, aunque ambos sabían que eso no significaba nada. A veces la calma precedía la tormenta. Aunque al principio ambos se asustaron cuando vieron unas luces bajo aquella putrefacta agua, después de un par de segundos, reconocieron rápidamente aquellas luces. Se trataban de ojos, como los del pez que habían seguido. Era natural que hubiera muchos más debajo de su barca. Tras encontrarse unos cuantos pares de ojos, terminaron por relajarse. Zia mantuvo su espada desenvainada en todo momento a pesar de parecer tranquila. Había aprendido muchas cosas cuando la formaron como Vigilante, y una de ellas era estar alerta en todo momento, la cual había puesto en práctica desde el primer instante que entró en el Bosque. Zia le tendió la espada a Taron, el cual la miró extrañado.

— Venga, cambiemos, ya llevas mucho tiempo.— Taron

se encogió de hombros y no opuso mucha resistencia ante su propuesta. Tenía los brazos cansados y agarró la espada cuando Zia se la cedió. La colocó sobre sus rodillas, pero sin soltar la empuñadura y suspiró.— Vaya, sí que cuesta remar.

— Si hubiera sido fácil, hubiera seguido yo.— Confesó Taron con una sonrisa.— ¿Vamos por buen camino?

— Eso creo.— Taron asintió con la cabeza.

El sitio invitaba a la paz, y eso es lo que los mantuvo en silencio de nuevo. Eso y que ninguno de los dos se llegaba a fiar de tanta paz. Por mucho que Taron intentara no mirar a Zia fijamente, en más de una ocasión se sorprendió a sí mismo completamente embobado contemplándola. Zia disimulaba también que lo miraba y ambos entraron en una absurda espiral de miradas furtivas pero sin transmitir palabra alguna.

«Todo sería mejor si fueras sincero.» Taron parpadeó, mirando confuso a su alrededor. Esa voz no procedía de su propia cabeza. *«Di lo que sientes.»* Cuando su gesto de confusión empeoró, Zia fue consciente de aquello, ladeó la cabeza y lo miró fijamente a los ojos.

— ¿Qué ocurre? — Taron abrió la boca para hablar, pero negó con la cabeza.

— Nada, no te preocupes.— Zia frunció el ceño, pero

estaba demasiado ocupada remando como para atiborrarlo a preguntas.

«Díselo, no es tan difícil.» Taron tragó saliva, volviendo a buscar la procedencia de la voz. *«A veces, las palabras adecuadas son más valientes que los actos.»*

— ¿De verdad que todo va bien? — Taron resopló.

— ¿Tú no oyes una voz? — Zia alzó ambas cejas, moviendo la cabeza a ambos lados para confirmar que seguían solos en ese lugar.

— No, ¿qué pasa? ¿Qué dicen? — Taron se rascó la nuca y negó repetidas veces con la cabeza. Zia continuó remando con todas sus fuerzas, resoplando por el cansancio y Taron se inclinó hacia ella.

— Ahora sigo yo.— Zia se lo agradeció en un susurro, haciéndose de nuevo con su espada.

Aunque estuviera aliviada de no tener que seguir forzando sus brazos, aún la tenía perdida el hecho de que Taron hubiera escuchado voces. Barajó las posibilidades mentalmente. Quizás aquel líquido emitiera algún tipo de gas nocivo que provocara alucinaciones auditivas. Tal vez fueran los luminosos ojos de los peces, que tuvieran algo que enloquecían a las personas que las observaban. O a lo mejor había algo en el ambiente. Debía haber una explicación coherente.

«No todo tiene lógica en este mundo.» Zia pestañeó confundida. *«Di la verdad.»* Zia desvió la mirada, ¿serían esas las voces que Taron había oído? Sin embargo, Zia no se conformó únicamente con escucharlas, sino que fue un paso más allá.

— No sé de qué me hablas.— Taron dejó de remar un instante.

— ¿Qué? — Taron ató cabos antes de que Zia se explicara.— ¿Tú también oyes las voces? — Ella asintió.

«Díselo Zia.» La voz resonó con fuerza en su cabeza.

— ¿Que diga qué? — Taron frunció el ceño.

«Habla tú, Taron, se valiente por primera vez en tu vida.» Taron acarició los remos.

— ¿Qué te dicen? — Preguntó ella al notar que le habían vuelto a hablar a Taron.

— No sé de qué hablan… — Zia se abalanzó sobre los remos para continuar con su labor.

«Sí que lo sabes, Taron.» Decidió hacerles caso omiso, como si realmente fueran parte de sus propios pensamientos y

pudiera apagarlos cuando quisiera. Al cabo de un rato, Zia sonrió aliviada y Taron comprendió que ella ya no las escuchaba.

— Bueno… Parece que se han callado, al menos para mí… ¿Y para ti? — Taron asintió con la cabeza, mostrándole la mejor sonrisa falsa de su repertorio.

«Mentira. ¿Por qué le mientes?» Taron le regaló una sonrisa tranquilizadora otra vez, aunque no sabía si iba dedicada a Zia o a él mismo. *«¿Por qué no le dices lo que sientes? Deja de perder el tiempo, ¿cuándo volverás a tener una oportunidad así?»* Taron sentía que la cabeza podría estallarle en cualquier momento. Las voces eran constantes. No dejaban de murmurarle. *«Hazlo. ¿Qué es lo que te da tanto miedo? Venga, vamos, ¿qué es lo que te pasa? Serás inútil… Habla. ¡Habla! Ella no dirá nada hasta que tú no hables, ¡vamos! ¿Por qué no lo haces?»*

— ¡Porque me dirá que no! — Gritó Taron, llegando a ponerse de pie sobre la barca, asustando a Zia, quien casi suelta los remos por la impresión.

— ¡Me has mentido! ¡Te siguen hablando! — Aclaró enfadada viendo como Taron volvía a sentarse, apretando sus sienes con los puños.— ¿Qué diablos te dicen para que reacciones así? — Taron frunció los labios y se llevó las manos a la cabeza, cerrando los ojos. Las voces no paraban. Cada vez sonaban con más volumen. Se reían. Lo insultaban. Eran demasiado agudas. Taron negaba una y otra vez con la cabeza. Un fuerte dolor de cabeza lo invadió por completo. Por un segundo, tuvo verdadero pánico al pensar que podía perder el control, puesto que era incapaz de escuchar sus propios pensamientos.

— No se callan.— Era la primera vez que Zia escuchaba a Taron sollozar. Dejó de escuchar el movimiento del agua, el viento, a Zia intentando hablarle.

— Taron, Taron, ¡escúchame! — Él hundió la cabeza entre sus rodillas, llorando. *«Eres un llorica y un cobarde. Dejaste solo a tu padre, desobedeciste a Einar, metiste a Zia aquí y no eres ni capaz de hablar… ¿Qué diría tu madre de ti?»* Zia dejó de remar, dejando los remos dentro de la barca y se inclinó hacia él.– Taron, mírame, por favor, mírame.— Agarró su cara como buenamente pudo. Sintió que su corazón se rompía en mil pedazos cuando vio sus ojos bañados en lágrimas. Zia acarició su mejilla, intentando calmarlo.— Taron, escúchame a mí, vamos… — Taron balbuceó algo y cerró los ojos.— No, Taron, mírame…

— Zia… — No sabía si verdaderamente había dicho su nombre en alto porque aún no llegaba a escucharse con claridad.

— Estoy aquí, escucha mi voz, vamos… — Bajó las manos hasta las suyas, agarrándolas con suavidad, entrelazando sus dedos.

— Zia, yo… — Zia soltó una de sus manos para colocarla en su barbilla para que sus ojos pudieran encontrarse.— Las voces…

— Desahógate.— Lo abrazó como pudo.— Estoy aquí.

— Lo que quieren que te diga… — Gritos guturales estallaron en su cabeza. Debía hacerlas callar y si decir lo que sentía era el remedio, lo haría.— Por mucho que quisiera viajar, el único lugar en el que querría estar sería en Desha y sería por ti.— No estaba seguro de si estaba empleando las mejores palabras, puesto que seguía siendo incapaz de oír sus pensamientos ni su propia voz.— Incluso regresaría a este Bosque para estar contigo.— De pronto, las voces cesaron y volvió a ser consciente del sonido de su alrededor.— Porque me he enamorado de ti.— Zia abrió los ojos de par en par, sintiendo como sus mejillas se encendían. Taron se sintió como un idiota. El tiempo que transcurrió desde que confesó lo que sentía hasta que Zia se decidió a hablar fue el momento más largo de su vida. Si tuviera que definir interminable, Taron hubiera empleado ese momento como ejemplo, sin duda alguna.

Sin embargo, Zia no llegó a soltar palabra. Atrapó el rostro confundido de Taron entre sus manos y, sin previo aviso, lo besó. Fue un beso torpe, breve, pero cargado de un sentimiento que ninguno de los dos era capaz de controlar. El primer beso derivó en otro, aún más largo, aún más intenso, aunque no tanto como el tercero. Tenían la impresión de que sus labios estaban hechos el uno para el otro y ambos querían asegurarse de aquello. No obstante, aunque eso era lo que pretendían, la barca comenzó a tambalearse, las aguas se agitaron violentamente y fueron completamente empapados por un pez gigante que salió a la superficie.

— Por fin.— Los dos reconocieron la voz al instante. Era la que había estado torturando a Taron y había confundido a Zia. El pez abrió la boca, abalanzándose sobre ellos y Zia no perdió el tiempo. Blandió su espada, poniéndose rápidamente de pie para propinarle una estacada. Taron analizó la situación. Por mucha fuerza que Zia poseyera, sería imposible defenderse de un animal de tales dimensiones. La espada de Zia sería como una minúscula espina que no le provocaría daño alguno. La única forma de evitar una muerte segura sería lanzarse al agua en mal estado que los rodeaba. Sin embargo, tampoco sabía qué consecuencias supondría zambullirse allí. A pesar de los riesgos, Taron no tuvo tiempo para pensar. Agarró la muñeca de Zia y tiró de ella con fuerza para saltar los dos al agua. Zia chilló asustada durante su corto salto hacia el agua. Se preparó para agarrarse a Taron, esperando que él supiera nadar. Aguantó la respiración y sostuvo su espada con el doble de fuerza. A pesar de mantener los ojos cerrados, fue capaz de vislumbrar una luminosa explosión.

Escuchó como Taron tosía, haciéndola abrir los ojos. Estaban en tierra de nuevo. Gateó hasta Taron, respirando agitada. Aunque estuvieran en tierra, estaba completamente mojada y el pelo se le había quedado pegado a la cara. Se lo apartó mientras se sentaba al lado de Taron.

— ¿Estás bien? — Preguntó él. Zia asintió con la cabeza, tosiendo después.

— ¿Qué ha pasado? — Antes de que Taron pudiera contestar, una voz grave intervino en la conversación.

— Os he salvado.— Zia y Taron alzaron la vista. Frente a ellos, una figura los observaba. Un escalofrío recorrió la espalda de Zia. Aquellos ojos verdes translúcidos ya los había visto antes. Tenía su cuerpo cubierto por una túnica negra con capucha y no podía apreciarse ningún atributo físico que no fueran sus enormes ojos verdes.

— Tú… — Susurró Zia.

— Volvemos a encontrarnos.— Los miró a ambos.— Taron. Zia. Creo que me estabais buscando.

Capítulo 19.

Yo.

— ¿Qué era lo que nos ha atacado? — A pesar de las miles de preguntas que le rondaban por la cabeza a Zia, aquellas palabras brotaron de su boca sin pensárselo mucho.

— Ese pez se alimenta de las emociones.— Dijo el desconocido, mirando de reojo al agua negruzca.— Hace que salgan a flote las emociones más intensas de sus víctimas porque después, tienen mejor sabor para ellos.

— ¿Nos conocemos? — Preguntó Taron tras un sepulcral silencio. Ninguno de los dos fue capaz de leer la expresión facial de su nuevo compañero, puesto que un halo de oscuridad lo envolvía.

— Creo que es hora de recordar… — No supieron si el ruido que emitió fue el de un chasquido con los dedos, pero sí que se parecía mucho a ese sonido. Zia quiso mirar a Taron, pero antes de que esto fuera posible, ambos se desvanecieron en el suelo.

Un estrepitoso y desagradable zumbido recorrió la cabeza de Zia, provocándole un fuerte dolor en los oídos. Abrió los ojos, despacio, sumamente confundida. Sin embargo, el hecho de abrir los ojos, no le aclaró la situación en la que se encontraban, sino que la perdió mucho más aún. Estaba, literalmente, flotando en el aire y Taron estaba a su lado. Quiso decirle cualquier cosa, pero era incapaz de expresar palabra alguna, más bien, no podía abrir la boca para hablarle. Taron estaba absorto, contemplando lo que había bajo ellos y Zia decidió prestar atención también a lo que estaba ocurriendo.

Desha estaba bajo sus pies. Como una preciosa pintura en movimiento. Los rayos del sol la iluminaban con calidez; se escuchaban las risas de los niños; los gritos de los mercaderes que traían las ofertas; incluso olía a bollos recién hechos en la panadería del padre de Mel. Una extraña sensación alarmó su cuerpo, obligándola a buscar la casa de Mel. El corazón de Zia dio un brinco. Allí estaba ella, ayudando a Dru a salir por la ventana. Abrió la boca sorprendida, ¿acaso eso eran… sus recuerdos?

— *Sí, adoro mi vida. Cuando no vigilo que nadie entre en el Bosque, me toca vigilar como mi mejor amigo puede acostarse con su novia sin que el padre de ella lo pille.*— Dru soltó una risotada.

Zia tragó saliva. Era raro escucharse a sí misma hablar con Dru. Tenía la sensación de que hubieran pasado siglos desde esta conversación… Pero, de pronto, algo cambió. Aquellos recuerdos no encajaban con lo que ocurrió.

— ¿Te has enterado? — Preguntó una Zoé realmente emocionada.— Hay alguien nuevo en Desha que te va a encantar… — Le explicó Zia, cogiendo su mano.

— ¿Ves? ¡Las cosas pueden cambiar! — Exclamó Dru, dándole unas suaves palmaditas en la espalda.

— ¡No te adelantes a los acontecimientos! — Dijo Zia mientras era arrastrada por Zoé hasta la plaza del pueblo.

Taron estaba sentado en un banco con una pila de libros a su lado, rodeado de un corrillo de niños que le pedían que les contara más historias. La Zia que observaba todo aquello desde el aire notaba como su corazón iba a salir disparado de su pecho. Así no había conocido a Taron, pero por algún motivo, le resultaba extrañamente familiar y… Verdadero.

Sus miradas se cruzaron y Taron esbozó una pequeña sonrisa que hizo sonrojar a Zia. A raíz de ese instante, comenzaron a aparecer multitud de imágenes de momentos que Taron y Zia habían compartido. Algunos se parecían a los recuerdos que ambos tenían, como cuando se quedaban hablando hasta las tantas de datos sobre la Capital, o como cuando intercambiaban leyendas… Pero otros eran distintos, algunos detalles cambiaban.

— Creo que los dos podemos aportarnos cosas el uno al otro… — Le comentó Taron mientras caminaban entre los tenderetes que estaban montando para el Festival.— Yo tengo el dinero necesario para que viajemos, e incluso podrías quedarte en mi casa, en la Capital.

— ¿Y yo qué te aporto? ¿Mi fiel compañía? — Preguntó Zia irónicamente.

— Una visita al Bosque.— Tanto la Zia que vivía aquello como la Zia que le observaba desde arriba, se sintieron terriblemente mal. La primera, porque se dio cuenta de que había sido una ingenua. La segunda, por no haberle explicado el gran error que supondría entrar en el Bosque.

Taron observaba la escena, dándose cuenta de lo imbécil que había sido por intentar sacarle partido a la amistad que tenía con Zia. En esta ocasión, Zia no le lanzó hidromiel a la cara, sino que le dio un sonoro bofetón en la mejilla y salió de allí con los ojos bañados en lágrimas.

El Taron que observaba aquellas imágenes nunca se había sentido tan miserable. Miró de reojo a Zia, flotando a su lado, con las lágrimas saltadas. Extendió el brazo para intentar darle la mano, para abrazarla, para pedirle perdón… Pero la imagen que había ante ellos volvió a cambiar.

Ahora era la tarde del festival. Zia sabía lo que eso

significaba, al menos lo que ella recordaba. Efectivamente, el instante en el que Dru y Mel se besaron para hacer pública su relación, y como ella se había marchado de allí. Lo que no se esperaba era que Taron hubiera visto también aquello; el cual dudó un instante si ir a consolarla o marcharse. Con tan solo ver la escena, Taron se arrepintió de ver cómo se iba hacia el Bosque.

A partir de ahí, los recuerdos fueron pasando delante de ellos mayor rapidez.

Zia saltando hacia el interior del Bosque intentando agarrar a Taron.

Taron huyendo de unos lobos demacrados, los cuales Zia eliminó.

Tal y como antes había sucedido, algunos momentos estaban ligeramente cambiados, pero seguían siendo familiares para ambos. Pero es que acaso… ¿Habían vivido la misma historia dos veces?

Vieron con miedo la escena de la vieja quitapieles, Zia le había susurrado a Taron que la atacara desde arriba para despistarla. Taron frunció al ceño al escuchar el plan de Zia, ¿fue ese el motivo por el que se había atrevido a lanzarse en picado sobre ella? ¿Porque ya sabía que funcionaría? ¿Era porque ya lo habían vivido antes?

También vieron a aquellos feroces ciervos, salvo que esta vez, uno de ellos logró embestir a Zia antes de que pudieran huir bajo los matorrales. Taron la había podido curar después siguiendo sus instrucciones.

Estuvieron en la casa juguetona, pero esta vez Taron aprovechó el momento de tranquilidad que les proporcionaba la hoguera para decirle a Zia lo que sentía por ella. No obstante, la casa cobró vida en el momento menos oportuno, interrumpiéndolos. Taron volvió a salir de la casa con Zia, precipitándose por la ventana, aunque en esa ocasión, Zia cortó la supuesta lengua con la espada antes de que el Bosque cambiara de forma.

Volvieron a presenciar la tensa y desagradable discusión que tuvieron cuando el zorro quiso separarlos. Los dos evitaron mirarse cuando la pelea tuvo lugar. El momento en el que Zia había intercambiado su ojo con el del zorro seguía siendo igual de horrible y asqueroso, al igual que cuando Zia se enfrentó a los zorros, aunque en aquella ocasión Zia no acabó con todos ellos. Solo con los suficientes para poder liberar a Taron.

Taron frunció el ceño al ver como esa vez, casi son asesinados por los extraños jinetes que cabalgaban aquellos descabezados caballos. Aún así, eran nuevamente rescatados por el Guardián. De pronto, las imágenes fueron cada vez más difusos, como un papel mojado. Pudieron ver a Taron inconsciente en el suelo, a Zia delante de él, como si lo estuviera protegiendo, de rodillas frente al Guardián.

— Por favor… — Suplicaba ella, con los ojos llenos de lágrimas.

— Ya te has saltado muchas reglas, Vigilante.— Contestó impasible.

— Si pudiera cambiarlo… Si pudiera haber hecho algo más para evitarlo… — Los ojos del Guardián parecían haberse iluminado.

— ¿Y si pudieras? — Zia se limpió las lágrimas.— Con una única condición…

Taron sintió que le faltaba el aire y Zia se mareó al abrir los ojos. Ninguno de los dos sabía qué decir. Sentían sus músculos tensos, sus cabezas estaban aún asimilando todo lo que habían visto y la presencia del Guardián era muy intimidatoria. Aguardó a que dijeran cualquiera cosa, pero Taron seguía temblando demasiado y Zia tenía la mirada perdida.

— ¿Qué tal ahora? — Preguntó con su voz grave.—

¿Recordáis?

— Hicimos un trato… — Logró murmurar Zia, intentando hacer memoria.

— ¿De verdad habíamos estado aquí antes? — Dijo Taron incrédulo.— Todo lo que hemos visto… ¿Pasó?

— Sí, esta es la segunda vez que entráis aquí.— Zia tragó saliva.— ¿Recuerdas el trato, Zia? — Ella negó con la cabeza. Por mucho empeño que pusiera en intentar recordar sus palabras era incapaz de recordar con claridad.— Te di una oportunidad.

— ¿Una oportunidad? — Repitió Taron.

— Me dijiste que si pudieras volver atrás… — Zia se atrevió a mirarlo directamente a los ojos, viéndose reflejada en ellos, como un espejo, y entonces, lo recordó todo.

— Lo hiciste, volvimos atrás… Pero nos borraste… — A Zia le costó pronunciar aquellas palabras ya que la situación le resultaba del todo inverosímil.— Nos borraste la memoria.

— Me repetías una y otra vez que serías capaz de convencerlo para que no entrara.— Dijo el Guardián, echándose a reír.

— Sabías que no podría hacerlo… — Susurró Zia.—

¡Me engañaste!

— ¿Por qué lo hiciste? — Preguntó Taron, levantándose del suelo.— ¡No tiene sentido!

— Diversión.— Respondió tajante.— ¿Sabéis lo aburrido que es vigilar las puertas del Más allá? ¿Lo frustrante que es vivir en el Bosque? Fue divertido veros estar en apuros. Ver como luchabais por sobrevivir… Y cuando me dijiste que volverías atrás para salvarlo, aproveché la oportunidad para divertirme de nuevo.

— Así que… ¿Solo éramos marionetas que te entretenían? — Cuestionó Taron, cada vez más enfadado.— ¿Y si esta vez hubiéramos muerto?

— No hay mejor sitio para hacerlo…

— No vas a dejarnos salir.— Concluyó Zia, agachando la cabeza.

— No te hagas la víctima.— El Guardián se acercó más a ellos.— Fuiste tú quien no supo hacer un buen trato.

— ¡Nos usaste para tu entretenimiento! ¿En qué cabeza entra eso? — El Guardián abrió aún más los ojos, pero Zia se mantuvo firme frente a él.— Ser Vigilante también es…

— ¡TÚ NO SABES LO QUE ES VIVIR AQUÍ! — La

fuerza de su voz la impulsó ligeramente hacia atrás, tambaleándose.

— ¡Zia! — Taron corrió hacia ella, cogiéndola de la mano.

— El Bosque te cambia, ¡te consume! — Hizo desaparecer su túnica, su halo de oscuridad se desvaneció y, por primera vez, contemplaron cómo era realmente.— El Bosque siempre necesita un Guardián, el Dios de la Muerte lo mantiene vigilado. Una vez que te conviertes en él… No hay vuelta atrás. Tu humanidad queda condenada.

No cabía la menor duda de que antes había sido un humano, aunque era muchísimo más alto que una persona normal y corriente. La poca piel que le quedaba era negruzca, cubierta de un pestilente moho. Algunos de los huesos estaban rotos, otros entrelazándose con ramas; su cráneo estaba cubierto de raíces marchitas. Tenía clavados algunos troncos en sus extremidades, haciéndole parecer que tenía cuatro brazos. Un agujero en forma de triángulo le servía como nariz y otro más alargado y deforme le valía como boca. Unas cuantas ramas atravesaban su cabeza, dotándole de un similar aspecto a cuernos. Ambos ahogaron un grito de terror. Taron apretó su mano y Zia se aferró aún más a él. Sin embargo, ella era plenamente consciente de que el miedo no podía paralizarlos y mucho menos ahora. Mucho menos en el final del camino. Habían lidiado con muchos peligros y el Guardián solo era uno más. Un peligro que les brindaba la posibilidad de volver a casa si jugaban bien sus cartas.

Si supuestamente el problema había sido que no le había propuesto un buen trato, solo tenía que encontrar otro con el que salieran ganando. Tal y como el zorro le había enseñado. Solo había que darle algo que quisiera, algo que no estuviera dispuesto a rechazar. Zia lo estudió con detenimiento, recordando lo que acababa de decir: «El Bosque te cambia, ¡te consume!» Zia lo comprendió al instante. El Guardián quería ser libre.

— Te propongo un trato.— Dijo lo más firmemente que pudo.

— ¿Vais a repetir? — Preguntó sarcásticamente.

— No.— Zia dio un paso hacia delante.— ¿Qué necesitas para dejar de ser el Guardián?

— ¿No es obvio? — Se inclinó hacia delante, agachándose para mirarla fijamente.— Un sustituto.— Zia tragó saliva. Desgraciadamente, era la respuesta que se esperaba.

— ¿Y si yo te buscara un sustituto a cambio de que nos

dejes salir? — El Guardián soltó una aterradora carcajada.— Ambos saldríamos ganando.

— Déjame adivinar… Primero os dejo salir y tú vuelves con un sustituto, ¿no? — Zia asintió despacio y el Guardián volvió a reírse de esa manera tan escalofriante.— No me fío, ¿no sabes que nadie puede engañar al Dios de la Muerte?

— Tú no eres el Dios de la Muerte.— Contestó Zia, desafiante.— Sabes que es un buen trato.

— Ya te he dicho que no me fío de ti.— Repitió el Guardián, cada vez más serio.— No voy a hacer ningún trato. Voy a cumplir con mi cometido.— Zia entendió sus palabras a la perfección e instintivamente, se situó delante de Taron.

— Por favor… Le prometí que volvería a casa… — Taron rodeó la cintura de Zia.

— Zia, déjalo… — Murmuró él con la voz quebrada. Zia se dio la vuelta, a punto de echarse a llorar.

— ¿Es que no lo entiendes? Él va a… — Taron le regaló una pequeña sonrisa y acarició su mejilla, rozando también su equis.

— Lo sé… Has hecho lo que has podido.— Zia negó con la cabeza, dejando que las lágrimas cayeran por su rostro.— Sí, Zia. Dos veces.— Taron la estrechó entre sus brazos y Zia rompió a llorar.

Taron miró al Guardián, pero él se mantuvo impasible. Taron no fue consciente de que él también estaba llorando hasta que notó húmedas sus mejillas. Sin embargo, lo más curioso era que no lloraba por su vida, sino por la de ella. Zia se había esforzado en mantenerlo con vida. Había sido su apoyo incondicional y había luchado incansablemente por sacarlo de allí. Y no solo una vez. Había tenido una segunda oportunidad para seguir con su vida en Desha, pero lo había vuelto a seguir. Había vuelto a sacrificar su vida por él. Taron cerró un instante los ojos, llegando a una única conclusión: Ahora le tocaba a él.

Taron separó poco a poco a Zia de sus brazos y la miró a los ojos. Zia limpió sus ojos mientras lo observaba, intentando averiguar en qué pensaba.

— Te propongo un trato.— Se atrevió a decir. Zia frunció el ceño, confundida.

— ¿Qué haces? — Susurró ella, pero Taron hizo caso omiso a sus palabras, apartándose de ella.

— Ya he dicho que no quiero ningún trato.— Respondió con cierta pesadez.

— Este sí.— Contestó con decisión.— Quiero que Zia

sea completamente libre del bosque.— El Guardián soltó una incrédula carcajada mientras que Zia abría los ojos de par en par.— Y cuando digo libre, es libre.

— ¿Es una broma? — Volvió a preguntar el Guardián, jugueteando con algunas de las raíces que sobresalían de sus huesos.

— Y yo seré el nuevo Guardián.— Las espeluznantes risas cesaron.— ¿Hay trato? — El Guardián estudió sus ojos con curiosidad.

— ¿Qué haces? ¿Te has vuelto loco? — Preguntó Zia en pleno ataque de nervios, tirando de su brazo para alejarlo del Guardián.— Taron, no…

— Soy un descerebrado, ¿recuerdas? — Taron le sonrió, y volvió a mirar al Guardián, extendiendo su brazo.— ¿Hay trato o no? — Antes de que Zia pudiera hacer nada para evitarlo, el Guardián agarró su mano.

— Trato hecho.— Zia intentó separarlos, pero el Guardián la apartó de ellos.— Cumpliré con mi palabra.— Soltó la mano de Taron y se abalanzó sobre Zia, agarrándola por el cuello, levantándola del suelo.

— ¡No le hagas daño! — Gritó Taron, pero el Guardián no le escuchó. Zia apenas podía respirar. Pataleó, agarró la enorme mano que rodeaba su cuello, arañándola. De pronto, una horrible sensación de quemazón recorrió la equis de su mejilla. Iba a morir. Era la señal.

El Guardián la soltó y Zia tosió con fuerza, intentando recuperar el aire. Taron corrió hacia ella, poniéndose de rodillas a su lado.

— ¿Estás bien? — Zia asintió lentamente.— ¡Este no era el trato!

— Mírala bien.— Taron volvió la cabeza para examinarla, cayendo en la cuenta de que ya no tenía la equis. El Guardián había entendido perfectamente la petición de Taron.— Eres libre, Zia.— Taron la ayudó a levantarse. El Guardián sacó una de las ramas que sobresalía de entre sus huesos, y dibujó un círculo en el suelo.— Puedes marcharte a Desha o… A donde quieras. Eres libre del Bosque.

— Vamos.— Le dijo Taron, conduciéndola hasta allí, pero Zia lo frenó.

— No, no puedo dejarte aquí, no puedo, yo… — Taron atrapó su cara entre sus manos.

— Eh, quiero que viajes a todos los sitios de los que hemos hablado.— Zia negó con la cabeza.— Eres libre, Zia… Es lo mínimo que puedo hacer por ti.

— Taron, no… — Volvió a interrumpirla.

— Zia, por favor. Hazlo por mí.— Acarició sus mejillas, soltando lentamente su cara.

— Vete ya.— Le ordenó el Guardián, impaciente. Zia se giró un instante para examinar el portal que el Guardián había abierto.

— Te quiero.— Murmuró Taron, dedicándole una última sonrisa.

— No.— Susurró Zia. Agarró a Taron con fuerza y se inclinó hacia atrás, dejándose caer en el portal, llevándose a Taron con ella. Mientras caían, un grito desgarrador se escuchó en todo el Bosque.

Habían escapado.

Capítulo 20.
Dru.

Zoé tenía turno de vigilancia por el límite este del Bosque aquella mañana. Los turnos solían hacerse por parejas y ella siempre iba con Akil, pero las parejas, los horarios, la forma de vigilar el Bosque… Todo había cambiado desde el día del Festival. Realmente, todos habían cambiado.

Los Vigilantes estaban vinculados a la muerte desde el momento en el que nacían, pero superar la marcha de una compañera era muy complicado. Más aún cuando no había sido como debería haber sido. Zia no había sido llamada. No tendría que haberse ido.

Desha no había vuelto a ser la misma desde que ella se fue, pero sin duda alguna, quien había sufrido una transformación brutal era Dru. La alegría, el desparpajo y la vitalidad tan características de Dru habían desaparecido. Se habían esfumado de un plumazo.

De hecho, ese cambio era el motivo por el que Zoé patrullaba sola aquella mañana. Por desgracia, había llegado a un punto, en el que a Zoé no le quedaba otra que acostumbrarse a la dejadez de su amigo.

Desde el momento en el que vio como Zia se adentraba en el Bosque, el alma de Dru había caído en picado. Había desatendido su labor como Vigilante, el simple hecho de acercarse al Bosque, le provocaba náuseas. Había tenido que abandonar su puesto en mitad de su turno por padecer dolores de cabeza o de estómago que le habían causado vómitos. Todo ese malestar que Dru presentaba, había hecho que dejara de comer. Por lo tanto, Zoé, Akil y Mel tenían que estar pendientes de él. Básicamente, llegó un momento en el que tenían que obligarlo a comer.

Siempre que podía, intercambiaba sus turnos con otros Vigilantes para poder quedarse en la cama. Al principio, Dru optó por permanecer dormido el mayor tiempo posible para no pensar en Zia. Después, le sucedió todo lo contrario. Siempre que se dormía, soñaba con Zia. Soñaba que lograba detenerla, soñaba que cogía su mano y la convencía para salir de allí. Pero en otros sueños, por mucho que consiguiera agarrar su mano, Zia seguía cayendo dentro del Bosque. La veía cruzar las puertas del Más allá. Y, en sus peores pesadillas, la veía muerta.

Por lo tanto, Dru pasaba por períodos de insomnio y por periodos en los que dormía más que vivía.

A pesar de todo, había días en los que intentaba

motivarse a sí mismo. Se repetía una y otra vez que el mundo seguía girando pese a que Zia no estuviera en él. Aunque también había días en los que a pesar de ser consciente de aquello, también se daba cuenta de que, aunque el mundo girara, ya no lo hacía de la misma manera.

Aún así, Dru no podía quejarse del apoyo que le brindaban sus amigos, por mucho que tardara en darse cuenta de aquello. Akil lo había despertado en más de una ocasión, a veces hasta lo había intentado tirar de la litera, logrando que incluso se riera. Zoé lo había acompañado en cada turno, se había encargado de mantenerlo entretenido y también de acompañarlo a la taberna o a casa de Mel para que comiera.

Las visitas clandestinas que Dru le hacía a Mel cesaron y era ella quien tenía que ir a buscarlo para que pudieran verse. Mel había pensado que desde que hicieron pública su relación, todo sería mucho más fluido. Que Dru y ella podrían presumir de su romance con total libertad… Pero desde lo de Zia, la parte romántica y cariñosa de Dru se había extinguido. Mel se sentía verdaderamente mal consigo misma, además de egoísta por echar de menos al Dru que había conocido. Ella siempre había sabido que Zia tenía sentimientos por Dru, eso se notaba a la legua, pero Mel nunca había tenido dudas con respecto a Dru. Sabía que la quería, que le gustaba estar con ella y que lo que sentía por Zia no era nada más que amistad, pero desde que

Zia se había marchado... Ya no lo tenía tan claro. Y le dolía pensar así. Con el paso del tiempo, fue capaz de confesarle a Zoé sus dudas, pero ella había logrado tranquilizarla, explicándole que Dru terminaría por seguir adelante y superar la marcha de Zia, y que llegaría un momento en el que volvería a ser el de antes.

Zoé se había apoyado mucho en Mel, convirtiéndose así en grandes amigas. Zoé también había sufrido mucho por la marcha de Zia. Al principio estaba muy enfadada con ella por haberse saltado las reglas para buscar a Taron, pero ese enfado, se convirtió en tristeza por haber perdido a una buena amiga. Incluso Akil reconoció que el problema de Zia era que siempre había sido demasiado bondadosa y eso es lo que había hecho que se adentrara en el Bosque para rescatar al que era, prácticamente, un desconocido. Akil expresaba rara vez algún sentimiento, y aunque discutía mucho con Zia, Zoé sabía que también la echaba de menos.

Cuando una mano agarró el hombro de Zoé, pegó un pequeño grito y casi le da un codazo a un Dru con gesto despistado.

— Pensé que ya no vendrías.— Dijo ella tras recuperar la compostura. Dru le hizo una breve reverencia.

— Me quedé dormido. Pasé una mala noche y... — Zoé

negó con la cabeza. Ya no era necesario que le diera ningún tipo de explicación. A fin de cuentas, ya se las sabía todas.

— Creo que Mel ha preparado una bandeja de dulces exquisitos para después.— Comentó ella para quitarle importancia al tema.— Me han dicho que eran nuevas recetas y muchos tienen arándanos, como a ti te gustan.— Dru se limitó a sonreír levemente.— Tienes mucha suerte con ella, ¿eh?

— Demasiada.— Dru suspiró profundamente.— Más de la que merezco.

— ¿Por qué lo dices? — Dru se encogió de hombros, desviando la mirada.— Dru…

— Porque no me merezco nada, soy un inútil, Zoé.— Antes cuando decía esas palabras, acababa viniéndose abajo pero ahora las decía con absoluto convencimiento. Zoé no sabía qué era peor.— No pude salvarla.

— Dru, no digas eso.— Dijo Zoé, situándose frente a él.— Para empezar… Zia no quería ser salvada.— Dru agachó la cabeza.— Sé que teníais una relación muy especial y estoy segura de que siempre la tendréis, aunque ya no esté con nosotros.

— A veces nos decían que éramos hermanos y otras que éramos pareja… — Comentó Dru con una sonrisa nostálgica, mirando hacia ninguna parte.— Y ese es el problema.

— ¿A qué te refieres? — Dru frunció los labios, atreviéndose a mirar a Zoé a los ojos.

— Que no sé qué perdí, Zoé… Si a una hermana o… – Dru optó por permanecer con la boca cerrada. Unos muy inoportunos gritos, captaron su atención.

— ¡Zoé! ¡Dru! — La aguda voz de Akil hicieron que se dieran la vuelta.— ¡Tenéis que venir! ¡Ya! — Zoé y Dru se lanzaron una rápida mirada y salieron corriendo hacia donde estaba Akil.

— ¿Qué ocurre? — Preguntó Zoé cuando lo alcanzaron.— ¿Alguien ha intentado colarse? — Akil negó con la cabeza.

— Son dos heridos, venid.— Dru frunció el ceño con gesto confundido, ¿desde cuándo ellos se encargaban de los heridos? En Desha ya había una curandera que se encargaba de ellos. Akil los condujo hasta la puerta de una de las cabañas de los Vigilantes que la curandera usaba como consultorio.

— ¿Quiénes son? — Preguntó Dru mientras Akil abría la puerta. Se giró un instante para mirarlo.

— No te lo vas a creer.— Dru volvió a sentirse completamente confundido. ¿De qué se trataba todo eso?

De pronto, el corazón de Dru se detuvo por un instante. No hacía falta que se acercara mucho más a esa cama para saber de quién se trataba.

Zia.

Quiso abrir la boca para decir algo, pero no tenía ni idea de qué. Corrió hacia ella, tirándose de rodillas al suelo para situarse al lado de su cama, agarrando su mano. Estaba profundamente dormida, pero estaba viva. De verdad estaba viva, allí, delante de él. Su pelo azul estaba ligeramente enredado y tenía montones de rasguños por el cuerpo. Había perdido peso y no hacía falta ser un experimentado curandero para saber que no estaba en plena forma.

— ¿Se pondrá bien? — Eso fue lo único que consiguió decirle a la curandera, notando como sus ojos se humedecían. No fue capaz de apartar la vista de Zia, pensaba que si dejaba de mirarla, volvería a perderla.

— Sí, los dos se recuperarán.— Contestó la curandera mientras preparaba unos brebajes a su lado.— Presentan una clara deshidratación y están bastante famélicos, pero con descanso, comida y mucha agua, se encontrarán mejor.— Cuando la curandera empezó a hablar en plural, Dru se fijó en que la otra cama estaba ocupada por Taron. Ambos estaban prácticamente en las mismas condiciones. Obviamente, se alegró de que los dos estuvieran bien, pero no pudo volver a separar la vista del rostro de Zia. Acarició su mejilla, pero rápidamente apartó su mano.

— ¿Y su equis? Zia es una Vigilante.— La curandera se inclinó hacia ella para examinarla, pero por la expresión de su cara, dio por hecho que no tenía ni idea de lo que le había ocurrido. Sin embargo, la causa de que la equis hubiera desaparecido, dejó de importarle en el momento en el que Zia comenzó a abrir los ojos poco a poco.— Zia, Zia.

— Dru… — Murmuró ella con un hilo de voz. Dru no pudo controlarse y la abrazó en cuanto ella hizo el amago de incorporarse.— ¿Estoy en… Desha? — Dru asintió con la cabeza, sin soltarla.

— Aún no me lo creo, ¡estás viva! — Dru tampoco había podido contener su llanto, pero a diferencia de los que había experimentado los anteriores días, este era de pura felicidad.— Estás aquí… — Zia sonrió con cierto cansancio. A pesar de querer seguir abrazando a Dru, había algo que debía comprobar primero.

— ¿Y Taron? ¿Dónde está Taron? — Dru la fue soltando poco a poco y le señaló la cama que había al lado. Zia se puso en pie con las pocas fuerzas que le quedaban y se dejó caer a su lado.— ¿Está bien? — Antes de que nadie pudiera responderle, una voz la sorprendió tanto como la consoló.

— Lo estoy… — Tosió tras hablar, pero logró incorporarse para abrazar a Zia.— ¿Cómo pudiste hacer eso? ¿Y si hubiera salido mal? — Le susurró al oído. Zia se separó ligeramente de él, mirándolo a los ojos y acarició su mejilla.

— Ahora yo también soy una descerebrada.— Ambos se rieron suavemente y, aunque estuvieran bajo la atenta e incrédula mirada de unos cuantos Vigilantes, nada existía para ellos en aquel momento.

Tras recuperarse del todo de sus heridas, lo cual no fue una ardua tarea, los dos tuvieron que dar una gran cantidad de explicaciones al resto de los Vigilantes. Al principio, no les pareció bien que Taron estuviera presente cuando Zia fue a contarles la historia, pero ella alegó que ya no había nada que ocultarle, que por las circunstancias que habían vivido juntos, él estaba informado de todo. Los Vigilantes más antiguos pusieron muy mala cara cuando Zia dijo que Taron estaba al tanto de todo, pero a medida que Zia relataba los hechos con ayuda de Taron, las malas caras desaparecieron. Les explicaron con todo lujo de detalles los monstruos a los que se habían enfrentado ahí dentro, el status quo que reinaba dentro de aquel oscuro lugar y cómo era el Guardián. Sin embargo, ninguno de los dos habló de los tratos con el Guardián, ni tampoco de que esa era la segunda vez que entraban al Bosque. Cuando les preguntaron cómo habían logrado salir con vida de allí, Zia fue muy escueta con su respuesta. «El Guardián nos perdonó.» Taron le preguntó en privado por qué no había dicho la verdad, por qué no dijo que, simplemente, habían conseguido darle esquinazo.

«Porque nadie puede engañar al Dios de la Muerte.» Se había limitado a responder Zia.

Capítulo 21.
El comienzo.

Zia y Taron pasaron un buen rato separados en el que ambos aprovecharon para asearse y habían decidido quedar en la taberna con los demás para cenar en condiciones. Zia lo buscó con la mirada infinidad de veces a pesar de ser consciente de que no estaba con ella, pero se le había quedado guardado ese gesto sin ni tan siquiera darse cuenta. Aunque no era solo ella la que tenía automatizado eso. Taron también se giraba para buscarla, aunque supiera que estaba en su cabaña. Aunque ambos sabían que ya estaban a salvo en Desha, ambos sintieron un enorme alivio cuando se vieron el uno al otro. Una de las cosas que habían perdido dentro del Bosque habían sido las formas. Tanto era así que los dos corrieron el uno al otro nada más verse en la taberna, fundiéndose en un cálido abrazo. Aunque los demás se sorprendían con cada gesto de cariño que ambos se expresaban, a pesar de haberles contado todo lo que habían pasado juntos, no era lo mismo escucharlo que vivirlo. Bien lo sabían ellos cuando habían vivido en sus propias carnes las leyendas que tanto conocían.

Akil parecía haber perdido la vergüenza y el orgullo que tanto lo definían, puesto que desde la reunión de los Vigilantes, les preguntaba una y otra vez sobre sus aventuras en el Bosque.

Zia escuchaba con absoluta adoración como Taron relataba alguno de sus episodios como si se trataran de una leyenda escrita en cualquier libro antiguo; y en parte, así lo sentía. A pesar de haber sobrevivido al Bosque, a pesar de todo lo que habían vivido, aún se sentía ajena a la realidad que los rodeaba, como si aún no se creyera por todo lo que habían pasado y como si aún no fuera realmente consciente de que volvían a estar en casa. Cuando Zoé empezó a ponerle al día sobre todo lo que había pasado en su ausencia, le resultó extraño, porque, por un momento, tenía la sensación de haber estado únicamente un día fuera. Taron y Zia se dedicaban miradas furtivas continuamente durante la cena, se les hacía raro no estar sentados el uno al lado del otro comiendo unos trozos de pan secos a la luz de una hoguera verde, aunque la comida que ahora estaban devorando en una mesa de madera el uno frente al otro, no tenía fallo ninguno.

Zia había llegado a odiar la rutina de estar casi todos los días comiendo en la taberna con sus amigos, todo lo veía cíclico y repetitivo, pero en aquel instante… Parecía un sueño hecho realidad. Estaba ahí, después de todo, después de creer que jamás podría volver a estar junto a ellos… Y encima, con Taron. No habían podido mantener una conversación lo suficientemente larga para aclarar qué sería de ellos ahora, pero más o menos se lo imaginaba. Recuperarían fuerzas durante unos días mientras organizaban cuál sería su siguiente parada. A fin de cuentas, es lo que ambos habían querido desde un principio. Sabía que en algún momento regresaría a Desha, pero el hecho de no sentirse anclada al Bosque, era una sensación indescriptible. El Bosque la había cambiado, Taron la había liberado de su tormentoso cometido y por lo tanto, todo lo que había a su alrededor, lo sentía diferente. Incluidas las personas que estaban con ella.

Al igual que Akil se mostraba algo más despreocupado, era muy obvio que Zoé había entablado una gran amistad con Mel. Ambas usaban las mismas expresiones, tenían miradas de complicidad y soltaban la misma clase de bromas. Mientras que Dru… Dru había sufrido. Zia no fue consciente de lo mal que su mejor amigo lo había pasado nada más despertar, pero sí que se fue dando cuenta a lo largo del día, y también por cosas que Zoé le había contado a hurtadillas.

Dru, que tan cariñoso se había mostrado con ella al verla por primera vez, ahora se mostraba bastante reticente. Era cierto que había permanecido a su lado, pero rara vez iniciaba una conversación con Zia. Todos tenían muestras de aprecio para los que habían regresado, a nadie le faltaban buenas palabras, ni abrazos. Incluso para Taron, a pesar de no conocerlo demasiado. Dru se ausentó un momento de la mesa y Zia le apretó el hombro con suavidad a Taron.

— Ahora vuelvo, ¿vale? — Él asintió, dedicándole una leve sonrisa. Zia salió tras a Dru, al cual encontró sentado sobre unas cajas que había tras la taberna. No era la primera vez que Dru se escondía allí, pero ella lo conocía lo suficientemente bien como para saber que estaría allí.— Así que… Ahora te escaqueas de las reuniones de amigos.— Dru giró la cabeza, mirándola sorprendido.

— Más o menos.— Zia se sentó a su lado.— ¿Cómo te encuentras?

— Cansada, sorprendida, con demasiadas cosas en mi cabeza… — Dijo ella sin llegar a mirarlo, sonriendo con cierta desgana.— Pensé que no regresaríamos.

— Pero lo conseguiste.— Contestó Dru, colocando la mano en su rodilla.

— No, lo conseguimos, Taron y yo.— Lo corrigió ella con una pequeña sonrisa.— Me he enterado de que este tiempo, tú… — Dru resopló, echando la cabeza hacia atrás.

— Zoé es una chivata.— Murmuró entre dientes.

— Yo también te he echado de menos.— Susurró Zia, dándole un suave empujón. Dru tomó su mano y la apretó con suavidad.— ¿Qué ocurre?

— Te volverás a marchar, ¿verdad? — A Zia le tomó

desprevenida esa pregunta.— Ya no estás atada al Bosque… Y eso tampoco lo has explicado. Sé que el Guardián no os dejó salir así como así. Es imposible. Sé que hay cosas que no has contado.— Zia desvió la mirada.— No sé por qué las ocultas, quizás sea por nuestro bien… Quizás por el tuyo, pero… Tú siempre has querido viajar, y ahora puedes hacerlo, así que ahora… Te marcharas… Con él, ¿no?

— Por ahora me esperan unos cuantos días aquí… — Murmuró ella, rascándose la nuca.— Pero…

— Lo tomaré como un sí.— Dijo Dru, desganado.

— Siempre volveré.— Zia lo abrazó en silencio y él lo correspondió, estrechándola con fuerza entre sus brazos. Quiso decirle que la había echado de menos, que no quería que se fuera de nuevo, que se sentía terriblemente solo si ella no estaba con él, pero en el fondo, sabía que siempre se sentiría culpable de retenerla. Él no era el Bosque, no podía mantenerla encerrada en un lugar en el que verdaderamente nunca había querido estar.

— Y yo siempre estaré aquí.

Por muy mal visto que estuviera para el resto de aldeanos, Zia fue incapaz de pegar ojo en su antigua en litera y terminó por salir de la cabaña en mitad de la noche. Zia observó el Bosque por el rabillo del ojo, sintiendo como un escalofrío recorría su cuerpo. Tragó saliva y se dio la vuelta para no fijarse ni un segundo más en él. El Bosque y ella ya no tenían relación. No hasta que llegara el momento. Llegó a la taberna donde Taron se hospedaba, en la parte que era posada, y golpeó con delicadeza la puerta de la habitación de Taron. Él sonrió ampliamente al verla. Tampoco podía dormir cómodo si no estaba junto a ella. Ya se había acostumbrado a su presencia y el no tenerla cerca, le resultaba tremendamente extraño, a la par que desagradable.

— ¿No te has dormido todavía? — Preguntó ella, entrando en su habitación cuando él se apartó para cederle el paso.

— No lo hubiera podido hacer si tú no estás.— Zia se sonrojó, mordiéndose el labio inferior.

— Uno se acostumbra a lo bueno y claro… — Se dio la vuelta para mirarlo y tomó su mano, entrelazando sus dedos con los de él. Se acercó a ella con una divertida sonrisa. Ahora tenían mucho mejor aspecto.

— Y esta vez no tendremos que hacer turnos.— Aclaró él, riéndose levemente.

— Esa es la mejor parte.— Zia soltó sus manos para

pasarlas por detrás de su cuello. Taron alzó ambas cejas, acercándose a su rostro y Zia notó como su corazón se aceleraba cada vez más. Ambos se fundieron en un largo beso.— Taron… ¿Qué va a pasar ahora?

— ¿A qué te refieres? — Preguntó en susurro, manteniendo apoyada su frente contra la de ella.

— ¿Aún quieres que te siga? — A Taron le asombró cómo Zia había sido capaz de matar a aquella jauría de zorros con tanta frialdad, pero que expresara tanta timidez en una sola pregunta.

— Depende.— Zia alzó la cabeza, confundida.— Si quieres quedarte, nos quedaremos. Si quieres marcharte, nos marcharemos. Si quieres dar tumbos hacia ninguna parte, eso haremos… Pero siempre juntos.

— Siempre.— Zia sonrió ampliamente, dándole un fugaz beso en los labios.— Es un trato.— Taron asintió con la cabeza.

— Es un trato.

Zia dormía profundamente a su lado, recostada en su pecho. El simple hecho de sentir el contacto de su piel desnuda contra la de él, lo reconfortaba de una manera que no podía explicar con palabras. Taron disfrutó del aroma que desprendía su pelo y hundió su nariz en éste. A pesar de estar sumamente cansado por todo lo que acababa de ocurrir, aún no podía conciliar el sueño. No sabía exactamente qué era, pero algo lo mantenía despierto. Un extraño y constante desasosiego lo acompañó desde el momento que despertó en Desha. No sabía de qué se trataba, pero sabía que algo no iba bien. Aún así, durante la charla con los demás Vigilantes, al relatar todo lo que les había sucedido, había estado lo bastante ocupado como para no preocuparse por nada. También había estado sumamente distraído el tiempo que había estado con los amigos de Zia, tanto que hasta había dejado de pensar en qué andaba mal. Tampoco había estado mal cuando Zia se había presentado en su habitación, al fin y al cabo, no había tenido tiempo para preocuparse por nada más que no fueran ellos dos. Sin embargo, ahí volvía a estar. Una sensación, un presentimiento… Y aún así, no tenía interés ninguno en averiguar nada al respecto, porque se encontraba justo donde quería estar. Contempló las estrellas desde el cristal de la ventana, descansando con Zia a su lado. Era curioso que hubiera olvidado cómo era observar el cielo nocturno ya que desde el Bosque solo se apreciaba una constante oscuridad. No le importaban las malas vibraciones que invadían su cabeza, porque estaba demasiado cómodo en aquel momento. Cerró los ojos un instante, pensando que quizás sí que consiguiera quedarse dormido. Esbozó una pequeña sonrisa al sentir la respiración de Zia acariciar su pecho. La ventana se abrió de par en par, haciendo que tanto Taron como Zia, abrieran los ojos repentinamente por el aire frío que invadió la habitación.

— ¡Cuidado! — Gritó Zia, agarrando a Taron, empujándolo fuera de la cama, cayéndose ambos al suelo.— ¡Mira!

— Pero… ¿Qué? — Unas enredaderas atravesaron el hueco de la ventana, recorriendo la habitación para inundarla con unas raíces marchitas que los dos reconocieron.— El Bosque…

A Dru no le tocaba patrullar aquella noche, pero al no poder pegar ojo, comprendió que prefería estar haciendo algo productivo que quedarse dando vueltas en la litera. Había visto cómo Zia se marchaba por la noche, y aunque su primer impulso había sido preguntarle a dónde se iba, una voz interior le dijo que realmente no era buena idea saberlo. Lo único importante era que ya estaba en casa, que ya estaba viva. No importaba con quién. Su intención era que el aire frío que corría por la noche, lo mantuviera espabilado y que la guardia lo tuviera distraído. Aún así, era consciente de que por la noche siempre había poca actividad. Pocos eran los que se acercaban con malas intenciones, y los Dignos no daban trabajo ninguno. Dru solía patrullar mirando siempre a Desha, pero aquella noche no hacía más que echar la vista al Bosque. Le extrañó que, a pesar del poco viento que había, las hojas de los árboles se movieran con tanta fuerza. Frunció el ceño, intentando vislumbrar si había algo allí dentro que produjera tal efecto, pero después de todo lo que Taron y Zia les había contado acerca del Bosque, el acercarse allí a husmear, era lo último que le apetecía. Un ligero zumbido lo distrajo y, pensando que se podía tratar de alguien que quería colarse, desenvainó su espada para proteger al Bosque.

— ¡Dru! — Éste abrió los ojos como platos al observar como unas ramas habían salido disparadas del Bosque, atrapando a uno de los Vigilantes que estaban haciendo la ronda. Lo mantenían prisionero y, por mucha resistencia que opusiera, cada vez lo apretaban con más fuerza.

— ¡Ya voy! — Gritó Dru mientras corría para allá. Sin embargo, su carrera duró poco. Unas ennegrecidas raíces surgieron bajo sus pies, haciéndolo tropezar para después rodear su cuerpo, dejándolo tumbado en el suelo sin poder moverse.— ¡Maldita sea! — Intentó zafarse, pero cuanto más se movía, más firme lo sujetaban las raíces. Por el rabillo del ojo, pudo ver cómo no era el único que estaba atrapado. Todos los Vigilantes que habían estado protegiendo el Bosque, estaban inmovilizados de una manera u otra. El Bosque parecía haber cobrado vida y Desha era su presa. Una corriente de fina hierba negra brotó de pronto por todas las calles del pueblo. El moho comenzó a cubrir las cabañas de los Vigilantes. Feroces y gruesas raíces, iguales que las que mantenían apresado a Dru, salieron de pronto del subsuelo, apoderándose de todo lo que había a su paso. Se enredaron en el monumento que había en forma de árbol y se fueron extendiendo a lo largo de todo el pueblo. Dru agradeció interiormente que los aldeanos estuvieran durmiendo porque no quería que corrieran su misma suerte. No obstante, su rostro se volvió pálido cuando vio aparecer a Taron y a Zia. Quiso decirles que corrieran y se pusieran a salvo, pero una de las raíces se coló en su boca a modo de mordaza, impidiéndole hablar.

Ambos contemplaron la escena con puro terror. El aspecto que Desha mostraba, era como seguir dentro del Bosque. Taron se puso en lo peor, ¿y si no era esto lo único que iba a salir del Bosque? Zia pareció leerle la mente, puesto que agarró su mano a pesar de los temblores que ella tenía.

El Bosque gritaba. Se escuchaban escalofriantes chillidos que provenían del interior y que conseguían poner los pelos de punta.

— ¡Dru! — Zia lo localizó con la mirada. Se echó la mano a la cintura, buscando su espada, y se maldijo a sí misma por no llevarla encima.— Taron, ¿qué está ocurriendo? — Preguntó, dándose cuenta de que él estudiaba el Bosque con suma atención.

— El Bosque me llama. — Zia dejó de respirar al escucharlo.— Un trato es un trato, Zia.— En el momento en el que Taron comenzó a caminar hacia el Bosque, todo lo que había salido de él, se iba desvaneciendo. A medida que Taron avanzaba hacia el Bosque, el musgo se consumía. Las enredaderas que se habían formado alrededor del monumento, descendieron por él hasta ocultarse bajo tierra. El moho se limpió de las casas como si no hubiera sido más que una ilusión. Las ramas que habían salido disparadas del interior del Bosque, liberaron a los Vigilantes. Las raíces que habían brotado de la nada, soltaron a Dru, el cual no perdió el tiempo y salió corriendo de allí junto a los demás. Zia corría tras Taron, intentando detenerlo pero él se zafaba sin problemas.

— No puedes irte, no puedes… ¡Lo habíamos conseguido! — Taron frenó sus pasos, dándose un instante la vuelta para mirarla. El Bosque volvió a gritar con fiereza.— No puede ser el final…

— Zia, si algo he aprendido de la muerte… Es que es

solo el comienzo.— Antes de que pudiera agarrarlo, antes de que pudiera explicarle lo mucho que lo necesitaba, antes de que pudiera salvarlo por tercera vez, Taron desapareció entre los árboles, y por mucho que quisiera correr detrás de él, Dru la atrapó entre sus brazos, impidiéndole continuar.

— ¡Te salvaré! ¡Lo prometo! — Quiso librarse de Dru, pegarle, morderle, arañarle, pero solo continuó chillándole a Taron, aunque no sabía si la escuchaba.— ¡Teníamos un trato! ¡¿Me oyes?! ¡Un trato! — Volvió a intentar soltarse de su agarre pero un conocido aroma se adentró en sus fosas nasales, dejándola completamente dormida.

Para cuando Zia se despertó, estaba bañada en sudor y aún le latía el corazón con demasiada fuerza. Recordó como Taron se había adentrado en el Bosque y fue como si le arrancaran algo del pecho. Sin embargo, un sentimiento que había experimentado pocas veces a lo largo de su vida, le impidió llorar. Salió de la cama y escuchó a escondidas la reunión convocada por los Vigilantes. En ella, uno de los Vigilantes que había estado patrullando por la noche, dio detalles de lo que acontecido. No obstante, ninguno de ellos le dio la mayor importancia, puesto que, según ellos, todo se había resuelto solo. Zia sonrió incrédula cuando fue consciente de que a nadie le importó que Taron se hubiera sacrificado entrando al Bosque. A fin de cuentas, nadie podía engañar al Dios de la Muerte. Taron al salir de allí con ella, se había buscado que el Bosque lo arrastrara de nuevo. Su destino estaba escrito y no tenía sentido preocuparse por ello. Sin embargo, aunque Zia no aceptó para nada las burdas explicaciones que se estaban dando allí dentro, no se molestó en entrar para exponer sus ideas, porque jamás la comprenderían. Nunca lo habían hecho y ahora sería menos probable que lo hicieran.

Sus tres amigos habían salido deprisa de la reunión para estar con ella, pero su presencia no cambiaba la situación. Era consciente de que Zoé no hacía más que soltarle palabras de consuelo, pero realmente no las escuchaba. Zia tenía la mirada perdida mientras estaba completamente quieta sentada en su colchón. Taron se había marchado. El Bosque se había hecho con él a cambio de su libertad. Había soñado incontables veces con ser completamente libre, pero jamás a ese precio. Jamás a costa de alguien. Oyó alguna que otra pregunta curiosa sobre por qué Taron había enfurecido al Bosque. Escuchó como un eco lejano las teorías de Akil, pero no se molestó en explicarle lo que de verdad había sucedido. El Bosque había recuperado a Taron porque habían hecho un trato. El Bosque no había matado a Taron, lo había convertido en su Guardián, y Zia tenía claro que eso era mucho peor.

A pesar de la buena intención que Dru había tenido al impedir que corriera tras él, era incapaz de mirarlo a los ojos. La había salvado, sí, pero por eso no había podido atrapar a Taron para convencerlo. Sus incesantes preguntas sobre cómo se encontraba, la desbordaron por completo. Quiso llorar, quiso gritarle, echarle la culpa… Pero era consciente de que una discusión con su mejor amigo en aquel momento era totalmente absurda. Cuando todos se quedaron dormidos, salió de la cabaña como un auténtico fantasma, a fin de cuentas, así era como se sentía ahora. Miró de reojo el Bosque, sintiendo un fuerte pinchazo en el pecho y terminó por desviar la mirada, deambulando por Desha hasta llegar a la taberna. Nadie de los allí presentes le preguntó a dónde iba cuando subió por las escaleras que conducían a la posada. Todos sabían que Taron había fallecido y que ella estaba en un extraño luto, al menos esa era la versión oficial que los Vigilantes le habían vendido a los aldeanos. Tampoco estaban del todo equivocados.

Abrió la puerta de la habitación de Taron y contuvo la respiración. Todo estaba igual que antes de la tragedia. Acarició los libros que tenía desperdigados por su cuarto con dulzura, a pesar del dolor que le evocaban los recuerdos. Se sentó en la cama en la que ambos habían yacido juntos y pasó la mano por encima de las sábanas hasta quedarse tumbada sobre ellas. Cerró los ojos un instante y sonrió tristemente. La almohada aún conservaba su olor. Alzó la cabeza, fijándose en la destartalada bolsa que había llevado con él durante su viaje por el Bosque y se levantó de la cama para echar un vistazo a su contenido. Sacó la daga que le había prestado allí dentro y la colocó en el suelo, justo a su lado. También sacó unas cuantas frutas que habían recogido y observó el recetario que había empezado a escribir cuando cocinaba con su padre. Leyó las recetas hasta que las lágrimas le taparon la vista. Se incorporó para dirigirse al enorme cuenco de agua que había en el otro extremo de la habitación para lavarse la cara. Observó su reflejo en el agua mientras sus lágrimas caían en ésta de manera inconsciente. Sin embargo, dejó de llorar en el momento que su corazón dio un brinco. Por un instante, su ojo izquierdo volvía a poseer aquel extraño color dorado del zorro del Bosque. Acercó su rostro aún más al agua para comprobarlo, pero tras pestañear, recuperó su color original. Volvió a pestañear con fuerza y el ojo cambió de tonalidad otra vez. ¿Era posible que aún conservara parte del ojo del zorro? ¿Era posible que aún pudiera estar vinculada al Bosque? Si eso era así… Quizás existía cierta esperanza para Taron. Podría adentrarse de nuevo allí, esta vez sabiendo donde buscarlo. *«El Bosque siempre necesita un Guardián, el Dios de la Muerte lo mantiene vigilado. Una vez que te conviertes en él… No hay vuelta atrás.»* Negó con la cabeza. Aventurarse en el Bosque seguía siendo una locura. Taron no podía abandonarlo así como así. Contuvo las lágrimas. No podía perder el tiempo llorando.

Se refugió en la habitación de Taron durante días, sin aceptar ninguna visita y sin apenas probar bocado. Todos sus amigos habían intentado verla, pero ella se había negado en redondo. Tenía mucho que hacer. Se leyó de principio a fin todos los libros que Taron había dejado allí para encontrar una posible solución que le permitiera sacar a Taron del Bosque y había llegado a una única conclusión: el Templo de la Diosa. Repasó la historia que la maestra Daira le había contado. La Diosa de la Vida había creado el Bosque y ella misma había creado la raza de los Vigilantes. Si alguien podía dar con la solución, era ella. Y si en algún sitio podía estar... Era allí. O al menos, podía ser un buen punto de partida.

La luz del sol le taladró los ojos nada más salir de la taberna. Tenía claro que su aspecto físico era lamentable. Había pasado días durmiendo a duras penas y absolutamente inmersa en los libros de Taron. También había descubierto que, efectivamente, podía cambiar su ojo izquierdo a su antojo, al menos de color, puesto que no había tenido la concentración necesaria como para poder ver a través del Bosque, tal y como lo había hecho allí. Cuando había salido de allí, había decidido mantenerlo dorado como un simple recordatorio. Quizás ya careciera de la equis que la ataba al Bosque, pero mantendría el ojo como promesa de su regreso para salvar a Taron. Caminó por las calles más apartadas, huyendo del gentío. No le apetecía entablar una conversación trivial con cualquier aldeano. Ahora solo tenía un objetivo.

Si no recordaba mal, tanto Zoé como Akil y Dru, estaban de guardia aquella mañana y podía volver a su cabaña sin que nadie le hiciera preguntas. Solo necesitaba recuperar un par de cosas de su habitación antes de partir de viaje. Llegó allí sigilosamente para no llamar la atención de ninguno de sus compañeros. Sin embargo, por mucha precaución que hubiera tomado, Zoé estaba dentro de la cabaña.

— ¡Zia! Por fin has salido… — Corrió hacia su amiga y Zia permaneció quieta mientras que Zoé la abrazaba.— ¿Cómo estás? Un momento… — Zoé se topó con la bolsa que llevaba a su espalda y se separó de Zia para mirarla a los ojos, quedándose confundida al ver la diferencia en el color de sus ojos.— ¿Qué llevas ahí? ¿Qué te ha pasado en los ojos?

— Tengo que marcharme.— Contestó mientras se dirigía al baúl donde guardaba sus pertenencias. Sacó de allí su espada, unas cuantas hojas de xipneas y algún que otro remedio casero para el camino. Podría haberle contado la historia acerca de sus ojos, pero no era el momento.

— ¿A dónde? — Preguntó extrañada, temiendo su

respuesta.

— Al Templo de la Diosa, en la región del Este.— Zoé parpadeó sorprendida, pero antes de que pudiera preguntarle nada más, Zia se lo explicó como mejor pudo.— Hemos culpado al Dios de la Muerte por el Bosque continuamente, pero la Diosa de la Vida fue quien lo creó. Si ella lo hizo, ella puede deshacerlo.

— ¿Deshacer el Bosque? — Zia resopló, comenzando a negar con la cabeza pero sus movimientos cesaron y se encogió de hombros.

— Quizás también eso.— Zoé ladeó la cabeza y Zia buscó su mano, entrelazando sus dedos con los de ella.— Necesito salvar a Taron y creo que ella puede ayudarme.

— ¿Y si ella no puede? ¿Y si para salvarlo tuvieras que… Volver a entrar? ¿Lo harías? — Zia se limitó a asentir.— De verdad… Le quieres.

— Espero que ahora entiendas porque sería capaz de volver a entrar.— Zoé le dedicó una pequeña sonrisa de resignación.

— Lo que entiendo es que no voy a poder detenerte… — Zia se rió suavemente junto a Zoé. Había olvidado la última vez que se había reído sinceramente.— Pero, por favor… No te vayas a escondidas, tienes que despedirte. Todos lo pasamos mal cuando te perdimos en el Bosque. Prométemelo.

— Te lo prometo.

Ambas salieron de la cabaña y Zia miró el Bosque de manera desafiante. *«Todo irá bien. Estamos dentro de una historia y los protagonistas siempre ganan. Venceremos a la Muerte, Taron.»* Pensó Zia. *«Porque esto es solo el comienzo.»*

Biografía

Tess Carroll es el seudónimo de Teresa Caballano Pérez-Cacho (España, 1994), una escritora novel con un libro publicado titulado Despierta y sueña (2019). Actualmente, compagina su formación como psicóloga clínica con su pasión por la escritura.